光明鸟
为理想而生

我读故我在

俞晓群／著

天地出版社

图书在版编目（CIP）数据

我读故我在 / 俞晓群著．— 成都 ：天地出版社，2016.9

ISBN 978-7-5455-2144-3

Ⅰ．①我… Ⅱ．①俞… Ⅲ．①散文集－中国－当代 Ⅳ．①I267

中国版本图书馆 CIP 数据核字 (2016) 第 168983 号

我读故我在

作　　者	俞晓群
责任编辑	陈文龙　聂俊珍
封面设计	蒋宏工作室
责任印制	葛红梅
出版发行	天地出版社 （成都市槐树街2号　邮政编码：610014）
网　　址	http://www.tiandiph.com http://www.天地出版社.com
电子邮箱	tiandicbs@vip.163.com
经　　销	新华文轩出版传媒股份有限公司
印　　刷	北京画中画印刷有限公司
版　　次	2016年9月第1版
印　　次	2016年9月第1次印刷
成品尺寸	145mm×210mm　1/32
印　　张	9.75
字　　数	200千
定　　价	48.00元
书　　号	ISBN 978-7-5455-2144-3

咨询电话：（028）87734639（总编室）
购书热线：（010）67692522（市场部）

目录

序

一个“三〇后”的想法

沈昌文

我生于一九三一年，是个十足的“三〇后”。我具有“三〇后”的种种特色。

像我这种“三〇后”，最痛恨的是当年国民党的统治。因为在我十几岁的时候，亲眼目睹那时的通货膨胀，民不聊生。蒋经国、王云五……在我们那时的眼里，都是十恶不赦的坏人。

长大以后参加出版工作，不久就碰到胡适思想批判。那时我还没有资格做责任编辑。但眼看批判他的文集一本一本出来，相信这胡某肯定是个大坏人。那套书的编辑刘大哥，中午共餐时常给我讲些故事，让我长些知识，是我的一位恩师。一天他说起这套书要改用三联名义出书，我听了莫名其妙，不知上面究竟有什么意图。因为那时用三联名义出的书都是低人一头的。

改革开放以后，开始慢慢懂得，对事情要全面分析。我们当然不应该把过去认定的坏人坏事都变成好人好事，但好者未必一切都好，坏者不是一切都坏，都要一一具体分析。

我说过，帮我具体认识王云五功过的是俞晓群。我退休以后，在他的领导下，编印“新世纪万有文库”，便使我好好地学习一下王云五。我于是懂得，五十年代金灿然前辈他们把“一划二垂三点捺”改为“划一垂二点捺三”，有其高明之处，也有不足之处。

晓群兄现在把对民国出版史的研究逐步扩大，他这位“五〇后”的这种研究路径我非常欢迎。

还顺便说说，俞晓群现在关于出版史研究的种种构想，我以为都根源于他在二〇一二年说过的一句话：“文化是出版的终极目的。”为这句名言，我这“三〇后”甘愿当他这“五〇后”的“粉丝”。

二〇一六年五月

壹

沈公三书

沈昌文先生今年八十三岁，依旧健康，依旧好动，依旧快乐。前两天他来到我的办公室，看到外间展示墙上，我挂的“我们的作者”肖像，左面一栏是已经逝去的前辈，有张元济、王云五、陈鹤琴、叶圣陶、丰子恺等；右面一栏是在世的名家大家，有莫言、王安忆、许渊冲、幾米、蔡志忠等，当然也有沈昌文。沈公看了一会儿，回头对我说：“等我上了左面一栏时，我再来看你。”

沈公编过很多书，在三联书店，在辽宁教育出版社，在海豚出版社等；他也写过很多书，不过，如果你想更多地、更准确地了解沈公的思想，有他写的三本必须要读。

其一是《阁楼人语——〈读书〉的知识分子记忆》。此书出版于二〇〇三年，内容是他在任《读书》主编时，写的刊后记。从一九八四年写到一九九六年，每篇文字不长，是一个时代的印记。书前有王蒙先生序《有无之间》，他谈到《读书》之所以为《读书》，主要是该刊编家突出了“三无”，即：无能、无为、无我。他觉得这不仅是一种办刊态度，且是一种人生境界，道家风范。沈公做人做事，素以低调名世，读此书，那一种风度与格调，就会看得很清楚。

其二是《八十溯往》。此书出版于二〇一一年，是梁由之先生策划的“海豚文存”之一。还有两部书是钟叔河先生《记得青山那一边》和朱正先生《序与跋》。三本书被坊间称为“三老集”，主题是向出版前辈们致敬！此书出版时，恰逢沈公的生日，我们在北京三联书店韬奋中心为他祝寿，来了一百多位学者、媒体记者与他的亲朋好友。王蒙先生首先发言说：“沈兄是出版工作的英雄，是出版工作的人精。大哉沈公，无所不通；大哉沈公，无所不精；大哉沈公，随心所欲；大哉沈公，嘻嘻松松。有了沈公，让人觉得活着多了一点趣味。他很有自己的一些原则，但并不苦大仇深。”这话说得很有寓意。此书中记录了许多“文化背后”的事情。比如，一个小学生如何通过自我奋斗，成长为一位著名出版家？翻译过大批世界名著的“何清新”，竟然是一些关押在清河劳改农场的犯人？新中国，是谁发起批判胡适的？《读书无禁区》这篇有名的文章是如何发表的？还有蓝皮书的故事、灰皮书的故事等等。许多事情，都是首次披露。值得一提的是，编此书时，沈公提供给我们的书稿只用了一半，也就是国内发表过的一些文章；而另一半文章发表在海外，内容有些自由奔放，用沈公的话说，经常会有“狐狸尾巴露出来”。我们此次没收入。

其三是《也无风雨也无晴》，此书台湾大块出版于二〇一二年，是沈公的回忆录。厚厚一本，内容丰富，被称为“三联书店前总经理最完整的私密回忆录”。我想出内地版，沈公说，要出版最好在三联书店，他毕竟是改革开放后，那里的第一任总经理。另外内容不能删改，否则就不要出了。结果至今未出成。

还有两本书需要提到，一是张冠生著《知道：沈昌文口述自传》，再一是王为松组织出版的《任时光匆匆流去》，是《书商的旧梦》和《最后的晚餐》合集。前者是著者知性所为，后者是编者钟情之举，都是好书。

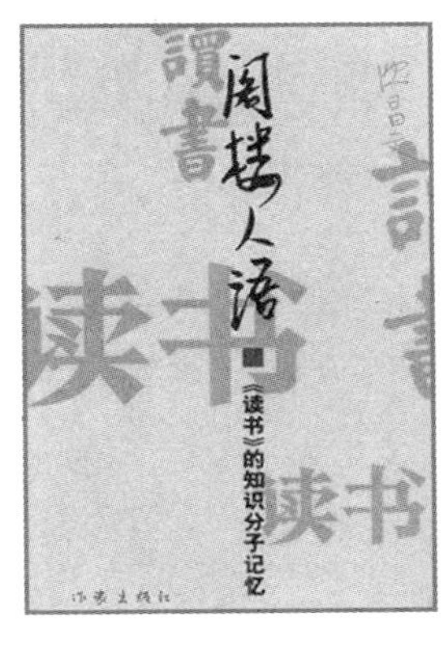

贰

大侠书话

胡洪侠先生写书话，有二十多年磨砺。高峰期在中华书局出版《书情书色》两集，还有上海人民出版社《微书话》、岳麓书社《夜书房》，诸书皆小巧俊俏，语言机敏，干净耐读，颇有“文字江湖”味道。世人好称胡兄为“大侠”，我也曾称赞他名字起得好，有朋友却说：“好什么？与‘红霞’同音，很容易误读。”近两年他与杨照、马家辉三位“六〇后”老兄联袂，写成三本书《对照记》《我们仨》和《三生三世》，大步迈入时尚阅读领域，此时洪侠兄大名，再想让人误读，已经很难。

去年末，胡洪侠新著《书中日月长》上市，封面深蓝色仿皮精装，书题字烫金，仿的是牛津董桥风度。我为之作序，记于下：

二〇一一年十月八日深夜，在深圳。我大醉，忠孝已倒，道群含笑回香港去了。胡洪侠与张清携我去尚书吧。夜路迷离，书店的灯光散射在高高的书墙上，显得暗淡而静谧。我们进入里间，巨大的拉门隆隆闭合，顿时一间小屋与外面隔绝开来，让我想到《射雕英雄传》中的牛家村，黄蓉为郭靖疗伤的密室。摆上啤酒，两位老弟抱拳施礼，连称：“请教，请教。”我靠在沙发上，心中暗惊，思忖着礼从何来呢？断断续续，听到他们在说：兔年、漂泊、京城、数术云云。于是我强睁醉眼，暗中将洪侠兄的面相打量一番，心中盘算：玉面郎君——虽无帝王之相，却有宋玉之才；其声为啸——虎啸猿啼，实为慷慨悲歌之一脉；面颊有酒靥——俗称酒窝，圆者为色，长者为剑，洪侠兄当然是后者了；目光含柔——有云“一眼高，一眼低，家中必定有贤妻。”这是我当时的一点醉思，一直没有说出来。

读洪侠兄文字，会让我想到《天龙八部》中的姑苏慕容公子，慕容氏在武学上，讲的是采众家之长，“以彼之道，还施彼身”；洪侠兄的文字，功夫也在一种化境。以《微书话》一类文章，文风酷似陈原先生，短而智慧，平而不失警句、格言的感觉。以《微尘与暗香》一类文章，从题目到段落，再到结尾，恰似董桥先生的嫡传。他的几本书话集最厉害，有《老插图，新看法》《给自己的心吃糖》和《书情书色》等，其中谈书的本事，文短意长，已经比肩当代诸家，许多观点深得我心。

当今世上，撰短文而成大才者，陈原、钟叔河先生最让人仰慕；余世存、黄集伟先生也不得了。洪侠兄以书为标的，独树一帜，个性鲜明，多得学界与读者赞誉，也是名至实归。我常感慨，幸亏他没入出版一行，省去了出版人为商的一面，才能对书写出如此纯正的文字。

当然，洪侠兄又是多面手，才学过人，精力过人，洞察世事的本领也是过人的。显世与隐世，清流与浊流，在朝与在野，实在不是谁都能玩儿明白的，他却游刃有余。孔子曰：“四十五十而无闻焉，斯亦不足畏也已。”洪侠兄今年五十岁了，他为文的名声已经誉满两岸三地，有《对照记》为证，足以让人敬畏了！不过从他的文字中，我不但想到姑苏慕容氏，还想到大理段公子的六脉神剑。段誉的剑法还未运用自如的时候，有一次被激出手，俯仰之间，已经打得慕容复披头散发了。所以每当我与洪侠兄饮酒，众人皆醉，他还在那里谈吐自如、叱咤风云的时候，我又会强睁醉眼，拉过他的手，端详他的指尖，看是否会逼出酒来。

洪侠兄为文以短见长，文字干净。我为他的新著作序，自然不敢多言，谨以三段闲思记存，略致敬意。

叁

楷柿楼

上世纪八九十年代之交，经朋友张锦介绍，结识赵丽雅。回忆起来，当时有许多事要做，一是辽宁教育出版社要在《读书》上做广告，是她在安排；二是我当时正在写《数术探秘》，希望找一家出版社出版。张锦说:“要找就找最好的出版社，找三联吧！”是赵丽雅为我引见的潘振平；三是我想在《读书》上写一点“品书录”，第一篇《谶纬与〈谶纬论略〉》是她发稿；四是我希望结识沈昌文先生，请他帮我们编书，也是她帮助引见。

赵丽雅是一位做事极认真的人，现在已经成为地道学者，写很多好书，许多都很好看。我看好三本，记述出来。

其一是《棔柿楼读书记》，一九九三年出版。棔柿楼是她的书房，因为院子里有一棵合欢树，又称棔树，还有一棵柿树，故有此称。此书署名宋远，我是出版人。此书初版印数很少，只有三百册，其实也只有初版，至今再没印过。在旧书网上，此书已经被炒到上千元。前几年，还有网友“脉望馆”向我找寻此书。找不到，连出版社的样本库中都没有，我只好给他复印一份寄上。近日又翻看这本书，是因为读张中行。张先生在此书“序言”中谈到，曾经请赵丽雅点评《负暄续话》。她下午翻看原稿，晚上睡不着，翻身起来，挥笔就写好了。第二天一早送到张先生手上。张先生说："两千字，充满灵感和妙句，我不由得望天兴叹。这是因为想到天之生才。"我找到书中那篇文章《暄也有价》来读，果然写得好。她写道："废违心之言，发有得之见，灵心所系，便是世间第一等文字。《续话》之文，或可以此论之？"她还写道："时值大火西流，凉风始至，秋阳下，手此一册，如与贤者抵膝谈，款款然，倦倦然，乐何如之？"这样的文字，不为书迷酷爱才怪呢。

其二是《读书十年》，中华书局出版。此书三大卷，第一册是二〇一一年岁尾上市，立即引人关注。当时我匆匆读过，可以标记之处不少。读此类书，读者大多各取所需。我的兴趣是想从书中读到一些老前辈、老朋友的故事。比如，关于《读书》，历来议论很多。沈昌文先生是领军人物，说过不少事情。但沈公言谈，历来忽明忽暗，躲闪腾挪，腋下藏刀，引而不发。其继任者之一吴彬，又是一位轻易不肯动笔的人。只有扬之水，实在是有心人，文字好，有女史风范，叙事坦率、诚实，不加累赘。况且此书又是日记，所取文字只能删减，不好过多添加改动。作为《读书》一个侧面的记载，价值不言而喻。书中谈到沈公编辑经验，诸如"要想征服作者的心，先要征服作者的胃"云云，都是在一些像模像样的文章中，读不到的真话。

其三是《棔柿楼集》（扬之水作品系列）共十二卷，人民美术出版社出版。卷一《诗经名物新证》，卷二《唐宋家具寻微》，卷三《香识》，卷四《宋代花瓶》，卷五《从孩儿诗到百子图》，卷六《两宋茶事》，卷七《物中看画》，卷八《藏身于物的风俗故事》，卷九《中国古代金银首饰》，卷十《中国古代金银器》，卷十一《曾有西风半点香——敦煌艺术名物丛考》，卷十二《桑奇三塔》。已经见到的有《宋代花瓶》和《香识》，其他正陆续上市。这套书作者地道，出版人地道，出版社品牌地道，很值得期待。

肆

梁由之

二〇〇六年在天涯网上，结识“闲闲书话”版主梁由之。梁兄本为胡姓，起这网名，让人想起鲁迅《悼杨铨》：“岂有豪情似旧时，花开花落两由之。”还有毛泽东与眼科医生唐由之那段对话，毛说：“你父亲一定是读书人，读过鲁迅那首诗，给你起这个名字。”我多年与梁兄交往，以他的气质与气势，却让我想起谭嗣同《狱中题壁》：“我自横刀向天笑，去留肝胆两昆仑。”

最初读梁兄文章是两篇长网文，一是《大汉开国谋士群》，写五位谋士：萧何、张良、陈平、郦食其、随何和陆贾。我推荐给辽宁人民出版社，从此与梁兄有交往。再一是《百年五牛图》，写百年以来中国五个牛人：鲁迅、张季鸾、陈寅恪、蔡锷和林彪。广西师大出版社出版，其中五牛之一被存目，留下遗憾，却也由此了解到该书出版人龙子仲先生。此位当代名编不久前早逝，年龄只有四十八岁，又记下一段遗憾。

梁兄湖北人，为人豪爽，行事有楚人古风。我久已判断，此君若进入文化领域，一定是苏秦张仪式人物，能成就很多事情。如今他同时策划三套丛书：“海豚文存”“梦路书系”和“回顾丛书”，还在写《钟叔河传》，颇受佳评，也印证了我此前预言。

另有三部他编撰的著作，很精彩，记于下：

《闲闲书话十年文萃》四卷:《我的青春小鸟一样不回来》《快乐的行旅》《我的闲闲书友》和《这些书您都读过吗》。梁兄自言:“闲闲书话以闲为底色，以书为主轴，没走向封闭，不偏执一端，兼收并蓄，姹紫嫣红，不经意间，发展成长为独具风格长盛不衰的网上读书论坛。此间藏龙卧虎，高手如云，许多事关读书与思想的焦点话题和事件发轫于斯。”十年中，天涯网暨闲闲书话，成就多少民间写手。曾几何时，许多编辑每日前去侦察，找寻文字高手。连沈昌文老前辈也会宣称，经常去那里潜水，读到很多好文章。子曰:“礼失而求诸野。”读这样的书，经常会让人惊喜连连。何况是梁兄振臂高呼、整合江湖之举，留一部且读且藏，很有必要。

《梦想与路径: 1911—2011 百年文萃》，梁由之主编，商务印书馆出版。这是他一个人的选本，能做出来，实在是个人能力使然，也是我们社会进步。刘苏里先生评价:“权当过往的梦想与路径，是未来梦想与路径的记号罢。‘我们来过，此路不通。’折回去，看看哪些记号只是过眼烟云，哪些是不求甚解，又哪些，当初走对了，被人为中断，必得重来。‘文萃’提供的，不是解药，是药引子，但愿人清醒，不提当年勇。我们来过，我们错过；我们承认，我们错了。笔者揭橥的，未必编者有意为之，权作编者无意间的潜台词吧。”说得好，他确认了这个时代的一个文化标志。

还有《从凤凰到长汀》，是一部游记。我曾写书评说:“梁先生非学院派人物，随性情读史，挥妙笔抒怀，论说飘洒自如，无拘无束，却始终不逾矩。”

伍

读陈原

转眼之间，陈原先生离去恰满十年。思念之余，我又想起几件往事。当年编“新世纪万有文库”，涉及老商务印书馆“万有文库”，以及敏感人物王云五出版理念，总策划沈昌文提议请陈原出任总顾问，压住阵脚。由此与陈老多有接触，也有机会把他的一些著作拿来出版。如《陈原语言学论著》三卷，我们做精平装两种版本，颇受陈先生赞誉。后来台湾商务印书馆据此版本，出繁体字版；我坚持出版社不抽取版税，全部所得都给作者，陈原、沈昌文颇为感慨，夸赞我们有旧时出版人风范。其实我这样做，正是从陈原著作中学得，否则如何懂得团结大作家之门道呢？关于此书，也遇到过一件不快之事。当时评选国家图书奖，此书顺利入围，后来却被评委会拿下来。事后评审专家 D 也不避讳，他告诉我，是他建议将《陈原语言学论著》拿下来，原因是陈原政治观点模糊，崇洋媚外。

人生总是有欢乐有悲伤，我敬佩陈原智慧与快乐的人生态度，他热爱生活，热爱生命，他写道：“人间固然不是乐土，可是我在那里会找回我自己的独立人格和自由思想。我爱人间。”我喜欢乐观精神，故而喜爱陈老著作。

《总编辑断想》：这是陈原的一篇讲演稿。大约在一九九六年，陈原送给我一本《陈原出版文集》，从中我读到此文，爱不释手，还专门写一篇“荐文”，向全社员工推荐。文中写道：“未见到陈先生之前，我想象中的他，很有些‘仰之弥高，钻之弥坚’的感觉。我对于他在商务印书馆组织‘汉译名著’近乎崇拜，其中，奥古斯汀《忏悔录》、帕斯卡尔《思想录》等，都是我深深喜爱的作品。再读他本人著作，《在语词的密林中》《书和人和我》，尤其是他在《读书》上连载《黄昏人语》，睿智、学术、情思……一并涌入心底。与陈先生交谈，论题总是离不开书，他轻松地论道言情，谈笑间透射着鲜明职业特征。当然，他又是一位极有个性之人，比如他喜好安静，因此拒绝三人以上聚谈；晚年他对世态炎凉也有诸多感慨，但他绝不戚戚切切，他用精神生活淹没掉世俗侵袭，他的坦然态度，让人看到一位长者的胸襟。”《总编辑断想》只有两万多字，分十七个题目，语言平直明白。一次我向陈老建议，不妨出一个单行本。他非常高兴，还提出让我写序，我怎么敢呢？于是它变成“一本最薄的书”，加上康笑宇漫画，沈昌文后序，非常好看！

《遨游辞书奇境》：此书谈词典，我已经翻看多遍，其中一些好听故事，几度在我梦乡中“遨游”。他讲到世界上一些怪词典，像英国人写《词力》，他为“官僚主义者”定义：“凭着自己的地位依靠一张办公桌管制一切的人”。一位钢琴家写《怪字字典》，收集了英语世界六千个怪字，像莎士比亚用过最长单字honorificabilitudinitatibus。还有比亚斯《恶魔词典》、赫格勒夫妇

《性爱词典》等。不过，它最吸引之处是其中对于词典时代精神的论述。他谈到狄德罗《百科全书》，恩格斯赞扬说，这部《百科全书》思想“成了法国一切有教养的青年的信条”。他也谈到“文革”时期词典，对“洋葱”注道：“它具有叶焦根烂心不死的特点”。他还谈到，《新华字典》收了一个日本字“畑”，因为《毛泽东选集》中用了这个字。这奇怪么？不奇怪，类似的事情一直发生着。书中讲“镕”字在词典中演化过程，《新华字典》一九五三年版，“镕”是正字，“熔”在括号中；一九五七年版，“熔”变成正字，“镕”进入括号中，因为它被作为异体字淘汰；一九九八年版，出现新图景，“熔”和“镕”都不在括号中，法令淘汰之异体字复活，为什么？陈老说：“如所周知，这个字如今很常见，常用。”

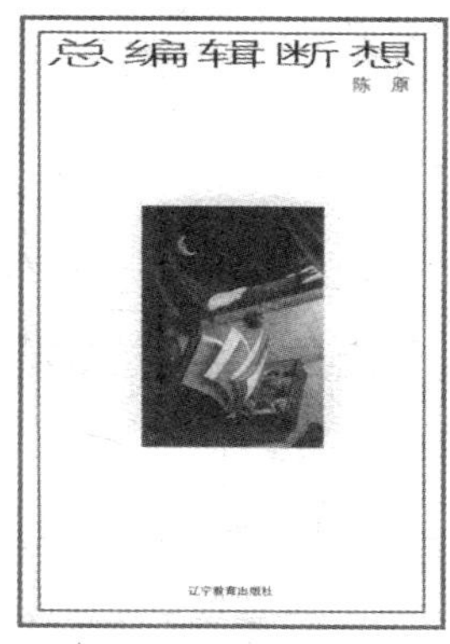

陆

大选家

本文题目，说的是陈子善先生。屈指算来，我认识陈先生已经二十年。回顾往日交往，从未离开选书的事情。最早是陆灏引荐，为“新世纪万有文库”近世文化书系推荐书目。至今人们评价，六百多本“新世纪万有文库”，其中陆陈二位钩沉民国旧书二百余本最难得。如今陈先生又在为“海豚书馆”红色系列（文艺拾遗）选书，三年之间，选书近四十种，不断让人惊叹陈先生淘书妙手，近乎神话。由此赢得“当代第一选家”称号，也有道理。只是子善先生从不参加各种比赛，所以名列第几，一定非其所愿。不过近年他痴迷微博，每次聚会，他总会见缝插针，不停发射，现场直播。并且语言风趣，性情直率，每问必答，见多识广……总之一个潮人形象，勾引粉丝直逼百万，这事让陈先生颇为得意。

选书积年，陈先生本人也是笔耕最勤。他著作日见等身，越写越快，越写越好。近日即将有海豚版《拾遗小笺》上市，就是他选书所撰序跋，言简意深，极见大家风范。我前几天还跟他开玩笑说：“老兄人还是那样瘦，学问却已经成精。”他抬头说：“不敢不敢。”低头又去发微博。

读陈书，首在《沉香谭屑——张爱玲生平和创作考释》，此书香港牛津版书装极美，总编辑林道群下了功夫，是对陈先生研究张爱玲的一种褒奖。沪上总编辑王为松接续出版简体字版，也是锦上点缀之举。总之陈先生之于张学，有开山之功，如编撰《私语张爱玲》等书；还有阐幽发微力道，如发现《小艾》。连夏志清先生也曾撰文曰《对陈子善只有点头称善的份儿》。文中感叹："凭我早在《明报月刊》上看到的几篇文章，陈子善不是专研二三十年代的作家的吗？怎么一下子他又变成了一个道地的张爱玲专家了呢？那几年大家都想看到几篇张爱玲的佚文，但谁又有陈子善的本领和福气，能找到一篇从未出过单行本的中篇小说呢？"

还有《看张及其他》，也是陈先生研究张学之一种。我读此书时即感叹，对于爱书之人，尤其是初寻读书门径之年轻人，多读一些陈子善的文章与书，很有益处。此书主要阐释"看"张爱玲"见解或管窥"，其中奥妙不少。比如研究张爱玲与胡兰成的故事，陈先生就给出许多寻根路径。还有《小团圆》，陈先生所做背景分析，有理有据，与坊间胡乱猜测之八卦文章比较，实在不知要高明多少倍！至今网上还有人问："陈先生，你把张爱玲写得活灵活现，你见过她吗？"子善说："没有，只见过见过张爱玲的人。"看来陈先生不但才学精进，说话也多出许多幽默风度。

陈先生还有几本书话类著作，如上海人民版《雅集》，陈先生在此书中讲鲁迅、周作人、张爱玲、钱锺书、郁达夫，可看之处多多。再有《梅川书舍札记》，以及即将出版的《清影集》，均为岳麓书社“书房一角”中著作。这两本书在杨小洲先生的操作下，按需定制少量收藏本，有真皮、毛边、多种颜色仿皮等多种款式，精工细作，定价较贵，印数极小。陈先生原本精于收藏书画，如今其著作归于藏品，确实很值得爱书人关注。

柒

书装三家

我做出版已逾三十年，与许多书籍装帧家有过接触；我编辑的许多书，都是请他们完成的。像张慈中设计《吕叔湘全集》，陶雪华设计“新世纪万有文库”部分作品，宁成春设计《世纪之交，与高科技专家对话》，吕敬人设计《顾毓琇全集》，张志伟设计“独立文丛”，蔡立国设计“海豚简装”等。除此之外，还有三位装帧设计家，与我过往甚密，对我影响最大。

一位是安今生。他是锡伯族人，面色黝黑，好激动。上世纪五十年代初毕业于鲁迅美术学院，开始做书装设计，“文革”时离开书业。上世纪八十年代初我大学毕业分配到出版社工作，不久安先生也要回出版社做美术编辑，我还去他所在工厂看档案，见到他做酒瓶与包装盒设计一类事情。此后我们在一起工作十几年，他最有名的设计是《明治维新史》，封面底色为白色，用五条横线分为六个部分，从下往上，每个部分的面积逐渐增大；而一轮红日也从无到有，在每部分的横线上逐渐变大，一点点涌现出来。还有《女皇武则天》，那书以黄色为底色，一只女人丹凤长眼下面，写着一个“曌”字。安先生对我说，那只眼睛是从古画中仿来，是唐代美女眉眼的标志。我当时编辑的几套书，都是安先生设计，像“当代大学书林”，一套几十本书，他从《兰亭序》等碑帖中集字，将丛书题目竖排出来，列于书脊之侧，封面中间配上具有时代感的抽象图，书名列于书口一侧。还有“苦丁香书斋”“人间透视大型书系”等，都是安先生设计。总之我早年出版，离不开安先生设计。后来为他出版《安今生装帧艺术》，表达我对他的敬重之心。

一位是郑在勇。他是中国音乐出版社美术编辑，上世纪九十年代初，我们编“书趣文丛”，策划人是沈昌文、吴彬、赵丽雅和陆灏。他们署名为“脉望”。当时谈到丛书设计和脉望标识设计，赵丽雅推荐郑先生来做。郑先生是“在京海派”，说话慢声细语，做事不紧不慢，工作起来的认真精神，却是首屈一指。由“书趣文丛”和脉望书标起，此后他为我们设计的东西太多了：“新世纪万有文库”、《李俨钱宝琮科学史全集》《傅雷全集》《王充闾作品集》《西藏读本》《八十溯往》和《许渊冲文集》等装帧，都是他的创作。现在他已经八十岁了，又在设计《丰子恺全集》。还有我自己的书，像《人书情未了》《数与数术札记》和《这一代的书香》等设计，也出自郑先生之手，足见我对他艺术造诣的看重。但郑先生的慢性子我却受不了，与他交流一件事情，他非要慢条斯理地讲来讲去，我已经急得心脏乱跳了。比如我提议为他出版一本《装帧艺术》，他一直谦虚，不肯动手。可爱的郑先生，抓紧动手吧，好么？

还有一位是吴光前。与上面两位比较，他是晚辈，二十几年前从鲁美毕业来到出版社，怀才不露，为人谦和，一直给那些老先生甚至同辈人做下手，从不争什么，抢什么。有一天我突然发现，他的设计水平已经不得了了。但他依然与世无争，尤其是如果没有好书可做，他的才气很快会被忽略。我二〇〇九年进京工作，把他请了过来。还有人说：“你很讲义气啊，带他去做什么？”我说：“他可是宝贝！”现在你看海豚出版社的装帧设计，从移植香港牛津风格，移植“幾米绘本”风格，到一本本怀旧书的简朴构思，还有一本本小精装的奢华设计，直到《性学五章》《读易随笔》和《书中日月长》这样一些惊艳的书装，哪一个细节，不需要一位设计师一点点落实、一点点实现呢？那个人就是吴光前。

捌

新吕览

此文题目有些怪，其实是写吕叔湘。当年吕叔湘与张中行合作《文言读本续编》，张中行后来著文感叹：“我起草，吕先生定稿，出版之后我看，心中戏言，这就是今代的《吕氏春秋》，不能增减一字。”此中故事见于《史记·吕不韦列传》：“布咸阳市门，悬千金其上，延诸侯游士宾客有能增损一字者予千金。”另外白话文运动中，叶圣陶曾说道：“你写成文章，人家给你删去一两个字，意思没变，就证明你不行。”对此，吕叔湘文章被奉为典范。再者《吕氏春秋》又称《吕览》，故有此文题目相称。

《吕叔湘全集》，有一段时间被我称为枕边书。读全集是一件非常有趣的事情，它会使你产生一种淘宝的感觉；深夜闲读，眼前甚至会浮现阿里巴巴的幻象。为什么？因为全集中许多内容，常常难以独立出版。比如，吕叔湘说鲁迅“荷马也有打盹的时候”，因为他在《死魂灵》译注中，将一位英国诗人误植到另一位同名德国诗人头上。再如，有人说叶圣陶是一位很会做人的大儒，即使“文革”政治风暴，他都能够安然无恙。其奥妙何在呢？张中行讲过，对于批评与自我批评，叶圣陶说，他只能做到自我批评，绝不肯批评别人。我在《吕叔湘全集》中发现一段有趣的记载，很能说明问题。一九五四年十一月二十三日，叶圣陶来到吕家，说有人指示他写一篇批判吕叔湘《语法修辞讲话》的文章，他不会写，只好请吕先生自己写。书中记载："吕叔湘于三十日写完交叶，由叶圣陶署名发表。"

一九九六年我在辽宁教育出版社工作，启动"新世纪万有文库"出版工作。沈昌文先生作为学术策划，选收吕叔湘两本旧译《伊坦·弗洛美》和《沙漠革命记》。当时我不知道为什么！后来才明白，吕叔湘的翻译一直被行家奉为楷模，叶圣陶曾经夸赞："吕译有文章之美"；王宗炎更是赞道："他的译笔像天际行云一般地舒卷自如，能曲达原著的意境和丰神，而又自然流畅，字字熨帖。只有一个有语言学的眼，同时又有诗人的心的人，才能有这样卓越的成就。……读吕先生的译品是一种享受，也是一种教育。"钱定平最为动情，他曾在一篇文章中写道，当年在复旦大学阅览室中，将《伊坦·弗洛美》原著与吕译对照阅读，"那种摄召魂梦、颠倒情思的感觉，一想起来，今天还会染遍全身。"

我还喜爱吕叔湘两篇书话，一篇叫《书太多了》，另一篇叫《买书·卖书·搬书》。吕叔湘很善于讲故事，以小见大，妙趣横生。他说选书很难，真正高手不多。有一位选书高手，仅藏几百本书，但都是他发现、别人不稀罕之"好书"。此人好像有一种识别好书本能，他走进一家书店，会径直走向那唯一值得一看的书架，看似无目的地登上一个梯子，不露声色地从最高格取下一本不列颠博物院所没有的书。在这种事情上，关键是他的博学在书店老板之上。但此人不是通过书本看人生，他的职业是给一个学院编书目。“他划他的船，他喝他的酒，他仰看青天，俯视大地。然而他爱书。……他走到哪儿都随身带着一本小牛皮装订的旧书。”

玖

十本书

今年世界读书日，天涯网友“蓝紫木槿”命题，让我谈一谈“对我一生影响最大的十本书”，题目太大。回头望去，有哪本书还在记忆中呢？我想到十本：

《叶圣陶童话选》：这是我少时最喜欢的童书，黄永玉的插图是一组木刻画，真美。此中《皇帝的新衣》让人难忘，尤其是黄永玉为此篇文章做的插图，一个裸体的皇帝戴着皇冠、拿着烟袋的形象，一直存储于我的大脑中，使我终生蔑视皇权以及追逐皇权、追逐个人崇拜的人。

《水浒传》：早年最爱读的书，一百单八将，个个让人喜欢。尤其是熟读此书，使我思想深处，牢牢种下“江湖”的影子，从知青江湖、官场江湖，再到大学江湖、出版江湖、文化江湖，那一股华夏匪气，经久不散。

《红楼梦》：我早年读此书时，正值“文革”时期，几次被父亲抢下，但还是要读。它是一个中国人由少年走向成年的奠基礼，所以一定要独自阅读，与红学无关。

《鲁迅杂文选》：“文革”时书少，除去毛泽东的书，几乎排在第二位的，就是鲁迅的书。我当知青时，一本《鲁迅杂文选》，翻来覆去翻烂了，后来写文章，都会自觉不自觉地模仿鲁迅的风格。此书中有一句话至今记得：“捣鬼有术也有效，然而有限，所以以此成大事者，古来无有。”

《天龙八部》：在大学读数学，最喜欢的小说就是金庸的武侠。也不是我一个人喜欢，许多数学家都喜欢。我上世纪八十年代组织出版《数学奥林匹克词典》，聚拢许多数学家，经常在一起开会。我发现他们业余时间最喜欢读金庸的武侠小说，我问为什么？他们说，一是数学太枯燥，二是数学原理与金庸武侠同构。“同构”是数学词汇，它的词义是什么呢？我久疏数学，真的忘记了。

《古今数学思想》：西方人克莱因写的数学史，我认为是数学史中最好的一本。其中没有谈到中国和印度文明，但还是要读，起码可以向他学习，知道如何叙述历史。其目的不是忘记自己的历史，而是不要数典忘祖，坠入历史虚无主义的泥坑。

《数论史》：英文著作，迪克森著。上世纪八十年代，我从图书馆中找到此书的第一册，厚厚一本，精装，破旧不堪。至今记得，正文大都是数学公式，作者把有趣的数学故事，存于“脚注”之中。比如某数学家习惯在床上演题，某数学家每天用针扎自己的肋部，等等。从此我一直注重脚注和索引的阅读与构建。

《三个火枪手》：大仲马许多作品都让人喜欢。读此书，至今记忆，我喜欢达尔大尼央，更喜欢阿多斯。后者的行为让我知道了何为贵族，何为贵族精神。由此想到许多西方名著，早年的阅读如醉如痴，如今的记忆零零碎碎。

《二十四史》：加上《清史稿》，案头书。我家中一套，办公室一套。前四史最好看，今人重修清史，我还是喜欢《清史稿》的体例。这是一套人类奇书，读一读，如入深潭，如上九天，每一次阅读，都是一次没有尽头的精神之旅。

《万历十五年》：近来我经常赞叹黄仁宇，赞叹他的《万历十五年》。为什么？看一看时局变幻，再重读此书，会让你有所感悟。一五八七年——距今很远，还是近在咫尺？

拾

云五扶乩

大出版家、大学问家、大政治家王云五，我说他曾经“扶乩”，你一定说我在危言耸听。唉！是真的。近日我披星戴月、头昏眼花，拼着老命在写“王云五传”。一部《王云五全集》，一部《王云五先生年谱初稿》，再有一部《商务印书馆与新教育年谱》，都是上百万上千万字的大书，让我弄得纸页翻飞。边看边叹息：“这老先生，也太能写了！”没想到书中指出，这还只是王云五文字的一部分。抗战时期，他写了九年日记，有一千多万字，存放在香港亲戚家中；没想到日本人占领香港，那位亲戚因为惧祸，一把火都烧掉了。其中有多少重要资料啊，心血啊！弄得王云五好痛心，从此很久没再记日记。

直到一九六二年的一天，王先生在台北心情尚好，突然觉得旧日的创伤已经抚平，官又做到“行政院”副院长，很有些乏味；自觉老之将至，趁现在七十六岁年龄，精神尚可，写一部“自撰年谱”吧。他思考了一天，便动起笔来。三年之中，他辞去官职，一面做大学教授，一面做台湾商务印书馆董事长，一面写他的年谱，一写就是三百万字，年龄也到了八十岁。众人劝他正好此时出版，王先生不肯，自觉篇幅太长，另外其中私密的事情也有许多。当然，王先生满目沧桑，胸中自有雄兵百万，倒也不怕什么糗事见人，只是八十大寿之际，他在人们心目中，实在都是大好人物。

生日那天，他跑到医院去“避寿”，没想到蒋介石亲自来到他家中，打着牌匾“弘文益寿”，为他祝福。王云五连呼“折煞折煞！”如此之高的社会威望，自然要对自己、对社会承担责任。于是他从三百万字的“自撰年谱”手稿中，摘出一百二十万字，出版了《岫庐八十自述》。这篇幅也不小了，其中惊人之语也不少，十年前大陆出版了他的节录本，只有二十万字，是由王云五的大公子王学哲摘编的版本。直到去年，那部全本才由九州出版社出版，该社的张海涛总编辑告诉我，一字未删。这倒让我想起七年前，大陆出版的《商务印书馆与新教育年谱》，书中经常见到“此处删去 ×× 字”一类括号文字，看上去有些滑稽，又让人想起《废都》的文字奇观，但那是贾平凹在做虚拟调侃啊，彼一时，此一时，社会总是要进步或退步的。

说远了，言归本文题目。我写“王云五传”，重点在读《王云五先生年谱初稿》，此书是王云五的学生王寿南写的，他能读到王云五许多未发表的资料，包括那部“自撰年谱”手稿，书中引用不少。其中一段写道，王云五十岁时，父母因其多病，让他每周去一个李老师主持的“仙坛”，求得神仙保佑。没想到王云五见到李老师扶乩时，如神仙下凡，竟然在沙盘上写出字来，于是倍感惊奇，信以为真。李老师也说王云五有仙骨，决定收他为徒。确定在某日，为王云五穿上小型袍褂，戴上金顶小礼帽，三叩首后，跪着念一经咒，然后在沙盘上方手持乩木，过一会儿，乩木果然自己动起来，在沙盘上写出一行字，王云五个子小，看不见，李老师念道："余乃文昌帝君下降也。汝王齐颇具仙骨，勉之，勉之。"就这样王云五入了道，法名"王齐"。在此鬼混期间，王云五还见到盛宫保宣怀前来扶乩，保佑父亲平安，李老师唱道："羲皇之后有斯人，孝子贤孙证夙因。"王云五听来是在拍马屁，自觉神仙不会这样说，于是对扶乩产生了动摇，他的迷信也渐渐觉醒。这些都是《王云五自撰年谱》手稿中的片段，不是我的杜撰。

壹拾壹

郭氏九章

《九章算术》是“算经十书”之一，成书于西汉年间，张苍、耿寿昌在先秦遗文基础上删补而成；传本《九章算术》还含有魏刘徽、唐李淳风等注释。此书被称为算经之首。郭书春先生是科学史专家，他倾尽一生精力研究《九章算术》，为中国古算史研究，为本时代典籍整理，写下重重一笔。我从上世纪八十年代中结识郭先生，为出版其汇校本《九章算术》交流多年，后来成为一生朋友。

郭先生，山东大汉，不善言辞。外相粗犷，但搞科学史研究时，实在是一位认真细致之人。一九八九年为汇校本付印，我陪着郭先生去深圳校对文稿。我们几个人挤在一个房间里，每天吃盒饭；深圳天气极热，酒店空调要到夜间才开放几个小时。那时深圳已经是花花世界，但郭先生每天都坐在房间里埋头校对，他说：“此书宗旨是校勘古今版本正误，不能再出一处错误。”其间朋友请我们喝酒，郭先生酒量巨大，不会醉，让我领教到山东才俊的豪爽一面。

其一《九章算术》汇校本，辽宁教育出版社一九九〇年出版，上面谈到我与郭先生的交往故事，就是此书。郭先生汇校时，恢复被戴震等人改错南宋本、大典本补误原文四百五十余处，汇集近二十种不同版本资料。郭先生还以此书为基础，编撰简体字版《九章算术》，收入“新世纪万有文库”《算经十书》；台湾九章出版社出版繁体字修订版《算经十书·九章算术》；一九九八年郭先生撰译注《九章算术》；二○○四年辽教社与台湾九章联合出版“汇校《九章算术》增补版”。第三版改名《九章算术新校》，由中国科技大学出版社出版。二○一三年此书入选国家六十年来古籍出版“首届向全国推荐九十一部优秀古籍整理图书”。

其二，《九章算术》中法对照本，二○○四年巴黎 Dunod 出版社出版，郭先生与法国国家科研中心（CNRS）林力娜（K. Chemla）博士合作。一九八一年 K. Chemla 来中国科学院自然科学史研究所学习中国数学史，郭书春是主要教师。她回国后获博士学位并进入法国 CNRS 工作。一九八二年他们分别向中国科学院和法国 CNRS 提出合作研究翻译《九章算术》申请，于一九八三年获得批准立项，纳入两国科学合作协议。从一九八四至一九九三年，K.Chemla 三次来华，郭书春二次去法，共同翻译，互相磋切，不断修改，几易其稿。其工作模式大体是：郭书春确定底本文字，向 K. Chemla 讲解刘徽注意思，对错讹文字提出校勘意见。然后进行讨论、质疑。同时，边讨论边翻译。K. Chemla 根据讨论结果整理出法文稿，郭书春再看是否准确表达了刘徽注意思，书面提出修改意见。两人再讨论，直至双方满意。全文初稿完成后，又两次边讨论边修改。最后由 K. Chemla 对法文润色加工。二〇〇六年六月此项目获法兰西学院（一译法兰西学士院）平山郁夫奖。法兰西学院是法国最高学术机构。

其三《九章算术》汉英对照版，国家“大中华文库”资助项目，历时十数年完成。此书以郭先生汇校本为底本，道本周（Joseph W. Daubun）与徐义保英译。道本是国际数学史学会前主席，纽约市立大学教授。国内出钱中译外，多为自娱自乐。此书有郭先生与道本合作，情况自然不同。

壹拾贰

胡适之师

胡适是大学问家，王云五不可比；但王云五曾经是胡适的老师，胡适也并不回避。早在一九〇六年，十九岁的王云五青年才俊，自学有成，受聘为中国新公学英文教师，教授文法和修辞学；他的同事是留美归来的前辈宋耀如，教授英文文学。新公学中新人集聚，有才华的人不少，比如时年二十一岁的朱经农，曾经留日两年，他一面跟王云五学英文，一面还在兼职教授日文；时年十七岁的胡适，也是一面跟着王云五学习文法，一面兼职教授初级英语。后来三位成为一生的好朋友，他们聊天时回忆，那时的王云五貌似少年老成，衣着简朴，未剪辫子，又没有留洋经历，“甚至有以目我为土少年者”（王云五语）。许多学生怀疑王云五的能力，经常设问质疑，王云五回答问题反应机敏，滔滔不绝，让人折服。

后来胡适在《四十自述》中，回忆那段生活，有两件事情说得不准确，让王云五甚感不爽。一件是《四十自述》中记载：“我在中国公学两年，受姚康侯和王云五两先生的影响很大，他们都是注重文法上的分析，所以我那时候不大能说英国语，却喜欢分析文法的结构，尤其喜欢拿中国文法来做比较。现在做了英文教师，我更不能不把字字句句的文法弄得清楚，所以这一年之中，我虽没有多读英文文学书，却在文法方面得着很多的练习。”对此，王云五在《岫庐八十自述》中说，其实姚康侯是在中国公学教文法，而不是在中国新公学教文法；王云五也是在新旧公学合并后，才到中国公学教文法的。所以在中国新公学教授胡适文法的老师，只有王云五一人。另一件是胡适在《四十自述》中说，自己曾任上海工部局所设华董公学的国文教员，其实那个职务也是由王云五推荐胡适担任的，胡适却未提。胡适回忆录有两处涉及王云五的事情均不准确，抑或遗忘，但王云五还是说：“得此印证，更使我回忆不爽。”

当然事情还非仅限于此，据杨亮功《胡适之先生与中国公学》记载，王云五在中国公学不仅教授胡适英文，还教过胡适的算学。当时胡适准备报考留美官费，国文和英文基础很好，但算学程度不够，王云五特意为胡适补习了三个月的大代数和解析几何。这一件事情，胡适在回忆录中干脆没提到。

无论如何，有了那一段师生情谊，此后王胡之间的交情，还是越来越好。一九二一年七月，胡适应商务印书馆邀请，从北京来到上海，住了四十五天。这段时间里，二位接触频繁，胡适在日记中，对王云五大加赞赏。如七月二十三日：“十一时，访王云五先生（之瑞），谈了四个钟头，他曾教我英文。他是一个完全自修成功的人，读书最多，最博。家中藏西文书一万二千本，中文书也不少。”后来胡适不肯去商务印书馆编译所做所长，就推荐了王云五。他在九月六日日记中写道：“他们要我荐一个相当的人，我竟不能在留学生里面寻出这样一个人来。想来想去，我推荐了云五。他们大为诧异，因为他们自命为随时留意人才，竟不曾听过这个名字！”确实，那时王云五在家赋闲已经三年，只是读书译书，比如译出罗素的《社会改造原理》，最初也不是为了出版。同年十月，编译所前任所长高梦旦来北京，见到胡适，决计请王云五代替他做所长，请胡适力劝王云五接受。在胡适十一月十一日日记中，胡适说王云五来信推辞，他还把王云五的信附在日记中。这封信的抬头还是“适之同学”。总之胡适的推荐，无论是发现人才，还是投桃报李，都从根本上改变了王云五的人生轨迹。

壹拾叁

蔡元培晚年

一九一一年十一月，孙中山当选中华民国临时大总统。十二月在上海，旅沪香山同乡会欢宴孙中山，时年二十四岁的王云五作为宴会主席，向孙中山致辞。孙中山很赏识王云五，当即邀请他出任临时大总统府秘书。翌年一月，王云五去南京临时大总统府赴任。没想到半个月后，王云五又接到当时的教育总长蔡元培来信，邀请他去教育部工作。

原来王云五在接受孙中山邀请之前，曾经给蔡元培写过一封信，提出对当前教育的一些建议，但并无求职之意。他信中提出三点建议：一是提高中等学校程度，废止各省所设高等学堂，在大学校附设一二年的预科，考选中等学校毕业生或相当程度者入学。预科毕业者升入大学。二是大学不限于国立，应准许私立，国立者不限于北平原设之一所。全国暂行分区各设一所，并主张除北京原设之京师大学堂外，南京、广州、汉口应尽先各设一所。三是各省得视需要，设专门学校，其修业年期较大学为短，注重实用。蔡元培见到此信后，在毫不相识的情况下，当即邀请王云五来教育部工作，任专门教育司第一科科长。对于一个二十五岁的青年来说，这样的知遇之恩是终生难忘的。由此蔡王之间，也建立了一生的友谊。

一九三七年十月王云五来到香港，发展商务印书馆在香港的事业。翌年蔡元培也来到香港，他原来准备取道去西南，但因路途艰难，且已七十一岁的蔡先生身体不好，只好找到王云五，来到商务印书馆在香港的临时宿舍，与王云五同住，生活由王云五照料。蔡先生喜欢喝酒，伤害了身体，王云五按照嘱托，每天晚上给蔡先生喝一大杯绍酒。后来王云五夫人来港，知道蔡先生善饮，每天中午给蔡先生一大杯绍酒。王云五不知情况，晚上还奉上一大杯绍酒，蔡先生来者不拒，只管饮用，并不说明。

直到蔡夫人来港，他们另租房搬出去住，王云五每周要跨海探望一次，还为蔡先生提供一些大字本的书来看。一九三八年一月十八日，蔡元培给王云五的信中写道："云五先生大鉴：承赐借游志汇编二十册，字大，于晚间浏览，不感困难，今日读毕，奉还，谢谢。此书体例甚特别，无卷第，无序目，每篇自记页数，极似现代教科书中之活页文选，未知各种目录书中曾著录否。如尊处尚有其他大字之书，仍请便中检书一二部赐借为荷。专此敬颂，著绥 弟元培敬启。"

一九四〇年二月，旧历春节之前，蔡元培生活极度拮据，向王云五求助；王云五在二月十一日（旧历大年初四）请蔡先生在香港仔庐山酒店吃饭，并游览浅水湾。没想到三月三日，蔡先生在寓所不慎失足扑地，三月五日去世。蔡先生逝世后，所有丧葬费均由王云五支付。王云五致送挽联写着："百世导师精神不死，半生知己印象永留"。后人王寿南评价："民国元年，蔡以教育总长而引王云五入教育部服务，王感蔡赏识之恩，故诚心报效。蔡晚年困居香港，王尽心协助，从王之对待蔡元培，可见其为人。”

一九六八年一月，在蔡元培百年诞辰之际，台湾中央研究院为蔡先生塑铜像纪念。此时八十一岁的王云五，还在主持台湾商务印书馆，他也在当年三月出版了《蔡元培全集》。并为之作序曰：“蔡先生初时是我的长官，后来是与我往来最密的朋友，最后有如兄弟的关系。

壹拾肆

云五高徒

王云五一生涉足教育，有一少一多。少的是他的老师，他早年体弱，八岁开蒙，十五岁学徒，十八岁做助教，正规的上学时间，累计也没有几年。所以统计教过王云五的老师，加在一起也没有几位：第一位是大哥王日华，第二、三位是私塾萧老师、李老师，第四位是英国人布茂林，再往后就没有了。怎么还会有呢？他十九岁已经做了中国新公学的英文老师，二十五岁已经做国民大学教授了。

没有办法，王云五是一个天才，连同样是天才的胡适都在日记中赞扬他："十一时，访王云五先生（之瑞），谈了四个钟头，他曾教我英文。他是一个完全自修成功的人才，读书最多，最博。家中藏西文书一万二千本，中文书也不少。他的道德也极高，曾有一次他可得一百万元的巨款，并且可以无人知道。但他不要这种钱，他完全交给政府，只收了政府给他的百分之五的酬奖，此人的学问道德在今日可谓无双之选。他今年止三十四岁，每日他必要读平均一百页的外国书。"正是天才加勤奋，才有了无师自通的道理。

王云五一生专职或兼职，一共做了二十五年老师，仅次于他做出版的时间（四十四年），他教过的学生太多了，学生中，名人确实不少，比如跟他学习英文的胡适、朱经农、杨杏佛等；还有在台湾政治大学，他的学生周道济博士，也是中国本土培养的第一位博士，王云五也因此有了“中国博士之父”的美誉。后来周道济还做过台湾商务印书馆总经理。

王云五的学生之中，还有一位大牌学者金耀基。上世纪五十年代末，金耀基在台湾政治大学读硕士，他的导师是王云五；一九五九年六月，他的毕业论文答辩是由王云五主持，题目为《中国民本思想之史的发展》。王金二人师生情谊极深，这一点可以从金耀基写王云五的一些文章中读到，可以从二人频繁的往来信件中读到，更可以从金耀基为王云五写的墓志铭中读到。一九六七年五月，王云五曾经邀请金耀基来台湾商务印书馆做经理兼总编辑，而金耀基准备去美国夏威夷大学东西文化中心留学，婉谢了恩师的邀请。为此他写给王云五一封长信，其中说了五条难从师命的理由，纸短情长，敬意悠然，几乎让我想到西晋李密《陈情表》。结尾一段写道：“以上意见，无一点非就感情而言，亦无一点非就理智而言，吾师明察，当不以生言为妄也。自政大忝列门墙以还，忽忽将近十年。生受益多矣，获恩深矣，时在念中，唯人微言轻，欲报无力耳，但愿此次赴美归来，能有较好之条件再随左右，并报恩师于万一。吾师知我爱我，必能含笑颔首，幸甚、幸甚。”

一九七六年，金耀基在剑桥工作，王云五与其往来信件不少。尤其是本年四月十七日，王云五去信，约金耀基在台湾商务出版散文集，信中谈到为吴讷孙《未央歌》出版普及本，没到半年销售七万册，“吾弟为文，远胜吴氏，商务将以最廉之价，大登广告，相信销路将可比美吴氏之作。”同月二十六日金耀基复信说道：“生剑桥小文，承蒙重许，愧悚无地，而吾师嘱生将各文汇集成册，交商务出版，厚爱美意，敢不拜纳。”只是提到一些版权问题，还希望出版精平装两种版本，并插图十幅。五月一日，王云五复信，完全答应金耀基的要求。五月六日，金耀基再回信，说到已经回绝《中国时报》长途电话组稿，明言《剑桥文集》的出版权，已经交给商务印书馆。此信结尾处，金耀基还赞道：“细读来信，发觉吾师之字，犹如苍松寒梅，越看越见精神，真百读不厌也。”

壹拾伍

以书祝寿

王云五先生早年家境尚可，只是他的大哥十九岁考中秀才，两个月后却暴病去世。一位算命先生说，王家十世未出读书人，此番又出现这等事情，看来王家子弟不宜读书。受此影响，王云五只念几年私塾，父亲不再让他读书，而让他白天学徒，晚上去夜校学一点英文，未来应付从商需要。没想到王云五天生是读书种子，勤奋好学，进步极快，到十八岁时，英文程度已经非常好，被英国人办的同文馆聘为教生，类似于助教；十九岁时，被中国新公学聘为英文教师。由于做教师收入很高，父亲也不再干预王云五之学习与工作。

此时王云五打算边工作边学习，然后出国留学，没想到他二十岁时，二哥又不幸去世，家中只剩下他一个男孩。父母渐老，王云五不忍心再离开家，只有选择自学之路。而他最重要的学习方法，就是钻图书馆。他回忆，自己最早接触图书馆是在十六岁，他做同文馆教生时，准许读英国老师的私人藏书，读到许多原版名著，从此深深地爱上图书馆生活。一九二四年，在他担任商务印书馆编译所所长期间，东方图书馆落成，他出任馆长，他说这是一生中，最让他感到荣耀的事情。直到晚年他还叹道:“真想不到后来我竟成为全国最大之私家图书馆主持人。”但是,一九三二年“一·二八”事变爆发,日本人将东方图书馆炸毁。王云五痛心疾首,第二年就提出建立“复兴东方图书馆基金”计划,成立五人委员会:胡适,蔡元培,陈辉德,张元济,王云五。到一九三七年,新藏书又达到三十余万种。

另外,王云五私人藏书也很多,在上海曾经达到八万余册。一九四九年离开大陆,藏书尽失,最让他晚年惋惜。后来他在台湾藏书也达到四万余册,建有三个书房:外书斋、内书斋和疏散书斋。一九七〇年,王云五在台北成立“云五图书馆基金会”,自己拿出一百万元新台币,买了一所房子,将藏书全部放入,对公众开放。他还留下遗嘱,待去世后,将现住所也为云五图书馆所用。

一九七七年,王云五九十大寿。他在台湾声望极高,蒋经国亲自为他祝寿。王云五登报声明,诸方其他贺礼一概不收,只收取为云五图书馆捐赠的图书。一时被台湾各界引为美谈,赠书故事极多。比如蒋纬国写上贺寿信,并赠书十二册,信中写道:“岫老世伯大人赐鉴:夏日宣丽,河山生辉。每念硕德博学,不胜敬慕。阅报载,月之十六日欣逢世伯大人九秩大寿,岳军伯等筹办祝寿茶会,为仰赋大人节约简朴,勤学励修,教人诲勉之一贯风范,仅欢迎赠书,用供‘云五图书馆’公开阅览。近日友好相见,尝以此事相谈,不仅以大人之道德文章,做人处世,引为典范,受益良深;尤以近年来蒙指导《中国历代战争史》之修订,嘉惠后学,永存史页。际此佳辰,仅以至诚,恭祝:福如东海，寿比南山；学问济世，德业共仰。敬此奉上拙作（十二）册，谨请教正，专此，恭祝寿安 晚蒋纬国敬启 民国六十六年七月十六日。”

再如苏雪林赠书一册，写上贺信，无标点，雅趣极多，请读者试标点赏阅：“岫庐前辈先生阁下敬肃者久违杖履时仰松柯阅报本月十六日为先生九秩寿辰当卫武纳训之际值伏生传经之年鲁国灵光举国共望艺林尊宿环宇同钦大雅扶轮延文化之命脉等身著述不朽于立言诚为历史少有之奇人百世难逢之人瑞庆云遥睇喜抃无穷衹以道阻且长未克抠衣升堂奉觞上寿欲具菲仪以当芹献又闻不受礼品惟书籍等类则例外兹奉新出版自选集一册为先生所办图书馆增沧海之一粟此后若再右拙作梓行自当源源奉呈并祈指正专肃恭叩松龄千春福安百倍 后学苏雪林拜贺七月十二日。”

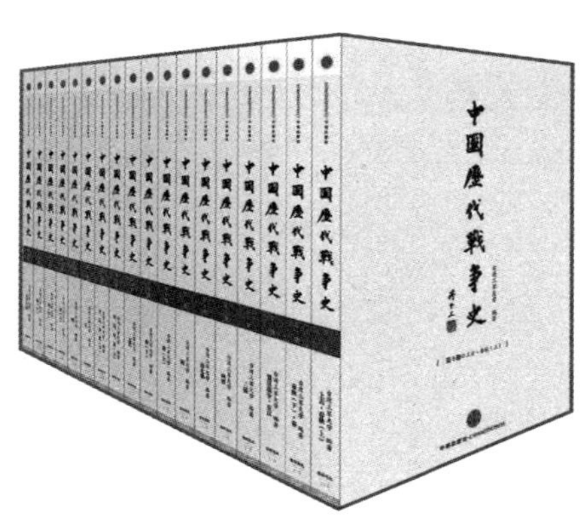

壹拾陆

一篇后记

从二〇一二年至二〇一三年，我为《深圳商报》写专栏《可爱的文化人》，整整有了近百篇文章。如今整理成册，在岳麓书社出版，写后记如下：

我写《可爱的文化人》的念头，早在二〇〇三年就有了。最初是想模仿台湾柏杨先生《丑陋的中国人》，写一本《丑陋的文化人》，品评一下多年来，我在工作中见到的文人百相。后来还是沈昌文先生告诫我，说话最好要温和一些，用词不要太过刺激，况且人都有多面性，有丑陋的一面，也有可爱的一面；有些貌似丑陋的东西，也会有可爱之处，我看不妨叫《可爱的文化人》吧。沈公是我的师父，我说话做事，怎么能不听师父的教导呢？所以此专题成书之后，就用了沈公给我的命名；沈公还为本书赐序《文化囧》，在这里，当然首先要向沈公致谢了。

这一组文章的批量写作，始于我二〇一一年末南下深圳，原本是去约见香港牛津大学出版社总编辑林道群；相见之时，由我们共同的朋友胡洪侠、张清诸君安排，结果我们彼此都成了朋友。当时《深圳商报·文化广场》主编张清兄约我写一些东西，于是在二〇一二年初，我即以“可爱的文化人”为主题，在该报开了专栏；每周一篇，连续写了两年，成文九十余篇。这期间版面编辑陈溶冰催稿编稿，始终如一，文稿很少见到改动。她因此赞扬我文字干净，不愧为大编辑身份；我心里清楚，这不过是编辑抓住作者的技巧，多请教、多表扬、多鼓励，作者会越写越有干劲儿，忠实地为你效力。但无论是谬奖还是鼓励，我始终很愉快地坚持着这项写作，在整整两年之中，从未间断过。张清兄一直把我的专栏放到刊头的位置上，也让我感动不浅。

在此期间，经常与杨小洲兄聊天。他是我的作者，曾经在我手下的出版社出版《玫瑰紫》和《抱婴集》；他也是我的出版人，二〇一一年曾经将我的小书《蓬蒿人书语》，列入他组织的套书“书房一角”中，在岳麓书社出版。这一次他又要续编“书房一角”，希望将《可爱的文化人》列入其中，还专门为本书写了一篇极好的序言，使我心怀感念。

另外，我愿意再次与小洲兄合作，其一，小洲做事胆大心细，书装设计经常让人超乎想象。其二，小洲组织的套书作者如陈子善、胡洪侠、赵丽雅、谢其章、彭国梁等，都是我敬重的学者与文化人，与他们为伍，确实让我心情愉悦。其三，因为这套书，我结识了岳麓书社的总编辑曾德明，以及杨云辉兄，他们都是再好不过的同道中人。《易》云：“憧憧往来，朋从尔思。”一个人的一生是很短暂的，期间能够结交几位志爱相通的朋友，确实难得。况且湖湘之地山川俊秀，气候温润，多出奇才；从古至今，民风刚烈，最尚傲骨。敝人生长于塞外之地，祖籍却在江都，人称“南人北相”是上好的征兆，我的人生总有些“南辕北辙”，笔端老是掩不住北方旷野的粗放。此番得到岳麓书社同人的认可，实在是我近年来最可欣慰的一件事情了。

本书还有一个让我喜爱的特点，那就是康笑宇先生结合本书内容，赐予我四十幅插图。我喜爱康先生的画作，还要追溯到本世纪初年，那时我还在辽宁教育出版社工作，康先生曾经为王蒙、陈原等先生的书做插图，我喜欢得不得了；心里就想，什么时候我的著作出版，也能请这样的画家做插图，那该多好啊！前不久拙著《那一张旧书单》完成，我就请康先生为之画了二十幅插图，甚至封面与腰封上，也用了康先生的绘画形象，引来读者一片赞美之声，让拙著增色不少。在此一并向康先生表示谢意！同时也为《那一张旧书单》使用康先生大作，在注明作者上的疏漏，为康先生带来些许不快，在此表示我的歉意！

壹拾柒

胡适与出版

其实本文的题目并不准确，就职业而言，胡适没有正式做过出版。但是在一九二一年，他曾经与出版有过很亲密的接触，就是人们经常提起的商务印书馆邀请他出任编译所所长的那段旧事。

上世纪二十年代初，由于五四运动的影响，商务印书馆受到新学的冲击，老派文人如张元济、高梦旦等倍感压力，感到自己的能力无法适应新形势的需要，希望能请来懂得新学的人，来领导商务印书馆编译所的工作。他们想到了胡适，希望他能够来编译所出任所长。当时胡适在北京大学任教，他觉得自己才三十几岁，有自己的事业要做，怎么能将精力花费在别人的事情上呢？但是碍于高梦旦等人的热情，胡适答应在一九二一年七月间来上海商务印书馆，在编译所考察一个月，帮助他们搞一个改进的计划。

就这样，在一九二一年七月十五日至九月七日，胡适应邀来到上海，在商务印书馆做了一个多月的考察，帮助他们改造编译所的工作。商务印书馆很重视胡适的到来，安排他见了许多人，重点与他谈两件事情，一是谁来做所长，时任所长的高梦旦力举胡适接任自己，胡不肯，高又问胡“刘伯明如何?”胡说绝对不行。高请胡推荐，最终有了王云五出山。这一段故事知者甚多，此处不再赘述。

重点是第二件事情，即制定编译所的改革方案。当时胡适与编译所同人谈话，许多人都拿出了改革方案，其内容对未来中国现代出版的构成与发展很有意义。比如：

1．七月二十日，杨端六跟胡适谈到，商务印书馆中的人员，主要由退职官僚、工人和文人组成，几乎没有人懂得商业，“馆中最大的弊是不用全力注重出版而做许多不相干的小买卖。编辑所中待遇甚劣，设备（图书、房子）甚不完备，决不能得第一流人才。”

2．七月二十一日，华超写一篇《改革编译所刍议》，其中谈到旧书整理，“照原书印成，没加上整理、考订、校误和说明，不能算作大贡献。以后印行旧书，宜聘专家来整理。可另置旧书整理部以统其事。”

3．七月二十二日，郑振铎作意见书，其中六条意见：一是设图书审查会，二是设中小学教科书编辑会议，三是减少工作时间，四是暑假应全日制，五是薪金按年递增，六是派遣编译员到欧美考察。

4．八月八日，杨端六拟《商务书馆编译所改组办法大要》，列十四条建议，其中建议，编译所另设一高等学术研究会，按照现代学科分类，聘专门人才，每人担任一科。各科委员要有大学教授的资格，待遇可以比照北京大学教授而增减之。

5. 九月三十日，此时胡适已经回到北京。他撰写《对于商务编译所的意见》，并且在日记中写道:“补作商务的报告，完。拟明天交菊生，以完一事。此报告分四部分:（一）设备，（二）待遇，（三）政策，（四）组织。稿有四十多页，约万余字。”此长文中，包含许多胡适对于出版的高论，今日看起来，依然很有意义。比如他说编译所的大政方针应该有两个，一是用营业的精神与手段来提倡那些须提倡的书；二是用研究的态度来做那些营业上利益最大最厚的书。

6. 十一月十三日，王云五在胡适鼓动下，撰写长文《改进编译所意见书》，其中高论也不少。比如谈到出版主旨时，王云五指出:“编著书籍当激动潮流不宜追逐潮流也。”这样的至理名言，至今读来依然让人赞叹。

壹拾捌

胡适论选题（上）

一九二一年七月十五日至九月七日，胡适应商务印书馆张元济、高梦旦等人邀请，来到编译所考察一个多月，期间除了研究出版社建设之外，还对于图书选题发表了许多见解。

1. 七月十七日，张元济、高梦旦、李拔可、高凤池、鲍咸昌、杜亚泉、任光、江伯训、方毅等商务印书馆要员，请胡适在一枝香吃饭。席间胡适提出，可以搞一个有奖征文活动，比如悬赏五千元，或三年留学经费，征集《中国历史》书稿，以一年或半年为限。

后来此事似乎没有实行，但胡适却曾经与两位学者谈到这个选题。一位是王云五，七月二十三日，胡适去王云五家中拜见，谈到历史研究问题；第二天王云五回访，就提出要写一部为中学生阅读的《西洋历史》，并且提出两个写作要点：一是以“平和的英雄”代平常历史上的“战争的英雄”；以文化的进步代国家朝代的兴亡。二是用威尔逊《美国史》的办法，正文文字极少，而注释极多；将正文用大字印刷，作为学生的教科书；注释用小字印刷，或为传记，或为原文，或为详论，供教师参考。

另一位是顾颉刚，七月二十五日，也就是与王云五谈后第二天，胡适就写信给顾颉刚，请他写《中国历史》，体例可以按照王云五的写作要点。八月十三日，胡适与顾颉刚面谈编写《中国历史》的事，胡适谈到做历史的两个方面：一是科学，即严格地评判史料；二是艺术，即大胆的想象力。他说："史料总不会齐全的，往往有一段，无一段，又有一段。那没有史料的一段空缺，就不得不靠史家的想象力来填补了。有时史料虽可靠，而史料所含的意义往往不显露，这时候也须靠史家的想象力来解释。整理史料固重要，解释史料也极为重要。中国止有史料——无数史料——而无有历史，正因为史家缺欠解释的能力。"

2. 七月二十二日，张元济、高梦旦请胡适为"常识小丛书"开一个书单，胡适在第二天的日记写道："下午到编译所，为他们拟了一个《常识小丛书》的计划，并拟了二十五个题目。"这张书单包括国家五个:《日本》《英国》《美国》《俄国》和《德国》；历史巨人四个:《孔子》《释迦牟尼》《耶稣》和《华盛顿》；新事物五项:《交易所》《银行》《飞机》《电报》和《无线电报》；主义一项:《过激主义》；政法四项:《法律》《国会》《律师》和《法庭》；经济重点六项:《盐》《蚕》《蜂》《棉》《茶》和《煤》。需要指出，上面这张书单是张元济先生改过的，他去掉了胡适先生原书单中的《袁世凯》，建议加上《布尔什维克》或《过激主义》；去掉了《电话》，建议加上《煤》或《煤油》。

另外，虽然胡适日记中记载了此事，但是关于这张书单的原始文件，却没人见到过。不过我在阅读汪原放《回忆亚东图书馆》时，看到当时汪原放与胡适过往甚密，他曾经在胡适那里，见过这张书单的“原始文件”，他还抄录留存。在《回忆亚东图书馆》一书中，完整地记录了这一张书单，上面有胡适开列的书目，还有张元济的六条批注，以及胡适的回复等。汪原放回忆，当时胡适还对他说：“要薄薄的本子，价钱要定得很低。或者几分钱一本，或者是一角一本。梦旦先生他们都很赞成。”汪原放说，胡适提出的小丛书，后来变做了“万有文库”那么大的大丛书了。

壹拾玖

胡适论选题（下）

本文上篇谈到，在一九二一年七月十五日至九月七日，胡适在商务印书馆考察期间，参与了编译所的一些选题策划工作，他对于商务印书馆的藏书、书刊及选题的称赞与批评，我们接着介绍如下：

3. 七月二十五日，胡适在编译所见到方叔远、马涯民，与他们讨论编纂辞书的原则。胡适见到一份《编纂大字典商榷书》，其中强调编字典与编教科书不同，教科书以应用为范围，字典则不能以不应用而偏废之。因此定义道："字典者，无非为已过去或将过去之事物留一陈迹，俾后人有所稽考。"胡适认为，他们是在为"已经死去的字做辩护"。而胡适认为，字典也应注意现有的事物，绝不是专为过去的事物留陈迹的；再者，字典是为现在人用的，绝不是留为后人用的。因此胡适提出编字典的两项原则：一是许多仅一见的僻解，可以全删去；二是有许多新解与新合词，必须加入。后来对于编纂字典的事情，胡适在写给商务印书馆的《对于商务编译所的意见书》中，还有较长的文字论述。

4. 七月二十日，胡适参加编译所讨论选题，谈到《国文读本》时，胡适建议编一套“中学国文参考丛书”，例如《诗经新注》《词选》《名家文》和《中国古史考》等，因为单靠读本学古文是不可能的，编这些参考书，旨在引导学生多读书。另外，对于《中学国文读本》，胡适提出一个编写宗旨：“依时代为纲领倒推上去；以学术文与艺术文（包括韵文）为内容大概。”

七月三十日，胡适与孙绍伯谈中学国文选本，他说，自己随口拟了一个选材的计划，存在日记中，以备日后的修改：第一年，周作人《域外小说集》、林琴南小说等；第二年，近代人之文，梁任公、章行严、章太炎等；第三年，所谓“古文”时期，自韩愈到曾国藩；第四年，自六朝到周秦。每时期自然加入韵文。

5. 七月十九日，胡适到涵芬楼看商务印书馆的藏书，他在日记中写道：“西书甚少，中文书中志书颇多，但远不如京师图书馆。善本书不少，不能细看，今天见到有一部黄荛圃藏的宋本《前汉书》二十册，价两千元。其实两千元买一部无用的古董书，真是奢侈。他们为什么不肯拿这笔钱买些有用的参考书呢？”

6. 七月二十二日，胡适读过商务出版的《小说月报》第七期，其中有论创作的文章，为此胡适与编辑郑振铎和沈雁冰谈话，他在日记中记道：“我劝他们要慎重，不可滥收。创作不是空泛的滥作，须有经验做底子。我又劝雁冰不可滥唱什么‘新浪漫主义’。现代西洋的新浪漫主义文学所以能立脚，全靠经过一番写实主义的洗礼。有写实主义做手段，故不致堕落到空虚的坏处。如梅特林克，如辛兀（Meterlinck，Synge），都是极能运用写实主义的方法的人。不过他们的意境高，故能免去自然主义的病境。”

其实胡适对于编译所聚合的一些人才是很欣赏的。他在《对于商务编译所的意见》中即写道：“即如商务现有的少年人才，如雁冰、愈之，皆是忙里偷闲，自己磨炼出来的。这种人才的用处，往往比国外大学毕业生还要大些。以现在商务的设备，尚可以有此意外的成绩，若设备更完善，成绩自然会更大，造就的人才自然会更多。”

贰拾

云五逸事

醉酒状

一九七〇年十一月十六日，王云五八十三岁，台湾《自立晚报》刊载短文《王云五醉后爱讲西班牙语》。其中谈到，王云五平素有两大爱好，一是好读书，一是好饮酒。但是他读书无节制，饮酒却有节制，善饮而不伤身体。并且王云五饮酒有三大特点，其一是有过人之量，一般善饮者均非其对手；其二是善于劝酒，一次劝何应钦将军饮绍兴酒，王云五说，你只要饮下两杯，我明日一定往府上赠送两瓶洋酒。何应钦闻言，仰头干下两杯，第二天果然收获两瓶洋酒。其三是王云五醉酒时，最喜欢说外文，并且最初有醉意的时候，开始满口说英文，此时应该迅速将王先生送回家中；否则，当王先生的英文转为西班牙文时，一定是酩酊大醉了，那时就需要有人搀扶着他回去了。只是王云五酒量很大，说西班牙语的次数不是很多。

不吃蛇

王云五是广东人，但他不吃蛇。一九五七年王云五在美国访问，应邀去陶陶酒家吃饭，“陶陶”的译名为HoHo（豪豪）。王云五指出，这是因为唐音中没有T音，凡是今人读T的音，唐人皆读H。比如Hindu，唐译为天竺，今译为印度，即源于此。另外广东人将台山读作Hoishan，也说明至今在广东话中，还保留着一些唐音的存在。

正当众人叹服王云五先生博学多识时，主人却端上蛇胆酒来。王云五见状立时色变，连称自己虽为广东人，却绝不敢吃蛇。他还谈到抗战爆发前，有一次他与胡适、朱经农在上海大三元酒店吃饭，店方推荐他们吃蛇羹，朱经农谈道，某年他在一个宴席上误食蛇羹，味道非常鲜美，事后知道自己吃了蛇，异常恶心，大吐一场；但此后再吃蛇羹，就习惯了。胡适曾经多次吃蛇羹，因此点了这道菜。席间胡适还承上一勺蛇羹，称赞鲜美，劝王云五尝一尝；云五笑言，蛇并非珍品，只是靠鸡汤调味，至终不肯尝试。所以在陶陶酒家，他也没有品尝蛇胆酒。

后来王云五在文章中谈到，实际上他对于蛇的恐惧，本源于他十七八岁时，一次夜晚回家，刚进卧室不久，却发现有东西缠住了他的两个小腿，在微光下他看到，有一条大蛇将他缠住，蛇昂起的头，几乎达到他的胸部。惊惧之际，王云五想到关于蛇的常识，蛇攻击人时，一般都出于自卫，你只要不动，它大多不会主动咬你。于是王云五静立在那里一动不动，不一会儿，那条蛇就放松缠缚，很快爬走了。从此以后，王云五对于蛇状的东西极其憎恶，不但不肯吃蛇，连类似蛇状的鳝鱼都不喜欢吃。王云五直到晚年还叹息道：“甚矣，深入之见，牢不可破，数十年如一日也。”

千寿宴

台湾商务印书馆《东方杂志》十一卷十一期，载王家鸿文章《台北千寿宴》，其中写道，一九七八年三月二十七日，阮毅成在台北市信义路三段外事餐厅，宴请在台耆宿二十人，合计一千六百一十五岁：王云五九十一岁；顾祝同八十七岁；钱大钧八十六岁；曾虚白八十四岁；余井塘八十三岁；楼桐孙八十三岁；杨亮功八十二岁；成舍我八十一岁；王家鸿八十一岁；黄季陆八十岁；吴三连八十岁；蒋复璁八十岁；陶希圣八十岁；陈立夫七十九岁；浦薛凤七十九岁；范争波七十九岁；程沧波七十六岁；端木恺七十六岁；陶百川七十六岁；阮毅成七十四岁。另有在座李杰六十七岁，未计入。

贰拾壹

结交老蒋

直到最近，还有一位前辈问我：“你研究王云五，能告诉我，为什么蒋介石对他那么好吗？”我知道，提这样的问题，是因为长期以来，大陆方面对王云五的介绍，负面的东西太多，诸如资本家的走狗、没有学问、金圆券事件，以及国民党战犯等等。

说起来，王云五与国民党关系很深。他一九一二年一月，曾经给临时大总统孙中山做过秘书；同年七月加入国民党；但在一九二七年国民党重新登记时，他称“今吾党功成，我不妨引退”，决计放弃登记，此后一直保持无党派人士身份。但是说到王云五与蒋介石结交，还是有一个过程的。我将其按时间顺序开列如下，有兴趣者，可以依此探骥索隐，做深一步的了解：

其一是上世纪二十年代，王云五在商务印书馆担任编译所所长。蒋介石定都南京，认为上海是人才荟萃之地，每隔二三个月，总会将上海工商学界代表各选一人，专车接到南京，经过一天交流，中午在一起便饭，朝发夕返。五卅运动前后，王云五在家中组织一个“华社”，各界名人来得很多。王云五觉得，是有人向蒋介石谈到他的名字，所以也曾经应邀去南京，与蒋介石当面交流，从此相识。

其二是抗战时期，国民参政会在重庆成立，人选分为甲、乙、丙、丁四类，前三类需要层层选举，丁类为社会名流，由上方认定。王云五被列入丁类，他认为也一定是蒋介石圈定的。当然，王云五在参政会上的出色表现，也给蒋介石留下极好的印象。

其三是太平洋战争爆发，日军占领香港，时任商务印书馆总经理的王云五正在重庆开会，他因此无法回到商务印书馆香港联络部，只好将联络部移至重庆。当时商务印书馆重庆分馆遇到经济困难，蒋介石派陈布雷、王雪艇前去慰问，还在无担保的情况下，为之贷款三百万元，这让王云五终生难忘。

其四是抗战后期，蒋介石不止一次劝王云五到民国政府来工作，但王云五均以商务印书馆之重担无法交卸，婉言谢绝了蒋的邀请。直到抗战胜利后，王云五辞去商务印书馆总经理职务，来到南京，不到三天，蒋介石与宋美龄就请他吃饭，并邀请他出任经济部长；行宪之后，王云五又出任财政部长、行政院副院长。

其五是一九四九年王云五到台湾之后，蒋介石又在两日之内请王云五吃饭，蒋介石知道王要筹建华国出版社，他当即答应个人赠资支持，后来赠资十五万元。

其六是上世纪五十年代，王云五定居台湾后，再次受到蒋介石重用，官至考试院副院长、行政院副院长等。一九六六年蒋介石当选总统，王云五代表国民大会向蒋致送当选证书。王云五八十岁时，蒋介石还亲自到他的家中，送上“弘文益寿”的牌匾。

其七是一九七五年四月十六日蒋介石去世，王云五为二十一位治丧大员之一；在大殓典礼时，治丧办事处请王云五担任为蒋介石的遗体覆盖国旗。王云五事后接受记者采访，他说，他看到蒋介石的灵柩中，放着五本书：《三民主义》《圣经》《唐诗》《四书》和《荒漠甘泉》。

其八是一九七八年三月二十五日，蒋经国当选中华民国总统时，九十一岁的王云五代表国民大会，向其致送当选证书。

贰拾贰

脉望四人行

转眼之间，我参加上海书展，参加王为松组织的“两海文库”联谊会，已经有四届了。所谓“两海”，是指上海书店出版社出版的“海上文库”，以及海豚出版社出版的“海豚书馆”，这两套书总策划都是陆灏，总设计师都是沈昌文。第一届时，王为松还是上海书店出版社社长；到了第三届，为松兄有了进步，去做上海人民出版社总编辑。工作变化，选题自然变化，但王为松是一位念旧的人，“两海”的情谊始终不能忘，所以联谊会一直继续。今年又翻出新花样，上海人民出版社推出“脉望丛书”，填补了“海上文库”的缺位。“脉望丛书”首先推出三本书:《为什么要读孙甘露》《书信里的辛丰年》和《看得见的沧桑》，品质上乘，书装也有特色。记得王为松为之定名“脉望”时，还打电话来征得我的同意。我知道为松兄是谦谦君子，他的垂问只是出于礼貌，其实在我们的圈子中，最早提到“脉望”一词的人，就在他身边坐着，那就是陆灏。

这件事还要追溯到上世纪九十年代，那时我还在辽宁教育出版社工作。当时出版社以出版教材为主，资金比较充足，却没有能力出版好书。大约在一九九三年，在《读书》杂志编辑赵丽雅引荐下，我结识了京城出版大佬沈昌文，他看我有财力，气质又不太张狂、不太土豪，就答应帮助我编一套书——关于大学问家如何读书的书，就是“书趣文丛”了。为此沈昌文组织了一个小团队，成员有沈昌文、吴彬、赵丽雅和陆灏。书编好之后，涉及到“总策划”署名问题，他们不想暴露本名，讨论了几次，最后接受了陆灏的建议，就署名为脉望！那么脉望为何物呢？沈昌文最近还说，最初他也不知道，听完陆灏解释后才搞清楚，原来是一种书虫。为此赵丽雅还专门写了一篇短文，讲述脉望的故事，用以表明几位爱书之人的志向。她写道：

脉望的故事，见于唐段成式《酉阳杂俎续集·支诺皋》中。古时读书人对蛀食书籍的小虫抱着复杂的感情。一方面是痛恨，但一方面也很羡慕。据说有的虫三次吃掉了书叶里的“神仙”字样，自己也就化为神仙，这就是“脉望”，“有时打开一本书，会忽地发现一条两三分长的银灰色的细长小虫，一下子就钻到不知什么地方去了。幸而捉住，用手指一捻，就成了粉……”据说这仙化为脉望的书虫，就是《尔雅·释虫》中称作“蟫”和白色的“衣书中虫”（郭璞注），那么是在没有纸的时候便先有了“书鱼”。后来它就一直藏在书叶里，被各种各样的文字温暖着，至于“神仙”二字，其实倒是难得遇着。韩退之诗：“岂殊蠹书虫，生死文字间。”也许是赞，也许是讽，不管怎么样，今先不妨取了这点意思来为“爱书人”作注。而食了神仙字之后的飞升，怕是“可遇而不可求”罢，只是这一点儿嘲讽式的浪漫特别觉得可爱而已。

有了这段说明，他们还觉得不够形象，又请郑在勇设计了一个脉望的图像：一朵小云彩，长着一双大眼睛，头上等着一本翻开的书。正是在脉望的旗帜下，在沈昌文领导下，我们编了很多书，脉望一词，也已经深入到读者的心中。

这一次上海人民出版社再次启动“脉望丛书”，自然又让我想起那四位脉望成员：大哥大沈公，大姐大吴彬，还有大才女赵丽雅和小帅哥陆灏。尤其是陆灏，这次在上海搞活动，他一直感冒，几次难以到场，与会者不断提到陆灏的名字，主持人小宝说，他就是“一个幽灵，……”

贰拾叁

许渊冲先生

本文题目，原来想叫“又一张馅饼”。原因出于两年前，莫言先生荣获诺贝尔文学奖时，我曾经写过一篇文章，题目叫《天上的馅饼》，我是在调侃，在莫言获奖之前，我所在的海豚出版社，恰好出版一本他的小书《变》。结果赶上了好时候，一次次再版加印，让我产生了“天上掉馅饼”的感觉。无独有偶，今年八月二日，在德国柏林举行的第二十届世界翻译大会上，许渊冲先生荣获国际译联二〇一四年“北极光”杰出文学翻译奖，成为这个项目自一九九九年设立以来，第一位获此殊荣的亚洲人。读者知道，近三年来，我出版了许多许渊冲先生的著作，所以近日微博上有人给我留言说，记得莫言获奖时，你说天上的馅饼，砸在你头上；这一次许先生获奖，又一张馅饼砸到你的头上了，应该不是偶然的事件。显然她是在夸我有眼力，回忆起来，出版许先生的书，还真不是我的眼力，还是出于偶然。

许渊冲先生本来就是一位高产作家、翻译家，他出版著作极多，他的名片上就写着：“书销中外六十本，诗译英法唯一人。”但是许多年来，我与许先生并无来往。大约在三年前，我的家人W还在一家出版社工作。当时许先生的一位学生李玉超认识W，问她能否出版一些许先生的著作。有一天我顺路开车，送W去北大宿舍，到许先生家谈书稿。来到许家后，向许先生夫妇介绍，我只是一个开车的司机。坐在那里听他们谈话，但我很快被他们的谈话内容感染了！许先生，一位九十多岁的老人，耳朵背了，精神依然完好，气度依然不凡；他的老伴儿照君女士，温和亲切，一直跑前跑后，边倒茶，边找书，边为许先生大声“解说”。照君不断地述说着，许先生老了，但身体还好，每天工作到深夜一点，还能骑自行车。他的头脑依然很清楚，译笔依然天下无双，现在他还在译《莎士比亚全集》，每天工作六七个小时，他说这个译本，一定会超过朱生豪或梁实秋的翻译。照君还说，许先生已经是九十多岁的人，时间不会很多了，你们有什么需求，赶快让他做吧，能多做一些事情出来，就是给人们留下的财富。听到这里，我被感动得一塌糊涂，赶紧向二老纠正了一下我的身份，说明我也是做出版的，希望能为许先生做一些事情。结果W组稿变成了我组稿，我一下子约定他的许多作品，都希望能够整理出版，后来落实的出版计划有：

一、《许渊冲文集》（二十七卷），请周明伟先生出任总主编，约一千多万字，这还只是他的译文集。我们约定，第一步整理好目录，申报“国家出版基金”，如果申报成功，我们再往下做；如果申报不成功，我一个小出版社，实在承受不了这么大的项目，也请许先生夫妇谅解。结果在前年，我们申报成功了，一共获得一百多万元资助。前不久，这套大书刚刚验收结项，正式上市。许先生夫妇还打来电话，说这是双喜临门。

二、《许渊冲经典英译古代诗歌一千首》（十册），包括诗经、汉魏六朝诗、唐诗、苏轼诗词、宋词、元曲和元明清诗。申请多项国家资助，均未成功。但是我已经事先与许先生说好，无论有没有资助，我们都会出版。目前这套书初版已经售罄，正在安排再版。

三、《丰子恺诗画，许渊冲英译》，因为我们正在做《丰子恺全集》，丰子恺诗配画极美，而其中许多古诗，许先生已经译成英文；没有翻译的，我们又请许先生补译了许多。两者合为一处，珠联璧合，实在难得。此书得到中国外文局资助，做得很漂亮，精装，许先生喜欢得不得了。

贰拾肆

方豪神父

二〇〇七年，读季羡林文章《从宏观上看中国文化》，见到其中大段引用方豪文章，内容出自《中西交通史》(台湾华冈，一九七七)。此书是一部经典著作，一九八七年岳麓书社曾经出版影印版，只印了一千多册。我买不到，就从图书馆中借来复印，读罢赞不绝口。当时身处出版界的我，一直暗下决心，有机会一定要出版此书的简体字版。二〇〇八年上海人民出版社出版此书，我立即买来几套，自己留存不说，还四处送人。我推荐此书有三个原因：其一，方豪的学问让人敬佩，尤其在中西关系史研究领域，堪称大师级人物，我们理应认真研读。其二，我们这些年搞文化“走出去”，有些不知所措。读此书就会了解到，前人也做过许多“走出去”的事情，许多经验值得借鉴。其三，读此书，让我们起码知道“交通”一词的意义，正如《周易》所言：“天地交而万物通，上下交而其志同”。总不会再把“交通大学”当成培养“交警”的地方吧！

方豪（一九一〇至一九八〇）是浙江杭县人，早年因家境贫寒，仅读四年国民学校，后被父亲送入修道院，历经十三年学习，除去神学、拉丁文外，还学习法文，对中国古文、唐诗、宋词最有兴趣，尤其对利玛窦、艾儒略、南怀仁、汤若望等传教士，尊重中国文化与中国人，以学术和文化为传教方式深为敬佩，所以坚信天主教在中国传教，必须精研中国文化。方豪在上世纪二十年代，与陈垣、张星烺、向达、张维华、张荫麟、白寿彝、郑鹤声、罗香林、李俨、岑仲勉等人往来。一九四一年受聘为浙江大学史地系教授，抗战胜利后在北京辅仁大学任教。一九四九年去台湾，在台湾大学历史系任教。上海人民出版社出版《中西交通史》，韩琦教授在后记写道："方豪全靠自学成才，发表的文章数量之多，涉及面之广，学术价值之高，可谓是前无古人，恐后人也难以逾越。"

我对方豪神父了解，有三个途径，一是上述读书活动；二是读王云五在台湾出版活动资料，见到方豪著作经常在各种图书奖项中出现；三是在苏雪林、李敖等人文章中读到。苏雪林曾经在悼念文章中写道：方豪的去世，"宗教界、学术界一颗巨星又收敛了它的光芒，顿觉天宇沉沉，一片漆黑。"她还称赞方豪的学问："傅斯年教人做学问，必须'上穷碧落下黄泉，动手动脚找东西'，我看只有方豪神父能将这两句话完全做到。胡适之先生又有'为学要如金字塔，既能广大又精深'，方豪神父也把这两句话完全做到了。"

李敖是方豪的学生，他在大二时，曾经听过方豪的宋史课。方豪去世后，李敖曾经写过两篇关于方豪的文章，历来骂遍天下的李敖，似乎对方豪很有好感。他在《方神父的惊人秘密》一文中，揭露十八年前，方豪帮助他写攻击天主教会的文章，当时教会的人就认定是方豪干的，为此方豪还在圣母像前下跪发誓，拒不承认。李敖说，他之所以十八年后才揭露真相，实在是考虑到老师的血压。文中还写道，李敖自称一生有“十大失败”，其中之一就是劝方豪还俗，但“我虽频频晓以大义，却终不能夺其志”。李敖还写文章《上帝与手淫——给方豪神父信》，吓得方豪立即撕掉，告诉李敖不要再写这种信。李敖的另一篇文章《方神父的另一秘密》，谈到方豪虽为神父，但家中有“表妹”和“外甥”同居。从天主教历史来看，又有何难解？英文中有 nephew 一字，梁实秋《远东英汉大辞典》解作“侄儿；外甥”。《韦氏词典》称，这字还有另一解释是 an illegitimate son of an ecclesiastic，中文意思，正是“神职中人的私生子”。可见神父家有表妹与外甥，实在由来已久，且有英文专字彰其德，神父固多兼任表哥、舅舅耳。

贰拾伍

书装的意义

近些年做出版，我对书籍装帧有些过度追求。从“海豚书馆”起步，此后的“海豚文存”“独立文丛”等，都采取精装设计。尤其是目前陆续推出的个人文集，更是在装帧上下了很多功夫。有人说，我是受到数字化阅读的刺激，希望在纸书的形式上有所突破，使纸书的文化功能更丰富一些，不但用于阅读，还有欣赏、珍藏、装饰等文化价值显现出来。也有人说，我是重返出版一线后，见到书业日渐成熟，形成让人无从下手的局面，所以才在图书装帧上动脑筋，以求自己的产品，能够在书海中跳出来。

上述观点都有道理，但还有更重要的原因，外人没有猜到。其实做出版，我一直是追寻王云五、沈昌文的风格。王云五做书，我总结三点：一是好，内容好；二是多，品种多；三是简，装帧材料能减就减。在这里，我们重点说“简”。最出名的是他在抗日战争期间，创造的所谓“战时版式”，正常的书，一页排六百多字，他却排一千多字，天头地脚尽量占满。至于装帧材料，实在粗陋不堪，有些书甚至没有封面，难怪今天还有人说，王云五将中国图书的品貌，引领到最低点，至今影响不绝！对此，我们可以从当年出版的“万有文库”等书籍中，得到印证。但是，王云五却用这样的理念与实践，使商务印书馆一度占领了中国大半个市场。有人可能会问，既然如此，眼下海豚出版社的书，为何追求起“富丽堂皇”来了呢？实言相告，近些年来，我是受到两件事情的刺激，才鼓足勇气，向眼下中国书装与材料的现状发起了挑战。

一件是香港牛津大学出版社的书，尤其是董桥的书，让他们的总编辑林道群做得如此美丽，使内地书装与之比较，无不黯然失色。二〇一一年海豚出版《董桥七十》，我就请林先生亲自设计，接着又设计了许多董桥的作品，虽然加大了印装与材料成本，却迎来市场的惊呼与赞誉。由此引发，我的作者经常会说：“我的书也要像董桥那样的装帧。”我们的读者也会建议：“海豚图书走牛津的路线吧，真让人喜欢。”所以我近几年被牛津风度绑架，陆续推出的单本“致敬类图书”，正是沿着这一路径走来的，不走都不行。

再一件是去年读到复旦大学出版社新书《启蒙与出版：苏格兰作家和18世纪英国、爱尔兰、美国的出版商》，其中反复谈到“书籍史”的概念，而且开列许多关于书的书目。即使我这个老出版，其中绝大部分图书，不用说读过，连听都没听过。我们知道，中国在百年以前，还在出版线装书，那是我们的传统；而现在的图书形式是西方的传统，我们拿来使用，由竖排版改为横排版，由线装改为精装与平装，除了工艺上、成本上的进步，其中包含的许多文化意义，我们吸纳来多少呢？比如毛边书即为一例。但还有更多的内容，我们知之甚少。像一部好书出版的程序，一定是先出版精装本，过一段时间再推出平装本；书籍的开本也有讲究，重要的著作，要先出版对开、四开大开本的精装书，正如十八世纪卡姆斯勋爵出版《人类历史纲要》时所说，如果初版不是用四开本，他认为是受到侮辱。休谟《随笔和论文集》初版时，不但要用四开本，而且要用一种摩洛哥山羊皮制作封面（通常的颜色为红、绿、蓝或黑色）。这样一些理念，我们应该适当地吸收过来，融汇到我们的书籍文化之中。

我上周从九十四岁高龄的大翻译家许渊冲先生那里，签下他刚刚译好的《莎士比亚悲剧集》。受上述思绪影响，我一直在思考如何制作这样一个难得的选题。请教读者：我该怎么做呢？

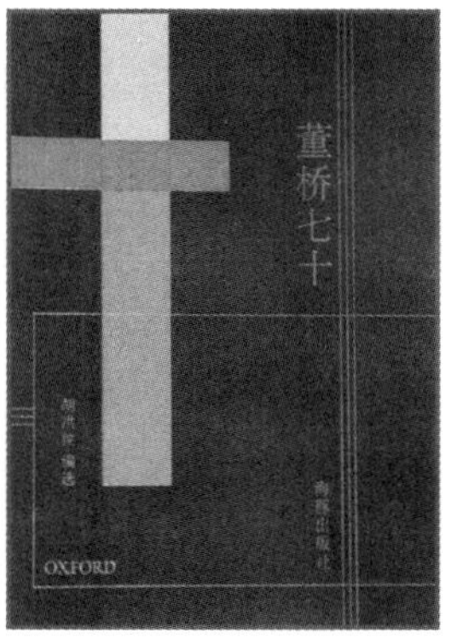

贰拾陆

民国童诗

近些年我关注民国童书整理，陆续从旧书摊上、图书馆中、旧书网上、私人手里，搜集到许多散失的图书，并且有选择地将它们重新出版。例如《幼童文库》《小朋友文库》《幼稚园课本》等，其中好看的书实在很多。新近出版陈鹤琴先生编《分年儿童诗歌》，一套三册，细读之后，感慨系之。

陈鹤琴先生是民国四大教育家之一，他的工作着重于早期儿童教育，二〇〇八年就有《陈鹤琴全集》面世。这套《分年儿童诗歌》，一九三一年由上海儿童书局出版，它原书有十二册，按照月份编写，每月选入几首与时令相关的诗歌，每册包括六个月份；而选诗的原则，采取从低年级向高年级渐进的方式。比如三月份，低年级配诗《春来了》："春来了，春来了，带了礼物多多少！红花绿草铺满地！春风和暖放纸鹞！"中年级配诗《放风筝》："放风筝！放风筝！趁着风初起，趁着天气晴。一只大蝴蝶，脱手便飞腾。蝴蝶高了，细似苍蝇。放线！放线！让它上升。乌鸦怕，燕子惊。风筝得意了，飞着不肯停。"高年级配诗《静观》："细雨如丝，一声不作地偷润着墙头的小草。小草禁不起他的恩惠，低了头，化作点点的泪珠儿滴下了。……"诗意自然清新，由浅入深，步步递进。

此中汇聚一些名家、大家诗作，给儿童阅读，就都是“童诗”了。其中现代人物有陶行知、徐志摩、刘大白、胡适、胡怀琛、叶绍钧、朱湘、李大钊、赵元任、周作人、徐志摩、郭沫若、朱自清、刘半农、俞平伯、郑振铎等。这个名单很有趣，有些人物或诗歌的列入，也让人称奇。比如朱自清《光明》：“风雨沉沉的夜里，前面一片荒郊。走尽荒郊，便是人们的道。呀！黑夜里歧路万千，叫我怎样走好？上帝慌着说：‘光明？我没处给你找！你要光明，你自己去造！’”

另外，陈鹤琴收胡适“童诗”七首，有《乐观》《一颗星儿》《老鸦》《人力车夫》《三溪路上大雪里一个红叶》和《希望》。其《希望》写道：“我从山中来，带得山中草。其名曰蕙兰，叶叶长垂倒。移兰入小园，掬土栽培好。日夕往视之，希望花开早。一日望三回，望望花时过，桃李欲成荫，南风忽然播。兰草独依然，苞也无一个。徒令看花人，汲汲如饥饿。眼见秋天到，移兰入暖房。朝朝频顾惜，夜夜不相忘。但望春风发，能将夙愿偿。满盆花簇簇，添得许多香。”这让我想起两年前整理民国童书，曾经出版一套“名家散失作品集”，比如叶圣陶，新发现他的散失作品达到四十余册。我也曾经提示编辑，能否整理一下胡适作品，看有没有可供孩子阅读的文章或诗歌。我甚至将自己家中《胡适全集》拿出来，让编辑查找。结果数量不够，未能构成一册。

前不久读《胡适日记》，他在一九二一年十月十日写道，自城外回来，在车上续写下前日未写完的诗歌《希望》：“我从山中来，带来兰花草；种在小园中，希望花开好。一日望三回，望到花时过；急坏种花人，苞也无一个！眼见秋天到，移花供在家；明年春风回，祝汝满盆花。”显然与陈鹤琴著作中的《希望》有区别；后来有名的歌曲《兰花草》，歌词改编也源于胡适这首“童诗”，又与两者不同：“我从山中来，带着兰花草。种在小园中，希望花开早。一日看三回，看得花时过。兰花却依然，苞也无一个。转眼秋天到，移兰入暖房。朝朝频顾惜，夜夜不相忘。期待春花开，能将夙愿偿。满庭花簇簇，添得许多香。”

贰拾柒

吹皱眉头

张清的《吹皱集》出版，他客气地让我写序，我自恃“大行不顾细谨，大礼不辞小让”，挥手就写了三千多字。这还不算，序的题目又称作《俩兄弟》，将胡洪侠也拉扯进来，依据一点面上的了解，便发挥想象空间，将二位仁兄一顿品评比较。临到结尾处，还哼唱起《红楼梦》中的《枉凝眉》，弄得胡大侠阅后，皱着眉头问道：“怎么弄得像同性恋似的呢？”我却暗自得意，自己的文章，果然吹皱了两位兄弟的眉头。下面将序言中几段比较文字列于下：

在人生态度上，他们一个积极入世，孜孜以求，自强不息；一个淡泊出世，不思强取，随遇而安。一个做事气场强大，有风度，有气势，有把握局面能力；一个为人颇具赤子之心，有真诚，有坦率，有独善其身的勇气。一个主张正向思维，避虚就实，大道朝天；一个采取逆向思维，避实就虚，道出旁门。一个面上欢欣，内心苦楚；一个冷面示人，心绪平和。一个是侠者气势，女人心肠；一个是壮士表象，儿童心态。一个擅长曲义表达，一个推崇直言敢谏；一个以天下为己任，一个以己任为天下；一个以正面示众，一个以负面夺人！

在文字精神上，他们一个是求胜的精神，一个是求生的精神。求胜是一种贵族精神的体现，求生是一种平民精神的体现。他们落于笔端，一个表现为积极进取，其意不在功名利禄，不在柴米油盐，不在燕雀之私；一个表现为消极自守，其意不在高山流水，不在常人之思，不在鸿鹄之志。那在什么呢？我觉得，二位仁兄的求胜与求生，面上所求不同，结果却殊途同归。他们无非都是在追求内心的平静。但生于纷乱之世，身为多思多虑的知识分子，内心如何平静得了呢？那就只有“求之不得，辗转反侧”了，于是他们才有了“横看成岭侧成峰，远近高低各不同”的文字，自然也有了情趣盎然的好文章。

在笔法上，他们一个求治，一个求乱。求治者，心中往往有着社稷，有着责任，有着一副正派的面孔；求乱者，心中往往有着本体，有着自责，有着一副哀怨的表情。但是，胡、张二位也不尽然，正所谓“假作真时真亦假，无为有处有还无”，他们治中有乱，乱中暗含着许多管道、许多杀机；他们乱中有治，治中蕴藏着无限的智慧、无限的情伤。所以，我详读他们的文章，出版他们的著作，却不敢对于他们的心思妄加评论。谁能说清楚，他们何以离开燕赵慷慨悲歌之地，他们何以能够常年忍受南国花前月下、暖风醉人的熏陶呢？他们这样写，这样做，究竟是为什么、想什么呢？人们的猜测只是猜测，不是结论，更不一定是事实。何况人生的路何以这样走、那样走，有时当事人自己都未必说得清楚。

在文采上，他们一个人的文章干净、短小，富于哲理，博采众长；一个人的文章随性、尖锐，处处饱含才学与奇想。他们一个人注重条理，注重公众形象，注重文体的构造，注重文采与文风的师承；一个人追求放浪无羁，追求反主流，追求个性解放，追求我思故我在。他们一个人貌似强大，心理刚毅，实则敏感、脆弱、谨慎、小心，因而自身文采的流溢与发挥，都会受到影响；一个人貌似内敛，诸事甘落下风，实则傲骨铮铮，散乱的文章题材中，处处潜藏着思想的条理，时时暴露出歧见的锋芒，只是某些偏激的情绪，也会影响一个人的识见与判断，另外缺乏精心的规划与设计，单凭自身才华的自然流淌，落于纸上，文章的表现，自然会出现才思与文笔的跳跃。

贰拾捌

哪本书最畅销?

我二〇〇九年下半年来到北京，恍然之间，已经在海豚出版社工作五年多。这些天清理出书情况，五年中大约出版图书一千五百多种，其中百分之九十是童书和绘本，不到百分之十是人文类图书。有品牌的书包括苏叔阳《中国读本》、“幾米绘本”“董桥精品系列”和“蔡志忠漫画”等。将这些书排排队，哪本书最畅销呢?

大排行，印量最大的书是幾米《我不是完美小孩》。在四年多的时间里，精平装合计印了将近四十五万册，如果再加上笔记书《小完美》六万册，《我不是完美小孩》(完美版)三万册，总印数直逼六十万册。总结一下，从一九九八年幾米开始创作，他一共画了四十多本绘本，目前海豚社拥有三十多本的版权。那么哪本最畅销呢?按照顺序，《我不是完美小孩》之后是《月亮忘记了》《世界别为我担心》《森林畅游》《拥抱》《向左走，向右走》《时光电影院》《我的心中每天开出一朵花》和《如果我可以许一个愿望》……它们在一到两年间，印数都在一二十万以上，而且每年不断再版。

因此，“幾米绘本”成为海豚出版社最强劲的图书板块，它只有三十几本书，二〇一三年发货总定价达到八千万元，而海豚其他的一千多种在销售的书，总规模才六千万元。今年我们又获得“幾米品牌”使用权的授权，生产笔记本、台历等各类文化用品，在不到半年的时间里，造货直上两千万元。总结他的几个特点：一是个性而成为品牌；二是美丽而受众稳定；三是健康而得到主流接受。海豚这几年挣扎而努力崛起，在幾米身上实在受益多多！海豚出版社五年图书总榜，前十名几乎都是幾米的书。商品特点：不退货，本本再版。

除了“幾米绘本”，还有那些书畅销呢？我们可以做一些类别的分析。其一，低幼读物类，海豚社最畅销的书是《幸福的小土豆》，此书引自比利时，五本小绘本，画风独特、人物形象生动且富有异域童趣，四年累计，每本印数都在十万册以上。其二，单本学习类童书，最畅销的书是《咏读唐诗 300 首》，二十万册。其三，与工作室合作，最畅销的书是《激发孩子想象力的 1000 个奇思妙想》，共七本，每本印数都在十万册以上。其四，“经典怀旧”和“丰子恺系列”，许多本也有四万以上的销量。

还有就是人文类图书。这是我来到海豚社后，为之新建的图书门类，几年来动静很大，诸如“海豚书馆”“海豚文存”“独立文丛”和“董桥作品”等，加上一些单本书，五年下来，总共不到二百种。作一点分析：其一，印数最大的单本书是《中国读本》，此为苏叔阳先生重新修订后的作品，有成人版、青少年版，还有香港三联繁体字版、民族出版社五种少数民族文版、罗马尼亚文版、英文版、韩文版、日文版等，每年还有新文种诞生，累计印数又有五万册不止。其二，丛书销量最大的是“董桥作品”，海豚社共十余种书，从二〇一一年陆续上市，精平装累计都有二万册印数。其中哪本卖得最好呢？是《橄榄香》。其三，“海豚书馆”已经出版近八十种，其中销量最大的是莫言《变》，近五万册。其四，陆续出版单本“致敬类”小精装书，哪本书卖得最好呢？江晓原《性学五章》、陆灏《听水读抄》、毛尖《有一只老虎在浴室》和沈昌文《也无风雨也无晴》。

说明一下，以往我很少在非出版专业报刊中，与读者谈书店背后的事情，此番以海豚出版社现身说法，让读者知道市场背后的数据，也是一种阅读参考。

贰拾玖

字典的故事

近日有记者采访，问我关于字典的三个问题。其一，你最常用的字典是什么？答:《新华字典》,《现代汉语词典》。其二，讲一两段关于这部字典的故事吧？答：好。其三，你为什么信任这部字典？答：原因很多。我写个不停，已经大大超过了采访字数。没有办法，我只好另起一文，将我更多的想法表述出来。

故事之一：前两年我写过一篇文章《通吃》，其中写道:“近来‘通吃’一词很流行。我原以为它是一个新词，翻检后发现，它是一个很有传统的老词。《儒林外史》第十九回写道:‘庄家拿了个天杠，通吃，吴二还剩二百两银子。’第六版《现代汉语词典》收了许多新词，连‘通便’‘通心粉’都有了，却没收‘通吃’。”我接着调侃道，一部以“行业通吃”著名的词典，竟然不收“通吃”一词，是挂一漏万，还是像微软那样，在设计上，留下一些“缺口”，为下一步软硬件“换代”做准备？此文发表后，还引来商务印书馆同人的不悦，以为我在攻击《现代汉语词典》，其实我哪有半点恶意呢？只是借题发挥，想幽默一下。

故事之二，说实话，在我心目中，当今靠得住的辞书，首推商务印书馆工具书系列。记得二〇〇〇年，我在辽宁出版集团研制电子阅读器“掌上书房”，其中要装入一部有版权的字典，还专门将商务印书馆老总杨德炎先生请到辽宁，我与他签署了购买《新华词典》的电子版使用权，付给他们二十万元版税。其实当时我们最想装入的电子词典，是商务印书馆的《新华字典》和《现代汉语词典》，但他们不卖，当然即使卖，也会很贵。

故事之三，及此，我还想起上世纪末一段故事。那时我在辽宁教育出版社做社长，见到一篇文章中写道，钱锺书非常喜欢一部叫作韦伯斯特的《英语词典》，说它的品质最好，还在其上做了许多笔记。于是，我动了收购“韦伯斯特”的念头。几年后我在IDG版权公司找到一套“韦伯斯特新世界词典系列”第四版，共有十余种书。当时我请陆谷孙鉴定，陆先生说，这套词典非常好，“文革”期间，他编写《新英汉词典》时，正是以其中的《韦氏新世界大学词典》（第二版）作为最重要参考书。我们买下了这套书的版权，并请陆先生出任顾问，还写了中文版序。但这是钱锺书所说的“韦伯斯特”么？我们将此书送给杨绛看，她不但指出一些排印错误，还说：“你们错了，钱先生读的‘韦伯斯特’已经是第十版，你们怎么还出第四版？”

后来我们调查清楚，钱锺书所说的“韦伯斯特”，不是IDG那本，应该是梅里亚姆－韦伯斯特（Merriam-Webster）出版公司的辞书。这家公司创建于一八三一年，原名G & C Merriam公司，是梅里亚姆兄弟创建的。一八四三年，该公司买下了诺阿·韦伯斯特《美国英语词典》（一八四一年修订版）的版权，并请诺阿·韦伯斯特的女婿做主编、请他的儿子加盟，编写了首部《梅里亚姆-韦伯斯特大学词典》。这部词典于一八四七年九月二十四日首发，数次受到美国总统等名流夸赞。从此韦伯斯特名声大振，在十九世纪几乎成了“好词典”的代名词。于是许多出版商争相效尤，都开始出版《韦氏词典》，搞得鱼目混珠。为此，梅里亚姆兄弟曾求助法律，要求那些将词典冠以韦伯斯特的出版商必须注明：“本词典不是《韦氏词典》的初始出版商或其继承人的作品”，但收效甚微。一八八二年他们将公司改为现名，并于一九九一年打出口号：“不仅是韦伯斯特，而是梅里亚姆-韦伯斯特。”目前它已经出到第十版，钱锺书称赞的大约就是这一本。

叁拾

米兰·昆德拉

进入十一月，一年的光景又快要耗尽。随着岁末的到来，许多媒体纷纷采访，询问你今年最难忘的事情是什么？我是出版人，被问最多的问题，自然与书相关，比如，“在过去的一年中，你最关注或难忘的书是什么？”我感到奇怪，脑中跳出的书名，竟然是米兰·昆德拉《庆祝无意义》。

有这样的结果，大约出于三个原因，一是作者的才气和影响，他的多部著作被翻译成中文出版，最有名的是《不能承受的生命之轻》，上海译文版的简介中写道：“最沉重的负担压迫着我们，让我们屈服于它，把我们压到地上。但在历代的爱情诗中，女人总渴望承受一个男性身体的重量。于是，最沉重的负担同时也成了最强盛的生命力的影像。负担越重，我们的生命越贴近大地，他就越真切实在。”二是这一部新书《庆祝无意义》，书腰上写着：“小说十年，昆德拉荣誉归来”。书中，昆德拉的语言一如既往，十年不变，还是那样富于哲理，他说：“无意义，我的朋友，这是生命的本质。它到处、永远跟我们形影不离。”

当然，我关注昆德拉，最后一个原因，也是更自我的原因，出于我的《编辑日志》中的一段记载。那是在一九九八年四月七日，我的日志中写道：

沈昌文从法国归来。这是一次“飞行组稿”的行动。那是在今年的三月三日，沈先生来电话说，法国人罗朗和他的夫人孟湄带来消息，希望派人去巴黎，与昆德拉谈他全部作品的中文版权问题。我知道昆德拉的价值，当即拜托沈先生促成此事。第二天，沈公又来电话说，罗朗同意陪同他一起去巴黎，总费用三万元。我同意支付这笔费用。又过了一天（三月六日），沈先生发来传真说，昆德拉同意见面，约在二十日。昆德拉夫人还写了一封信：“我亲爱的罗朗：走出阴暗吧，终于出现啦！如果对你们合适，那就三月二十日星期三下午，14：30，巴黎 ××× 街 × 号，地址保密，地下工作之必须！出版 M.K（米兰·昆德拉）的全集，这个想法绝对太棒了！还是替我抱一下湄吧，我拥抱您，只是别忘了确认日期和时间。万分感谢。”沈昌文接着写道：“以上是昨日昆德拉夫人给罗朗的传真。在这之前，曾告昆，我和罗要去，请约时间。我们准备去谈昆的全集，估计有销路。这里在抢此书的不少，特别出力的是刘杲支持的科文公司（这家公司在香港有分公司）。但他们找不对门路，不认识昆本人。”三月十三日，我到北京，又与沈先生一起拜见了罗朗及孟湄，当时董乐山夫妇也在座。十七日，沈昌文与罗朗出发。二十二日半夜，陆灏从上海打来电话说，沈先生在巴黎街头给他打电话，说昆德拉的全部文集都已经签下来了。

这是一件多让人振奋的消息啊！有许多业内人士很快听说此事，比如当时还在春风文艺出版社做总编辑的安波舜，他也对我说及此事，希望能够合作。四月二十四日，香港牛津大学出版社林道群给沈昌文传真写道：“四月香港最多假，打工仔如吾辈乐在其中，虽然艾略特说四月是最残酷的。日前买到昆德拉的《身份》（Identity）英译本，觉得不错，昆氏毕竟是小说家，谈到身份认同，另有境界，与理论家说的不是一回事，又好像是一回事，然而怎么说都比理论家的好读。沈公能否跟辽教说一说，我们出此书的繁体字版如何？是孟湄在译吗？”后来因为种种原因，全集没出成，我们仅出版一本小书《认》，即《身份》。

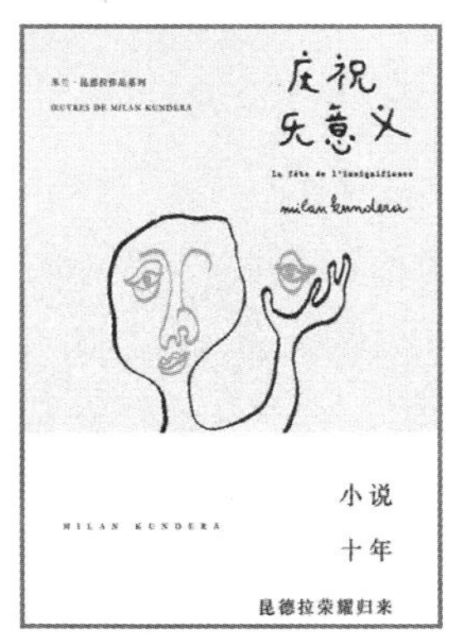

叁拾壹

寻旧之旅

上个月去台湾参加两岸书展，回来后有朋友调侃说，这些年两岸互访，总会冠以破冰之旅、寻宗之旅一类佳句，你这次台北行走，称得上是什么之旅呢？清点一下，去掉旅程，短短三天时间，拜见旧友、逛旧书店、买旧书、访名人旧居……都没离开一个旧字。称此行为“寻旧之旅”，不是很恰当么？当然就书业而言，寻旧也有它的道理。我一直接受那样的观点，即书与其他商品不同，许多时候，它不是越新越好，而是越旧越好，因为新书上市，需要有一个沉淀的过程，最终被读者筛选出来的好书，许多年后还有人找、有人买、有人看，往往才是最有价值的。所以我此次去台湾，为书而寻旧，也是一个很恰当的说法。当然寻旧也要有主题，我想到三个：

其一是为了王云五。在近两年中，我一直在写“王云五传”，今年上半年，初稿已经完成，但是因为一九四九年以后，王云五一直在台湾，许多资料大陆见不到。所以书稿中有些内容不全，只好暂时空着，希望去台湾，补上这一课。此次寻旧，果然收获不小，比如那本《台湾商务印书馆六十年大事记》，我一直在找，这次台湾商务印书馆的同人送给我一本，其中太多重要信息。得到的书，还有王云五《商务印书馆与新教育年谱》、徐有守《出版家王云五》等。另外有机会去王云五纪念馆，那里照片、文物、书籍极多，许多只闻其名、未见其实的东西，一下子都找到了。

其二是为了台湾文化复兴运动。对于这个题目，我一直很感兴趣，但是相关资料太少，只是从王云五《岫庐最后十年自述》中读到一些。今年又从一位台湾书商手中，淘到一本《台湾文化复兴运动纪要》，其中内容太丰富，比如书中提到，台湾一九六八年开始实施《国民生活须知》，对国民教育的两项课程作了明确指示：小学教育注重“生活与伦理”，中学教育注重“公民与道德”。还有一九七〇年实施《国民礼仪范例》和《青年生活规范》等。另外他们还组织了一些重要讲座，比如一九六八年讲座有：黎东方《中国文化历史分析》；成中英《中国哲学与中国文化》；孔德成《论儒家之礼》；顾毓琇《中国的文艺复兴》；林语堂《中外的国民性》；钱穆《文化与生活》；姚从吾《从历史上看东亚儒家大同文化的立国精神》；陶希圣《德治与法治》；蒋复璁《中华文物与中华文化》；沈刚伯《中国文化的特点之一》；黄文山《从文化学的观点看中国文化复兴之路》；乔一凡《中国文化之大礼》。我此次台湾之行，找到这一时段的书不少，文化复兴运动的文件资料却很难找到，我已经拜托一些台北书店留意。

其三，此次寻旧之旅，最大的收获是吴兴文的参与或曰引领。他实在是一个台湾书业“活地图”，爱书买书找书编书，终生不变，终日不倦，对旧书知之甚多，颇有职业风范，让我受用极多。多年来我追随一些前辈编书，赞成“向后看”的理念。这次在台湾，看到旧有资料大多没有断裂，新鲜的旧人物也不少，深感自己孤陋寡闻；如果没有吴先生引路，一切都将非常困难，甚至不可能完成。现在我们找到的好书，有几本被认为好得不得了，但走的都是冷中求热的路子，至于真好还是假好，需要通过读者的检验，无论如何，明年初就会有所表现，有些已经在落实中了，请诸公拭目而待。

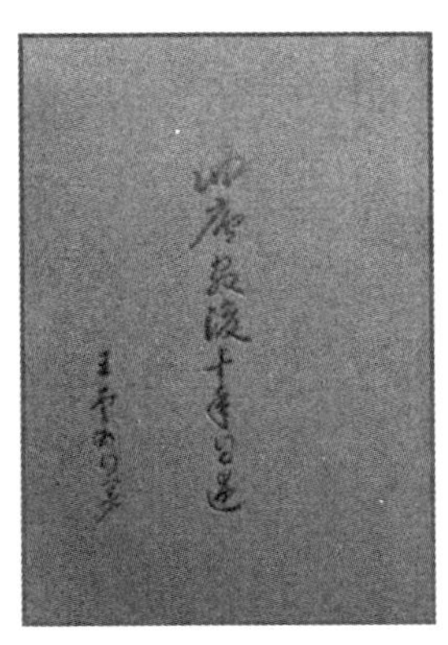

叁拾贰

怪书记

杨小洲探索书籍装帧，究竟起于何时呢？这要问他本人。我见到的案例，只是在二〇一二年，他为岳麓书社设计“书房一角”第一辑，共五本，分别是陈子善《梅川书舍小札》、胡洪侠《夜书房》、扬之水《采绿小辑》、杨小洲《牡丹诗贴》和我的《蓬蒿人书语》。能关注这套书，倒不是因为其中有我一本，而是因为通过这套书，我开始接触到杨小洲的出版理念，他是那样不合群，那样乐于标新立异，那样过度地纠缠书装细节。收藏者统计，这套小书竟然推出六七种款式，诸如红色、绿色、光边、毛边……而在制作上，他又将印数限制在一千套，每本书字数控制在五万字以下，内文版心极小，使书能达到一定的厚度，单印张定价也很高。他最初向我述说这些理念，我大多不理解、不接受。我甚至说，反正在我下属的出版社，我是不会允许这样做的。但是他坚持做下去，取得了成功，目前这套小书已经增值，在旧书网上拍卖，较原书价翻了倍。

接着杨小洲又做“书房一角”第二辑，有陈子善《清影集》、谢其章《风雨谈》、杨小洲《立春以后》、彭国良《前言后语》和我的《可爱的文化人》。此时国内出版界玩小精装已经不足为奇，而杨小洲玩得更加离谱，简体精装搞得金碧辉煌，其精美程度远超一辑。不过他更大的精力，却放在繁体羊皮版的制作上。这一举动紧紧与两个概念联系着：繁琐与争议。正文用康熙体字，这只有封面用啊，版式取中国传统的蝴蝶装竖排，封面又用了西方式的设计，羊皮却用的河北皮货市场上做皮衣和手袋的整张皮子。他先是跑皮货市场，接着跑印制工厂，某一天，他突然在微信上发来实验品的样子，光《可爱的文化人》就有五六种不同的色调，当时吓了我一跳，脱口而出："这书好怪啊！"从此"杨小洲做怪书"的说法不胫而走，再加上几位好友如林道群、胡洪侠添油加醋，一时间议论之声不绝于耳，尤其是不知就里的网友们也跟着风言风语。其实此中有两点诸位不知，其一这只是一个实验品，实验羊皮效果，实验压金工艺，实验书脊凸起竹节的效果，当然也试验读者的承受能力。其二这批试验品没做出几本，只是样品，可以个人私藏，那几位调侃最凶的朋友，私下也是索要最凶的人，呵呵！你想，那工艺之复杂、之艰难，都让人有自杀的心思，只做几本，能没有收藏价值么？

实言之，杨小洲这样做法，我也有些接受不了，总觉得太离经叛道，太不靠谱，太容易引起争议，我在商场比较喜欢扎扎实实做事，对炒作、争议、吸引眼球等轰动行为，都有些回避。但我对杨小洲的精神很敬佩，他那种创新的冲动、天真、率性、偏执，都表现出这是一个很有趣的人。于是在可控的范围内，我也请他设计了《抱婴集》和《人之患》，依然金色、红色、绿色，辅以各种优美曲线，俗气之中竟然含着某种堂皇之气，跃然纸上，使封面极具视觉冲击力。连钟叔河都喜欢得不得了，他是看了杨的《抱婴集》设计，才拿来一本小书《人之患》到海豚出版社，请杨小洲依样画葫芦。在钟老历来素雅的著作中，添上一点娇艳之色。

我本是缺乏艺术细胞的人，历来做书只听专家意见，缺乏参与的热情。但是对小洲，我却觉得他怪人有怪才，由怪书而开发下去，会有大的突破。因此再请他主导设计许渊冲新译《莎士比亚悲剧集》，还有《鲁拜集》，这一折腾就不得了，真的，会有震动的效果，但不是炒作，而是实实在在的“创世纪”！

叁拾叁

三张旧书单

近两年研究王云五，进而研究台湾上世纪六七十年代出版状况，结果发现，那时台湾出版也有一段不小的繁荣期，出版了不少好书。找到这些书单，无非有三个路径，一是图书馆检索，二是看当年与现在的评论，三是我的想法，就是看当年获奖或者各种资助的书单。结果我从一些旧资料中，整理出三张书单，很有趣。

其一是“嘉新优良著作奖”，这个奖附属于嘉新水泥公司文化基金会，它成立于一九六三年，捐出一千万元新台币，作为文化建设基金。一九六五年第一届特殊贡献奖，授予旅美物理学家吴健雄博士；一九六七年第二届，授予吴大猷、陈大齐二位，各二十万元新台币。当时从美国回来领奖的吴大猷接受记者采访，他说自己最推崇四位学人：李济（考古学）、李先闻（糖业、农业）、赵元任（语言学）和陈省身（数学）。另外，从一九六三年六月，基金会开始评定“优良著作奖”，首届获奖者为萧一山《清代通史》、王道《美国的迷茫》。历年部分获奖者有：冯冯《微曦》；余建寅《货币银行学》；罗敦伟《计划的自由经济》；陈正祥《台湾经济地理》；苏莹辉《敦煌学概要》；史尚宽《继承法论》；陈水逢《日本政党史》；金平欧《三民主义总论》；姚季农《诸葛亮》；林崇墉《林则徐传》；余坚《比较政府》；展恒举《票据法新论》；金仞千、冯书耕《古文通论》；任卓宣《孔孟学说底真相和辨证》；钱震《新闻论》；刘汝霖、刘仲平《中国军事思想史》；王志健《文学论》；毛鹏基《诸子十家平议述要》；黄宝实《中国历代行人考》；顾文霞《中药之研究》；刘中和《杜诗研究》；龚嘉英《诗学释要》；江兆申《关于唐寅之研究》；李安《岳飞史迹考》；那志量《玉器通释》；顾念《纵横家研究》；马起华《政治心理学》；蔡荫恩《中美司法制度之比较》；王廷玉《王宾客诗文稿》；黎泽霖《篷壶撷胜录》；严云鹤《事物异名典林》；李叶霜《石涛的世界》；方豪《方豪六十至六十四自选待定稿》等。

其二是“中山学术文化基金会”，一九六五年为“纪念国父百年诞辰”成立，其中有资助出版一项，除去学术著作奖，还包括小说、散文、诗歌等。从一九六六年开始评定，资助的部分书目有：傅启学《国父孙中山先生传》；朱介凡《中国谚语论》；王梦鸥《文学概论》；姚从吾《余玠评传》和《成吉思汗信任丘处机与这件事对于保全中原传统文化之贡献》；梁容若《文学十家传》；钟鼎文《饥饿者及其他》；王鼎均《人生观察》；方东美《哲学三慧一书及其他哲学论著》；方豪《关于中西交通史及台湾文献之研究论文》；李济《中国文明的开始》；陈槃《春秋大事表列国爵姓及存灭表误异》和《不见于春秋大事表之春秋方国》；罗香林《中国族谱研究》；苏雪林《海蠡集》；李宗黄《李宗黄回忆录》；陈立夫《孟子之政治思想》；林良《小太阳》；吴相湘《第二次中日战争史》；吴天任《黄公度先生传稿》；李霖灿《中国名画研究》；张铁君《遽然梦觉录》等。

其三是一九六九年台湾文化复兴会设立“文复会中正文化奖”，按年度颁发。历年获奖的部分书目有：尹蕴华《家庭教育》；张定宇《中国道德思想精义》；丁星《庄子玄学》；施颖洲《世界名诗选译》；张以仁《国语虚词集释》；卢元骏《四照花室曲稿》；苏雪林《中国文学史》；任卓宣《道统新论》；杨吉仁《北魏汉化教育制度之研究》；贺凌虚《吕氏春秋的政治理论》；缪全吉《清代幕府人事制度》；江举谦《说文解字综合研究》；杜云之《中国电影史》等。

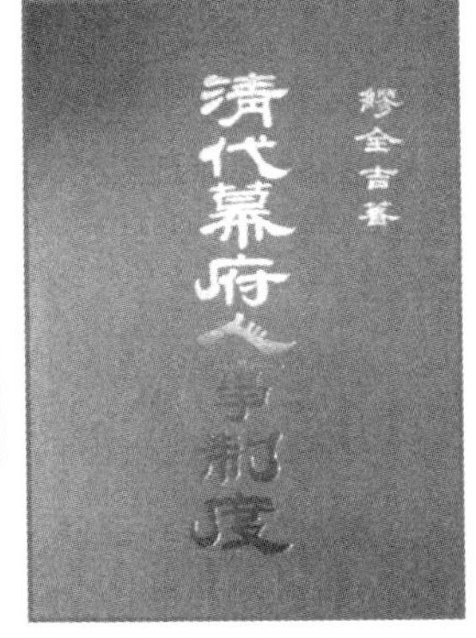

叁拾肆

好为人序

刚为黄昱宁新著《变形记》写好序言《迷人的时刻》，回头一看，这一年我竟然给别人写过五六篇序言了。于是我想到，前不久我为钟叔河出版的《人之患——为别人作的序》。钟老的书名起得好，开头的语句，出自顾炎武所言："人之患，在好为人序。"再追溯顾氏句式的出处，却是孟子语："人之患，在好为人师。"由此联想到我的所作所为，不是也犯了"人之患"的忌讳么？

正是。但我之所为，也并非没原因，其一是朋友相求，推也推不掉，或不好意思强推，只好咬牙而为之。其二是文人说话婉转其意，说是不该写，却还是要写，那才有了文章的韵味、文人的情调。钟老出版序跋集，却以"人之患"为题，就是典型的例子。其三是我等均为编辑身份，钟老提倡编辑要有两支笔，一红一篮，红笔改书稿，蓝笔写文章。至于写什么文章呢？每个人的知识结构不同，爱好不同，志向不同，所作所为也会不同。我做编辑三十年有余，编稿之余，好写文章也是众所周知。那天一位老朋友与我喝酒，酒醉后他拉着我的手连声大喊："晓群啊，别写啦，别学钟叔河啦，好好编书吧。"我套用赵本山小品中那句台词，接他的话说：“是啊，村头厕所中还有纸啊！”哈哈哈！

其实许多年来，我也一直在思考，编辑究竟应不应该写？如果应该，那要写些什么呢？后来我在两位前辈那里找到了答案，他们一位是张元济，另一位是王云五。首先回答“编辑最应该写什么？”二老的观点，恰恰是“编辑应该多为自己编的书撰写序跋。”因为凡常的“著书立说”是个人的行为，只要不影响本职工作，又可以提升自己的素养，当然是锦上添花的事情。但是编辑写序跋，却被认为是一个很好的职业习惯和传统，也是能力的体现。大凡编辑介绍书稿，先要从简介、提要、说明等文字做起；一般说来，能够写出好一点的序跋，确实是一种提升。

其次回答“在写序跋方面，张王二老是怎样做的呢？”归结起来，张元济从二十八岁开始写序跋，到九十岁为止，其间六十二年，一共写了二百三十余篇序跋。王云五亦步亦趋，他也是从二十八岁写起，到九十二岁为止，其间六十四年，一共写了二百四十余篇序跋。两相比较，在数量上，竟然也大体相同。

一九七九年八月，王云五九十二岁时，在台湾商务印书馆为张元济出版《涉园序跋集录》，并且为之写了一篇跋，其中写道：“自时厥后，菊老继续广搜善本，妥为编辑，付诸景印。迄于大陆沦陷，都三百三十余种。每书皆由菊老就其专精版本学之长才，一一加以考证。兹经同人依四部次序，集其所为序跋三百余篇，彙刊为一册，颜曰涉园序跋集录，读此不仅可知菊老在其直接间接主持本馆之下所刊行之善本，且可借此获得版本学之精要也。”需要指出，这一篇跋是王云五最后一篇文章，写完此文二十天后，他就离开了人世。

另外，一九七九年六月，王云五出版自己最后一本著作，恰恰是他的《岫庐序跋集编》。他为此书写的自序中谈道:“总计自余二十八岁，迄今九十二岁，其间六十四年所撰自序他序经堂侄权之代为搜罗汇集者都二百四十篇，悉依原状，版式小于廿四开者予以放大，俾成一律，计得八百面，印为一巨册，命名‘岫庐序跋集编’，余大半生生涯咸借此而呈现。”

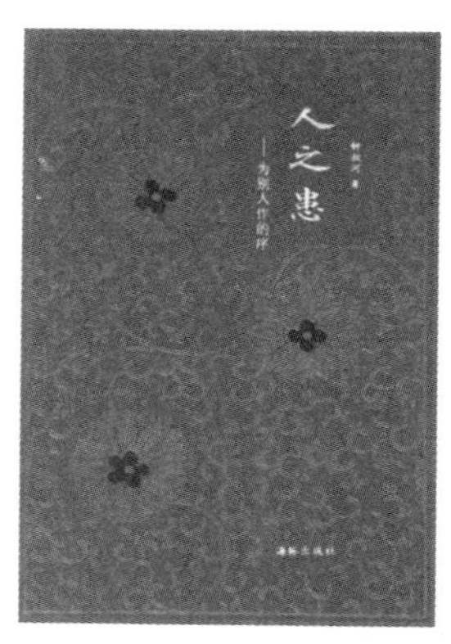

叁拾伍

狗官由来

近来抓捕贪官之事频出，其人数之多，胆子之大，数量之巨，实在让人咋舌。说百姓们欢欣鼓舞，又有些奇怪，究竟我们该欢欣什么呢？号称头脑清醒之人，就要寻找根源，诸如党制、体制、法制、素质云云，起因太多，多到无从下手之程度。一位域外学者却说，此为两千多年来，中国官僚体制之延续或曰发展。这一句话，就将百年以来、六十年来，我们追逐德先生、赛先生、马先生等之丰功伟业，泼上满头狗屎。不过老外之不良观点，却让我联想起近年来，自己研究“五行占”时，经常读到的一些历史事件。抚今追昔，不免忧从中来，产生一些奇妙遐思。

所谓五行占，面上是古人用来算命之骗术，但自《汉书》开始，此后二十二史，许多史册中都有《五行志》记载。百年以来，它们被称为封建迷信、历史糟粕、伪科学等，遭到世人唾弃，这我都同意。只是当下阅读，却让我想到一点，中国古代社会并没有科学思想，宗教思想又那样凌乱，人们敬畏之心从何而来呢？孔子曰：“务民之义，敬鬼神而远之，可谓知矣。”此中针对鬼神，夫子所言为“敬”。我们也可以称孔老二愚昧，但是反过来说，毫无敬畏心之人，让他“务民之义”，或曰为人民服务，怎么可能呢？

前汉时期，昌邑王刘贺，他是汉武帝孙子，接替父位为王。刘贺平素胡作非为，内心却十分畏惧鬼神惩罚。比如有一天，有一只白狗没有尾巴，还戴着一种方山冠，跑进刘贺王宫；再如有一次，刘贺看到一只熊，身边人却都没看到；还有一次，大群乌雀聚集在宫殿上，也被认为是不祥之兆；再有一次，刘贺王座之上，莫名其妙地沾染许多血迹。为此，刘贺心怀恐惧，仰天长叹道："为什么总会有不祥之物出现呢？"谋臣龚遂对刘贺说："这些现象出现，是在警示你，在做事之品行上，你连庶民百姓都不如，怎么能够坐稳王位呢？"后来刘贺又应招入朝做皇帝，他在受玺二十七天中，做了一千多件荒唐事，平均每天四十余件，并且终日与宵小之徒鬼混。在位期间，刘贺做过一个怪梦，他看见苍蝇屎堆积在皇宫中，数量巨多，被瓦片盖着；他揭开瓦片一看，下面都是苍蝇屎。他又去问龚遂，这是什么预兆？龚遂回答："《诗经》中说：'营营青蝇，至于藩；恺悌君子，毋信谗言。'你身边集聚那么多小人，必然要引来祸患。看来我也要离开你了。"不久刘贺被废黜，他入京时带来的二百多人，几乎都被杀掉，只有龚遂等两三个正直之人，得以苟活下来。

《汉书·五行志》解释，此中大凶之兆是那条白狗：狗戴帽，预示着刘贺周围有一群狗官；狗无尾，预示着刘贺死后，无人接续其王位。尤其是汉代京房《易传》有定义曰："君不正，臣欲篡，厥妖狗冠出朝门。"

汉灵帝在位时，宫中又出现狗戴帽穿衣现象。宫内有人给狗戴上帽子，系上印绶带，用来嬉笑取乐。突然有一条狗跑出朝门，钻进司空府里。人们看见这条狗戴帽穿衣，打扮成人形，都感到很奇怪。史官认为，此事与汉灵帝卖官有关。据《资治通鉴》记载：光和元年十二月，这一年，汉灵帝第一次开设“西邸”机构，公开出卖官位，按照官位不同，收取钱财多少不等。俸禄等级为二千石之官，卖二千万钱；四百石之官，卖四百万钱。对于按照德行依次当选之人，也要出一半钱，或者至少出三分之一钱。凡是卖官所得之钱财，在西园内，另外设立一个钱库贮藏起来。有人曾经到宫门上书，指定要买某县之县官职位，根据每个县区大小、贫富等好坏情况，县官之价格多少不等。富人买官，需要先交足钱之后才能上任；穷人买官，可以上任以后，再按照原定价格加倍偿还。相对而言，朝官价格要比地方官价格便宜。灵帝还私下命令身边之人，出卖三公、九卿等朝廷大臣官职，每个“公”卖一千万钱，每个“卿”卖五百万钱。当初汉灵帝做侯王时，一直苦于家境贫寒；等到他当皇帝以后，时常叹息前任汉桓帝不懂经营家产，没有集聚私房钱。所以他登基后才大肆卖官，聚敛钱财，作为自己私人积蓄。

《后汉书·五行志》记载这段荒谬历史，结合前述狗戴帽穿衣，走入司空府之事，史官几乎怒骂道：“强者贪如豺虎，弱者略不类物，实狗而冠者也。司徒，古之丞相，壹统国政。天戒若曰：宰相多非其人，尸禄素餐，莫能据正持重，阿意曲从。今在位者皆如狗也，故狗走入其门。”

翻遍二十四史，还有一段狗戴帽穿衣的记载，那是在三国时期，公孙渊家中发生怪事。有一天，有一只狗戴着帽子，穿着红色衣服，走入公孙渊家厅堂。《晋书》认为，厅堂是高贵之地，走狗衣冠而入，预示着将有人要窃取尊位。此事不祥，必有横祸。后来公孙渊做事反复无常，一会儿投靠曹魏，一会儿取媚孙吴，最终谋反，自立为燕王，结果死于非命。

以上就是两千多年古史中，史官对于“狗官”之记载。多么荒谬、荒诞、荒唐啊，好在我们是唯物主义者，我们去其糟粕、取其精华，我们懂科学，我们无所畏惧！

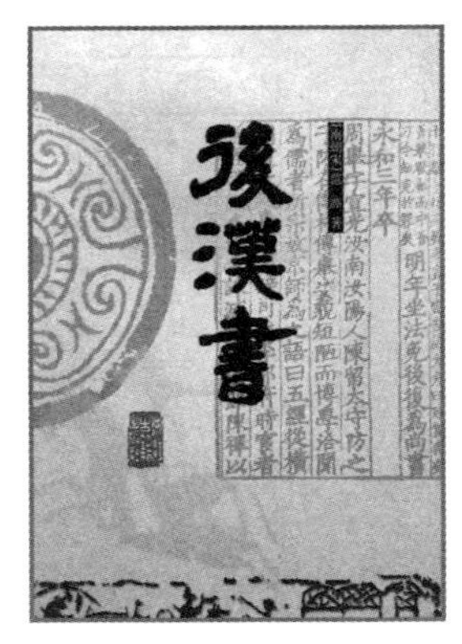

叁拾陆

委婉语词

好多年前，我曾经写过一篇《委婉语词，后现代意识形态的主调》。这题目有些莫名其妙，《南方都市报》发表此文时，将题目改为《委婉语词背后的文化领导权》，题目也有些不知所云。其实我心里清楚，出现这种情况，是因为我写此文，原本是在讲三个问题，但在交稿时，由于篇幅太大，删去了后面一段。

问题之一，我是讲早在“文革”中，陈原参与编写《现代汉语词典》，结果挨了姚文元一记闷棍，不能再做事情，只好私下研究语言学，记下百余万字笔记。一九七九年他出版《语言与社会生活》一书，成为中国社会语言学研究的开先河之作。此书内容丰富，有一章尤其值得关注，即“委婉语词”。文中指出，委婉语词是由“语言禁忌”催生的产物，也就是用好听的、含蓄的话代替禁忌的话。其中列举了雨果在《悲惨世界》中，谈到一位辩护士使用的委婉语词：称丈夫为良人、妻子为内助、国王为元首、辩词为高论等。文中还谈到，对于厕所、拉屎、怀孕、月经等，西方人都有许多委婉说法；有一本书记载，对于“死”，就有一百〇二种不同表述。当然在政治交往中，委婉语词最多，像发达国家与发展中国家、南北对话、南南合作、海峡两岸等；上世纪七十年代，美国一公文写道，在经济公文中不要再用poverty（贫困）一语，代之以low- income（低收入）。

问题之二，我是讲程巍著作《中产阶级的孩子们》（二〇〇六），其中也谈到委婉语词的作用，这事情就大了，他甚至道出了资产阶级为什么“垂而不死、腐而不朽”的原因。文中指出，当初资产阶级打败贵族阶级之后，取得政治上与经济上的胜利和领导权。但是在很长一段时间里，他们并没有取得文化上的领导权。因为在资产阶级革命取得胜利后的一百多年里，贵族阶级一直控制着大学、研究所、科学院、出版社等高级文化资源的领导权，他们斥责资产阶级是新贵、暴发户、没有文化教养的庸人。与此同时，无产阶级的兴起，又在政治上引申了资产阶级的负面形象，称之为道貌岸然、冷酷无情、伪善、剥削、金钱关系等（这些词见《共产党宣言》）。因此“贵族和无产阶级分别控制着资产阶级时代的美学领导权和道德领导权。”

到了上世纪六十年代，这样的状况开始发生根本性转变。老牌资产阶级的后代发现了父辈的革命缺陷，从而掀起一场争夺文化领导权运动，将一些词语委婉化，其中有两个关键词，一个是“资产阶级”，另一个是“中产阶级”。从前它们是两个等同的概念，现在它们被变化为：第一步，将这两个历史上含有贬义的同义词分离开来；第二步，将“中产阶级”一词中性化直至褒义化；第三步，在委婉语词旗帜下，用中产阶级替换资产阶级；第四步，将资产阶级定义为一个历史语词，让它带着被贵族与无产阶级描述的不良形象进入历史。于是资产阶级得到了“原命题的美化”。他们以此为起点，展开全部语词的“委婉化工程”。请看：资产阶级——中产阶级；小资产阶级——白领；工人阶级——蓝领；血汗工厂——劳动密集型企业；西方化、殖民化——全球化；西方资本主义社会——西方民主社会。

问题之三，上面是讲西方，中国情况如何呢？似乎不大好。许多词汇附加的不良记录太多，已经可以载入历史，代之以新词，有人却死活不肯改动；有些词汇已经被委婉化，却又被民众再强硬化回来，像领导阶级——人民公仆——贪官；无产阶级——国家主人——屌丝；想想看，还有许多。

叁拾柒

精细集

到今年年底，我做出版已经整整三十二年。前些天给编辑同人讲课，他们问我，三十二年过去，您最大的遗憾是什么？我笑着说有三点：一生追求赚钱，却不大会赚钱；一生追求好书，却不大会出好书；一生追求写作，却写不好文章。总之人生追求，没有止境。近期我的一部新著《精细集》即将出版，我在后记中写道：

这本集子中的文章，取自二〇一三年九月之后，我为一些报纸、文集和刊物的随机写作。所谓随机，是说非固定的专栏文章，大多是编辑、记者突然约稿，文章长短不齐，论题集中在我的职业所为，或者时下发生的一些热点问题，有感而发、有感而论而已。

话说此书题目，看上去有些俗气，很容易让人联想到“精打细算”之类词汇，所以我拟此题目，向朋友征求意见时，就有人说：“怎么会有老账本的感觉呢？”其实并非如此。两年前微信兴起，我在填写“个性签名”时，突然想到孔子的话：“食不厌精，脍不厌细”。转其意而用之，我便杜撰出“书不厌精，文不厌细”的句式，贴到网上。没想到被当时《中国编辑》主编陈虹看到了，她对我说：“这个题目好，我们正在做一个‘积极向上’的专题，你就以此为题目，给我们写一篇文章吧？”我遵嘱写好文章，发表在该刊。后来，百道网程三国、令嘉也说此文写得好，又作为题头文章，在网站上转载。没想到其中不小心，误将“板块”写为“版块”，马上有一位网友在跟帖中写道：“哎，把板块说成版块的人，不可能追求得到精致，呓语而已。”这句留言听起来很刺激，但却再次给我敲响警钟，写文章的人，做编辑的人，每一刻都不能放松自己，每一刻都不能翘尾巴，每一刻都需要对自己的文字和书稿精打细算！

正因为如此，在考虑这本小书的题目时，我的思绪始终跳不出“精细”二字，一者以惧，再者它代表了我的人生追求。杜甫说“语不惊人死不休”，我们没有那样的天赋与造化，但总不要糟蹋文字，被人家骂死！这便是我列此书名的初衷。

至于称其为“集”，也是我附庸风雅。小时候读契诃夫小说，书名都带有一个“集”字，诸如《醋栗集》《美人集》《儿童集》和《巫婆集》等，看上去整齐、文雅、庄重，因此在我早年的观念中，留下那样的一个印象，认为能将自己的作品称“集”的人，其创作一定已经达到精美、多产的境地，或者借用当下的流行语，已经可以“就这么任性”了。不过这两年读书编书，却发现周围的师友们都开始“任性”起来，诸如王充闾《域外集》、杨小洲《抱婴集》、张清《吹皱集》、祝勇《故宫记》、姚峥华《书人小记》等。那天我还专门问杨小洲兄：“你们都这个集、那个记的，我的新书也叫《精细集》如何？”他对于“集”字，倒没有像我那样的感觉；对于“精细”二字，他笑言道，这容易让人产生锱铢必较的误解。我说那样也好，我不避讳自己的职业是一个文化商人，但是，我正想告诉读者，我最计较的不是金钱，而是文字！

不过确定书名之后，我又有了思想负担。暗想如果不用“精细”二字，文中出现一些句法不干净、字词不准确等问题，还可以找个理由敷衍过去；如今你自称精细，还敢套用夫子的语式，不是自立靶子，找打找骂么？是啊，鄙人年岁渐高，思虑渐多，做事的勇气与冲劲，也较年轻时消减不少。此番确定书名，备受“精细”二字折磨，最终还是抱定青山，没有拔去这面旗子。不然为文一生，连这一点底线都不敢追求和坚持，那活着还有什么意思呢？

叁拾捌

严复与王云五

上世纪初年，严复译书名扬天下，且与商务印书馆渊源颇深。早在一八九七年，戊戌变法失败，张元济被逐出公门，经李鸿章举荐，来到上海南洋公学，出任译书院院长，他就出版过严复译亚当·斯密《原富》。一九〇二年张元济入股商务印书馆，翌年接替蔡元培，出任编译所所长，张先生重点推出严复先生八部著作，有亚当·斯密《原富》、赫胥黎《天演论》、斯宾塞《群学肄言》(即《社会学研究》)、穆勒《论自由》和《逻辑学系》、甄克思《社会学史》、孟德斯鸠《论法》、杰方斯《形式逻辑》。当时这些书非常畅销，一九一九年《群学肄言》印到十次，一九二一年《天演论》印到二十次。

以上故事，知之者甚多。我近读《王云五先生年谱初稿》，发现张元济后继者王云五，也与严复多有交往。那是在一九一二年一月，王云五二十五岁时，应同乡孙中山之邀，到南京临时大总统府出任秘书。工作不到半个月，又接到时任教育总长蔡元培的亲笔来信，邀请王云五去教育部“相助为理”。在孙中山安排下，王云五半天在总统府做秘书，半天去教育部工作。此后不久，孙中山辞去临时大总统职务，袁世凯在北京出任大总统。王云五也离开总统府，随教育部北迁，被蔡元培任命为专门教育司第一科科长。

在此期间，王云五曾经参与将京师大学堂改组为北京大学的工作。而京师大学堂原任监督是严复，改组后，要让何燏时接替严复，出任北京大学校长。严复为人老气横秋，何燏时又是他手下的工科学长，即工学院院长，处理这样的交接之事，大家都有些为难。因此推给王云五去做。那时王云五年仅二十五岁，做事却颇为老到，他后来回忆说："我对于严先生，以资历及年龄言，相去均有如云泥，但我却能不卑不亢，最后结果，不仅使严何两任顺利交接，且与严先生成为忘年之交。"

说是忘年之交，有一事为证。那是在一九一六年，即王云五与严复交往后不久，有一位名叫卫西琴（Dr. Alfred Westharp）的外国人，找王云五翻译文章《新教育议》。问其缘由，竟是严复推荐，王云五为此而感叹："我初时颇不解，后来才知道，他和我在办公事上接洽多次后，对我颇为重视。不知怎样，间接上他竟获悉我的一切背景；老辈之关心后进，有如是者。"

王云五译好卫西琴的文章，并作译者序言。他在后来的"自撰年谱"手稿中写道："卫西琴博士，奥人，专攻音乐，对教育亦甚饶兴趣。民元始来我国研究东方文化，其第一篇著作为中国教育议，慕我国前辈学者严又陵先生（复）著译盛名，卑礼厚酬丐请汉译。越二、三年，又著中国新教育议，仍请严先生续译，以高龄体弱婉却，而荐余自代。余与严先生素不认识，民元余任教育部专门司第一科长，奉派偕同司第三科长留英硕士杨焕之君

（曾诰）同诣严先生，自前清监督之京师大学商谈交接事。严先生老气横秋，次日杨焕之不敢续往，余单人匹马坦然前往洽谈。尤于不卑不亢之态度下，颇获严先生赏识，认为孺子可教。至是因病不克续译。后竟荐余代之，老辈提携后进，热诚可佩。余受托不敢怠忽，脱稿后并以请教于严先生，承认为不负推荐，真使余受宠若惊。”

叁拾玖

素　王

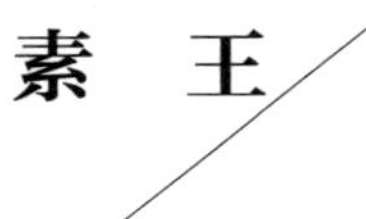

二〇〇九年，孔子七十五代孙孔健著书《素王孔子》。记者问："何谓素王？"孔健答："所谓素王，指的是布衣之王！"通常理解，就是"有帝王之德，无帝王之位"的人，又有"空王"之称。

俗言：有德之人，必有天下。孔子有德，却没能登上九五之尊，原因何在呢？自古解说很多，儒家称孔子为素王，却与五行说很有关系。战国末年邹衍创立"五德终始说"，他运用五行相胜原理指出，一代帝王将要兴起时，上天一定会显示征兆。黄帝时大蚓大蝼出现，故而黄帝属土；大禹时草木秋冬不衰，故而大禹属木；汤时金刃在水中出现，故而商汤属金；文王时上天出现火，赤乌衔着丹书飞来，故而周朝属火。根据五行相胜原理，未来取代火的一定是水。

到了汉代，董仲舒等人主张独尊儒术，在邹衍学说基础上，将"五行相胜"改为"五行相生"，为古代帝王重新排序，按照《周易》原理，称"帝出乎震"，这里"帝"是包羲氏，"震"是八卦中震卦。震卦对应五行中木，所以包羲氏属木，接下来按照五行相生原理，炎帝属火，黄帝属土，少昊帝属金，颛顼帝属水，喾帝属木，尧帝属火，舜帝属土，禹帝属金，殷商属水，周代属木，汉代属火。

显然，有些知名人物，没有出现在这个帝王世系表中。比如共工氏、帝挚，还有秦王。原因是他们的属相与所在年代不和，比如秦王属水，他却生活在属木的周代，而木生火，接替周代的君王应该属火，秦代却属水，生不逢时，当政二代便早早灭亡了！

那么孔子属什么呢？他是圣人，他通过两件事情，确认自己是殷商的后代，属水。一是他吹奏音乐时，听出自己是殷商的后代；再一是他晚年做梦，梦见自己“坐奠于两楹之间”，这是殷商的丧葬习俗，进一步证实了自己的身份。那么他为什么没能成为一代帝王呢？对照上面的帝王顺序，他生在周代，周属木，木生火，孔子却属水，也是生不逢时，所以即使有大德在身，也只能落得个素王身份。

上述学说貌似荒诞，实则有儒家思想为背景，因此很有历史地位。究其源流，大约产生于孟子学说。孟子谈论问题时，很喜欢讲一些数字原理。比如他说：“君子之泽，五世而斩；小人之泽，五世而斩。”为什么是五世呢？可能是虚数，但后人与五行结合，就有了更丰富的意思。再如，有人问孟子：“你还想成就王业么？”他说：“我四十岁以后就不动心了。”为什么以四十岁为界限呢？这也可能是虚数，但孔子也说过“四十而不惑”，还有：“后生可畏，焉知来者之不如今也？四十、五十而无闻焉，斯亦不足畏也已。”孔孟之道一脉相承，但孔子的数字还很单纯，孟子就有了神秘的味道。

孟子最有影响的帝王学说，是“五百年周期说”的理论。他说：从尧舜到汤，经历了五百多年；从商汤到周文王，又有五百多年；从周文王到孔子，又是五百多年。所以孟子得到结论：“五百年必有王者兴。”上面谈到，虽然孔子赶上了五百年的周期，但是他生不逢时，只做了素王。而孔子距离孟子又有一百年，孟子又如何了呢？一段故事写道：孟子离开齐国，充虞在路上问道：“老师似乎有不快乐的样子。可是以前我曾听老师您讲过：君子不怨天，不尤人。”孟子说：“彼一时，此一时。从历史上来看，每五百年就会有一位圣贤君主兴起，其中必定有名望很高的辅佐者。从周武王以来，到现在已经七百多年。从年数来看，已经超过了五百年；从时势来考察，也正应该是时候了。大概老天不想使天下太平吧，如果想使天下太平，在当今这个世界上，除了我还有谁呢？我为什么不快乐呢？”

肆拾

一笑而过

杨小洲任性，著书必求两点，要精装，要自己作序。前天早晨，他突然一反常态，怯生生地对我说，能为他的新著《伦敦的书店》写篇序言么？说心里话，我不大想写。往日对小洲的印象：常常有奇想，偶尔不靠谱。其文字却有天赋，满纸纨绔气息，落于纸上，暗香浮动，柔若无物。如此妖艳文风，最难点评。想了两天，我主动要写了。原因是小洲此番欧洲之行，步步都与我相关。

我最初关注西方书装，始于四年前。当时在香港牛津大学出版社林道群引导下，做董桥的书，仿西书设计，惊艳一时；再者道群时而在网上晒董桥精美藏书，看得我愈发眼热。于是我找林道群、吴兴文、胡洪侠诸君请教，又与李忠孝专程去法兰克福，看西方经典图书展览，深感中国缺少此种艺术，希望能为之做点什么。朋友说是好想法，却无暇帮助我。只是那天，与吴兴文午间小聚，他微醉后来到我办公室，送我一本台版小书《鲁拜集》，他说要做西方名著，可在此书上下功夫。后来杨小洲出现，他做几套小书，都有些古灵精怪，“书房一角”第一辑，议论之声不小，被人讥讽不靠谱；但他设计《抱婴集》，却让我眼前一亮。就这样，我不靠谱的想法与他不靠谱的行为结合，负负得正，才有了后面的合作。

合作归合作，“君子和而不同”，在我内心中，还是担心小洲过于任性。比如他设计真皮版“书房一角”二辑，书装超级艳丽，冷眼一看，吓我一跳，禁不住大呼“怪书”，此言传到网上，小洲还埋怨我说走了嘴。我对小洲说，我是商人，行事需要有节制，不能随心所欲，不能过于唯美。听我告诫，小洲一笑而过，点头称是。

接着两次欧洲之行，小洲与吴光前做三件事情，两件是完成任务，一件是独出心裁。任务之一是研究莎士比亚版本，我觉得要做西式经典，还要从莎士比亚入手，恰好许渊冲老先生九十二岁高龄，新译《莎士比亚悲剧集》，就签下版权，请他们去欧洲找寻设计方案。第一次他们拿回莎翁十六世纪对开本，馆藏限量版，正文是古英语，连许先生都看不懂，装帧比较简单。但他们还带回另一本莎翁著作的书影，二十世纪初版本，封面极美。我当即认定，就做它吧！汇钱去买不成，只好让小洲再去一次伦敦。第二次去，我再三叮咛，除了买回莎翁那个版本之外，一定要把《鲁拜集》版本情况搞清楚，上次他们拿回泰坦尼克号沉船中那本《鲁拜集》的封面，但“书芯”是什么样呢？结果他戏剧性地搞清楚了，还将“书芯”买了回来，这就是任务之二。至于独出心裁的那件事情，是他与吴光前第一次去伦敦时，还联系到一家手工作坊，两兄弟继承祖业，制作传统图书，已经有二百多年历史。听说中国人来，他们认为一定有钱，同意教授指导，同意接书装的活儿，更希望中国人收购他们的作坊，价钱也开过来了。

两趟伦敦购书，小洲办事成功，心情超好，更好的是他为自己的不靠谱找到了注脚，因为那些英国佬才真正是不靠谱的鼻祖。见到这样一个中国人，貌似土豪，却钟情于莎士比亚各种版本，自然笑脸迎送，找书、让座、倒咖啡忙个不停。小洲啊，国内倍受打击的他，哪想到在这里如鱼得水、如获知音，坐在那里，仿佛背光都闪现出来！一时兴起，一本小书挥手就写出来了。我赞扬他写得好，比以往写得都好。他以往写作不用功，用也会用到旁门左道上，此次他一反吊儿郎当的作风，在文字上，用了真情。

但我心想，即使曾经沧海，小洲还是改不了任性，你看他那满眼春色，几乎耽误我多少事情。出海关时，他与英国女警官斗嘴，一口咬定“为莎士比亚而来”，差点出不了关；后来在伦敦街头逛书店，不单是查令十字街八十四号，那家同性恋书店也去了；回国入关，被照出行李中长方形的东西，人家把缉毒犬都牵来了，他还在那里柔声柔气地介绍着莎士比亚各种版本……但小洲还是被那条小狗吓到了，回来后把手机铃声都换成了狗叫声。

小洲啊，从此靠谱些吧！我知道，他面上一笑而过，心里一定在说，休想。

肆拾壹

真皮书

所谓真皮书，是说书的封面用动物皮革制作，像牛皮、羊皮等。过去有观点说，做出版的人，没做过真皮书，还不算全面。今天看来，这话说得有些过时，自从有了网络出版，有许多编辑连纸书都没做过，照样活得幸福滋润，何谈真皮书呢？

我从事出版三十余年，真正做过的真皮书却很少。最早的一本是一九九六年，我还在辽宁教育出版社工作，出版孙机先生《中国圣火——中国古文物与东西文化交流中的若干问题》，正常版本为人造革材料，紫红色装帧，外加包封。但印装时，孙先生自费定制了五十本真皮本，应该是羊皮吧，蓝色装帧，包封如前。他送我一册，书中有题款，还另写一封信："俞晓群先生：承蒙贵社出版拙著《中国圣火》，至感。此书我自费装订了一小部分特精本，今奉上一册存念，敬请哂纳。耑此，顺颂编安！孙机 1997.4.3。"所谓"特精本"，除了真皮封面，上切口还有烫金，再加上一条金色的缎带。孙先生学识广博，功力深厚，经宋远引荐得识，还在"书趣文丛"中出版《寻常的精致》（与杨泓合著），此番想来，都是幸事。所遗憾者，当时孙先生要做特精本，坚决不许我们出费用，结果我是出版者，还要接受作者反身馈赠，至今思想，依然不安。

我所做第二本真皮书，应该是胡洪侠编《董桥七十》，此书与香港牛津大学出版社同步出版，均由林道群设计，墨绿色封面，普通版的封面为人造革材料。但我们还定制两种真皮做封面材料，一是用林道群提供的真皮料制作，我们戏称其为“港皮”；还有一些是我们在北京郊区皮货市场采购的蒙古小牛皮，人家是做皮衣用的，我们却裁成一些小块，做书的封面，卖皮子的人说闻所未闻！两者合计，做了一百多本真皮书，定价五百元一册。还曾经在孔夫子旧书网上拍卖，最高一本卖到五千二百元。这是我亲手做的第一本真皮书，是一种重要的出版经历，为未来的工作积累了经验。

再有一本真皮书是胡洪侠《书中日月长》，此书出版时，赶上杨小洲在为岳麓书社制作“书房一角”第二辑，要做一些羊皮书，海豚出版社的制作师帮助他找皮料，结果在河北一个皮货市场找到羊皮料，材质极好，杨小洲曾经做了几本样书，设计独特，评价不一，但印刷效果极好，手感温润，色彩飞扬，解决了许多工艺问题，包括书脊的竹节装等。我当即进了几张皮子，以刚刚出版的《书中日月长》为底本，做了十几本真皮版，效果较前些年出版的《董桥七十》要好许多，深蓝色，皮子上还压印着波浪暗纹。但那是非卖品，并未销售，故而愈发珍贵。附上一个秘密，我的那位制作师在试验工艺时，私下把我在浙江大学出版社刚出版的《那一张旧书单》也装了几本，送给我两本，红色与棕色。

另外，海豚出版社在制的真皮书还有几本。一是祝勇《故宫记》，定制五十本，他自己买三十本，其余的会卖给收藏者，此书春节前会完成制作。还有就是许渊冲新译《莎士比亚悲剧五种》，封面装帧，用的是一八九五年巴黎美术社的设计，我们会做几十本或一百本真皮收藏版，不久就会开始预订。再有就是《鲁拜集》，我们拟将一八八四年美国波士顿霍顿·米福林公司出版的对开本《鲁拜集》再现出来，其中伊莱休·维德的绘画，很精美。

肆拾贰

开　本

图书开本很多，却不是随意而为，它往往包含着丰富的文化意义。美国人谢尔在《启蒙与出版》一书中即写道，十八世纪的欧洲，学术著作初版时，一般要用对开本或四开本出版，否则作者会感到受到侮辱。再版时，才会改用小一些的八开本。还有，历史学、政治经济学和诗歌（尤其是史诗），一般也要选用四开本。比如，一位勋爵的妻子赞叹："无法想象八开本的书，可以匹配历史学的尊贵。"小说通常是以便宜的袖珍本形式出版，学生的教科书是选用十二开本出版，散文、戏剧、政治学和宗教方面的书，通常是以八开或十二开本出版，很少见到更大的开本。

谢尔还写到，大卫·休谟出版他的"随笔和论文集"时，就"非常渴望"以四开本出版，因为"它不仅赋予作者与众不同的形象，而且能够凸显该书有争议的思想。"后来有学者在图书馆中，见到这部四开本的书，封面还用摩洛哥羊皮装帧，那位学者在日记中写道，休谟作为"异教徒"作家，不应该享有这种"教养与尊敬"的待遇。显然，如果休谟的著作用十二开本印制，他就不会有此感慨了。

我国近百年出版，引入西方现代出版观念，但对于图书的开本，似乎没有那么复杂的理解。以我为例，上世纪八十年代投身于出版教材教辅，通常的书，只有小三十二开或小长三十二开本；大学教科书或学术著作，则以大三十二开或十六开本居多，没有太多的讲究。世纪之交，我国经济增长，书业繁荣，各种开本纷纷出现，但依然没有定式。反之随着极端商业化的兴起，使出版人对于书籍开本选定，多以成本与利益为重。比如许多年中，一种“小全开”风靡一时，许多业外人士喜欢这种开本，以为版本大，有气派，其实背后也是在为成本考虑，因为这种开本最省纸省工，故而业内有人称“小全开”为“书商开本”，或者讽刺为“最俗气的开本”。

近些年我对西方书装感兴趣，试图做一些书，再现与开本相关的一些文化传承。比如《莎士比亚全集》，十六世纪曾有对开本面世，前不久还有人在法国发现此版本，已经破旧不堪。我现在组织出版许渊冲译《莎士比亚悲剧集》，为此在伦敦买了一套十六世纪对开本的影印本。原想按照这个版本制作，后来杨小洲发现一套一百年前法国人出版的莎翁著作，十六开本，印装精美，只做了二十本。我们当即决定按照这个版本做许渊冲的译本，订制真皮、仿皮，共计五百本，书脊要竹节装，已经在研制之中了。另外此书还将制作大众版，大三十二开本，上下卷两册，可以做数千套。

再有，泰坦尼克号沉没时，曾有一册《鲁拜集》沉入海底，被称为“世界上最豪华的书”。那本书就是对开本，它的“书芯”是一八八四年美国人制作的，只印了一百本。现在我们计划再现这个版本，也已经找到沉船中那本书的设计方案，但工艺太复杂，难以下手，制作与否，还在犹豫之中。而美国人一八八四年的版本，我们却在英国伦敦找到了，现正在操作，将这本对开本《鲁拜集》复制出来，配上中文翻译，近期出版。说点题外话，此事传出后，在用谁的译文上发生了争论，我们原来想用郭沫若的翻译，不同意见很多。江晓原先生就发来短信，认为用郭译不如用黄克孙的翻译。江兄还推荐我读一读他从前写过的一篇文章《卿为阿侬歌瀚海，茫茫瀚海即天堂——从黄克孙译〈鲁拜集〉谈起》，写得真好，实在是一位大才子。

肆拾叁

《鲁拜集》问答

这一段时间我痴迷于西方名著《鲁拜集》，尤其是那本随着泰坦尼克号沉入海底的“世界上最豪华的版本”，它带来许多故事，神秘而诱人。今年三月，我们将翻译出版《随泰坦尼克沉没的书之瑰宝》，该书作者罗勃·谢泼德也将来中国，在北京和上海做专题讲座，与读者见面。近一段时间，我将相关信息不断在文章中提及，没想到引来许多同道关注，讨论与询问之声不绝于耳。其中有一位叫作“老鸽”的网友，自称是《鲁拜集》的业余爱好者，更是连篇发问，很有水平。为此我多次去他的博客拜读，见到他所知极多，确实是一位资深“鲁迷”。现在我将大家提出的一些问题整理出来，在这里尽我所知，做一点回答。深层的故事，还要等到今年三月份，罗勃先生来中国做讲座的时候，当面请教了。

1. 桑格斯基做过几本《鲁拜集》呢？

答：不清楚。见到三本，其中两本：一九〇五年，他在桑萨公司做了一本《鲁拜集》，用的是麦克米兰公司的版本，封面用深绿色摩洛哥皮，中央嵌板和边缘使用淡蓝色皮革，红色和白色花朵，绿色叶子，一只孔雀由绿色、棕色和蓝色皮革表贴而成。

中央圆环镶嵌二十一颗猫眼石，用以装饰孔雀开屏。这是桑格斯基第一次将孔雀用于《鲁拜集》的装帧。至于镶嵌珠宝，桑氏第一次使用这种艺术形式，是在一九〇四年，他在斯宾塞《颂歌和小爱神》制作中，用了六颗猫眼石，镶嵌在盛开的都铎玫瑰花中央。后来他又做了许多珠宝书，这本《鲁拜集》只是其中之一。一九〇六年在法兰克福书展上，这本《鲁拜集》展出，被法兰克福城市美术馆买去收藏。桑格斯基做的第二本《鲁拜集》，就是泰坦尼克号上那一本书。桑氏为此书的设计用了六到八个月的准备时间，丝毫不敢怠慢，直到一九〇九年正式制作开始。一位《书籍装帧期刊》的记者，曾经在一九一一年造访过装订车间，他在报道中写道："桑萨公司弥漫着愉快而乐观的气氛，宛如略过荒漠的一股清风，令人心旷神怡。"

2．上述第二本《鲁拜集》，用的是什么"书芯"？

答：就是一八八四年美国波士顿霍顿·米福林公司出版的对开本《鲁拜集》，其中由伊莱休·维德绘制插画。根据《随泰坦尼克沉没的书之瑰宝》一书记载，这本《鲁拜集》是萨瑟兰书店高级雇员斯特恩豪斯，私自同意桑格斯基制作的。桑格斯基一九〇七年结识斯特恩豪斯，"他不断在斯特恩豪斯面前说起自己的理想，渴望有机会装帧一八八四年出版的由维德绘制插图的《鲁拜集》，这个对开本开本之大，足够设计师在上面尽情发挥，一展才华。"最终得以启动这本书的制作。关于"书芯"的情况，去年杨小洲在伦敦，来到那家萨瑟兰书店，向书店老板询问泰坦尼克号上那本《鲁拜集》，用的什么版本做"书芯"。

那位老板当场拿出仅存的一本“那个一八八四年的版本”，伊莱休·维德绘制的插图是石版画直接印刷的原作，对开本，它使用的英文译文是菲茨杰拉德翻译的第三版。

3. 后来桑萨公司又按照桑格斯基的设计，做过两本《鲁拜集》？

答：是。一九一二年四月十日泰坦尼克号沉没，那本《鲁拜集》也随之沉入海底。四月二十三日，桑萨公司曾经在《每日电讯报》上，刊登一则试图重新制作此书的消息。但是七月一日，根本不会游泳的桑格斯基，为了救一名落水妇女，耗尽体力被急流吞没。一九二四年，桑格斯基的合作者萨克利夫的侄子斯坦利·布雷进入桑萨公司学徒，他在一九三二年发现了那本《鲁拜集》的文件，他瞒着叔叔，用七年时间，于一九三九年完成了该书的制作工作。但一九四一年被德军炮火烧毁。布雷不甘心，倾尽毕生精力，又做一本《鲁拜集》，现存大英图书馆中。

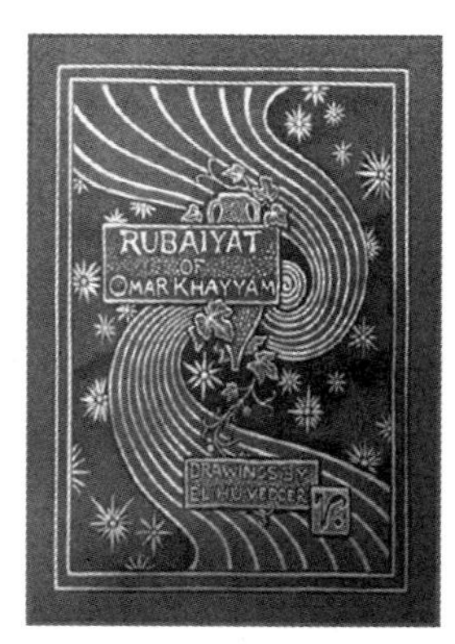

肆拾肆

周氏《易》

周山今年六十六岁，近著回忆录《忧喜与共》，命我为之写序，下面是“序文”片段：

周山先生一生从事学术研究，起于忧患，成于安乐。三十几年文字生涯，著书立说，大凡数十部有余。然而在我的观念中，他的根基之作是《中国逻辑史论》，此书出版较早，但周山为之付出大量心血，也为其后来学术研究打下基础。此后他的小书《易经新论》面市，薄薄一本，却赢得十几万册的印数，自此名达天下，同时也显露出周山对于《易经》超于常人的解读能力。只不过那时，周山还在三十几岁，血气方刚，才华四射，耐不得故纸围困的寂寞，恰如子夏所言：“出见纷华盛丽而说，入闻夫子之道而乐，二者心战，未能自决。”他在学术研究之余，还有《狐狸梦》《东方情爱论》和《海妹子》等言情之作，纷至沓来。这一支写作，可能会搅乱周山清静的身心，那又怎样呢？其实个体的生命，只是宇宙间的一刹那，任何人生经历，都有其客观存在的价值，最终总会铺就出一条仁者归仁、智者归智的道路。

现在，让我们的目光来到五年前。那时我离开辽宁，来到北京重操旧业，再做出版。最初点数该做的事情，脑海中浮现出第一层次的项目，排在前列的，依然有周山的名字！此时周山已至耳顺之年，那一天我们相会于浦江之畔，但见他满头白发飘飘，面色红润如初。我问他在做什么，他说万流归宗，到了这样的年龄，一切所思所想，自然是回归《周易》了。接着，他拿出新稿《读易随笔》，我长夜翻读，通篇文字心平气和，道理明晰可鉴。读着读着，我的思绪跃上千刃青峰之巅，我的目光投向万顷碧海之波！一时心花怒放，心智顿开……我知道二十多年前，《十家论易》出版，其中囊括了许多当世易学大家的思想：郭沫若、顾颉刚、李镜池、闻一多、胡朴安、熊十力、冯友兰、薛学潜、刘子华、蔡尚思。那时周山年仅四十几岁，其易学造诣之深，备受蔡尚思等学者的赏识。如今时过境迁，逝者逝矣，周山却始终追思前辈，亦步亦趋，有了极大的成就！

《读易随笔》之后，周山又写好回忆录《忧喜与共》。此稿最初定名为“悲喜与共”，完稿之后，周山扪心自问：“我落拓一生，何悲之有呢？”是啊，人生如梦。盛世乱世，如云烟过眼，反复轮回，已经不知道辗转了多少次，你这一番悲情未过，那一段喜庆又迎面而来。弘一大师离世之前，曾经写下四个大字：“悲欣交集”！许多人悟不到他的心境，我却理解为：肉身的消逝，使人失去了俗世的依托，悲者自悲；但灵魂出窍的时刻，又为逝者带来自由的欣喜。唉，佛家的矛盾心态啊，至死都难以化解。但我知道，周山之忧喜，既不同于佛家的虚伪，也不同于儒家的世俗，却比较接近于道家的清新自在。他生于一九四九年，与一个集体主义的时代同行。无我与非我，让他不肯言悲，退而言忧；大我与小我，让他不知喜从何处来，又向何处去！在他的观念中，三千年风刀霜剑，儒家已长跪不起；八万里大好河山，道家还悠然界外。微斯人，吾谁与归？

是啊，前些天我又去上海拜见周山。我问他此行何来，他说从乡下来，自己久已出离闹市，迁居崇明故里。我问他在做什么，他说白日头顶蓑笠，挽着衣袖裤脚，在田间劳作；夜晚挑灯闲读，落笔成章，都不在话下。我问他近来所思何处，他说常常朝涉黄河，暮旅长江，华夏大势走向，都在胸中涌动。闻其言，我一时语塞，眼前却浮现出他避走乡间的景色：满目野花，星星点点，随风摇动；百万雄兵，若隐若现，暗藏胸中！不过，有一本《周易》在握，则一切浮光掠影，都归于虚无，归于寂静，归于尘灭。这一番胡言乱语，一定会引得周山目眦尽裂，头发上指！哈哈，兄长息怒，我也是醉了！

肆拾伍

张国际

张国际是一九七五年生人，与我有将近二十岁的年龄差距，这应该是一个隔代的年龄，但我对他却一直以同辈相待。事业上合作长久、相交深厚就不用说了，多年以来，国际自身表现出来的成熟、能力和品行，使我对他，一直在怀有对后辈喜爱的情绪之外，又多了几分尊重与期待！

先说尊重，这样的词汇一般是要用到老辈或同辈身上的，其实面对小辈，尊重也是必要的；反过来小辈能够赢得长辈发自内心的尊重，更为难得。其实我对待年轻人一直很挑剔，因为我长期做企业，经常招聘新人，为几个名额，常常会有上百人前来报名，国际也是这样进入我视线的。那是在一九九八年，他大学毕业未及一年，在一所大学当老师。他老家在辽西山区，人长得瘦弱，虽然在城市读书多年，表面上还未完全脱出山乡的气质。我问他为什么放弃大学老师的职位，来这里当编辑？他说因为辽宁教育出版社的品牌，因为“新世纪万有文库”，因为这里有他喜欢的书和人。我知道，多数应聘的年轻人是事先做了功课，应聘时又会多说好话。但我发现，国际却不是。可能缘于他父亲是山村教师的背景，他是一个很有教养与学识的孩子，做事情肯用心思，又极其努力。所以他到辽教社不到两年，刚刚二十五岁，我就破格提拔他做了总编室主任。说起来我敢这样做，基于对他做过许多超常的考验。比如引进“幾米绘本”，最初许多人看不出价值，做起来有些犹豫；我试着让国际做，没想到他极其重视这个项目，几夜不回家，不休息，一鼓作气就把事情完成了。所以说，国际是引进“幾米绘本”团队中，最重要的一员。为此，我还把他送到台湾工作几个月，向台湾大块文化出版公司学习现代出版观念，更加增长了见识。再一件事是我经常交办他写文件，做文案，一般是难不住他的，也是他有思想，有研究能力，文字基础好。记得那一年，我的小书《数术探秘》出韩文版，需要我写一篇“韩文版自序”，我个人的文章是从来不让别人代笔的，当时我正在开会，就随嘴对国际说：“你先帮我写一份草稿。”没想到他憋了一个晚上，第二天果然拿出一篇“序言”，此前他对数术没有研究，却通篇文字丝毫没有走板。虽然我没用他的文章，但从那一次起，我确实对国际有些另眼相看，我想到自己年轻时，也接受过类似的任务，有了压力，也有了后来的成长；对比起来，总觉得自己当初没有国际那么好的基础，没有他那么坚强的毅力与耐性。

后来国际离开辽教社，跟我到辽宁出版集团工作，折腾一些创新的项目。他与柳青松合作，做了许多令人难忘的事情，比如与贝塔斯曼合作，成立合资公司；出版苏叔阳《中国读本》和《西藏读本》；出版赵启正《在同一世界》；出版王元化《认识中国》等等，都是一些大事难事，我们却件件做得成功，因此在朋友圈中，也有了“辽宁三剑客”的称谓。

另外我早早使用国际，还有一个心理依据，那便缘于张爱玲“出名要趁早”，我认为“做事也要趁早”。认准有前途的青年，早一点给他们锻炼的舞台，会使之一生受益，为社会贡献。国际做事努力，三十几岁已经是正编审了，还在做辽宁出版集团图书部副主任。但我也相信“性格决定命运”的道理。俗语说：“有才气就会有脾气”，国际也是有小脾气的人，他做人做事有见解，有立场，有坚持，不大会圆滑，成长路上自然会遇到许多困难。我觉得这是好事，不必事事委曲求全，改变自己的人格与方向。况且男人最怕丧失的是血性，有了这个底线，其他的事情就都可以放下了。

肆拾陆

王志毅（上）

近来不知什么原因，为他人著作写序跋越来越多，其中长辈如沈昌文、宋木文；朋友如胡洪侠、张清、毛尖、黄昱宁、杨小洲；新人如梅杰等，后面还有一些待写的序言需要完成。说实话，最初写序时，常常会感到压力；如今写多了，竟然有了上瘾的感觉。因为人生苦短，活的就是朋友之间的友情，而友朋之交多种多样，但文字间的言说，实在是交流中的上品，言之所想，情之所至，都不是其他方式可以相比的。前些天王志毅新著《文化生意——印刷与出版史札记》初成，他约我写一篇序言，点评几句。我有了上面的心境，落笔就有了下面的文字：

我之本性，面上温和，实则是一个不肯服输的人，做事争强好胜，内心中不大会臣服别人。但随着年龄增长，却发现自己对人对事的态度，有了一些变化，尤其是对后辈才俊，竟然在不自觉中，没有了竞争意识，反而产生某种无私的欲望，总想要扶持他们，或招致麾下，或预言哪位优长，未来必有大成云云，都是一件极其快慰的事情。这样的心境，在血气方刚之年，是体会不到的。盘点心中喜爱的人，或兄弟，或子辈，或孙辈，想到精神的延续，想到生命的希望，善的情绪就会升腾起来，内心中充满对他们的爱意。

王志毅是我极看重的一位青年人，现在也有三十几岁吧。我认识他却在二〇〇六年，那时我还在辽宁工作，工作之余为《辽宁日报》写专栏文章，写法是报社主编命题，他们拿来一本或几本书，让我写整版的评论文章。其中有一期，是评美国人泰勒·考恩的著作《创造性破坏——全球化与文化多样性》，我写的文章题为《文化多样性：左手赞成，右手反对》。我在文中提到译者，认为他的译者序言写得有水平，认为这样的译笔一定不是出自匠人之手，应该是一位很不错的学者。大约在我的文章发表一年后，译者王志毅见到此文，他给我写信，我才知道，他是一位二十几岁的青年，而且在出版界做事，主持浙江大学出版社北京分社——启真馆。当时我确实感到惊讶，因为我知道，出版圈中有学问的人不少，勤奋的人却不多。大概是行业特征使然，最容易养成从业者眼高手低、勤于动口、懒于动手的习惯。其中较好的人，能够满足“做出版人中好作家，作家中最好的出版人”，就已经很不错了。所以见到王志毅这样的青年才俊出现，我怎能不喜出望外呢！

不久志毅送我启真馆小礼物，仿木质烫花工艺的一套案上用品：笔筒、名片盒、裁纸刀等，更使我赞叹江南人物，做商人也有出离尘世的雅趣，心中又增添几分喜爱。

二〇〇九年我到北京工作，志毅见到我的著作《一面追风，一面追问——大陆近二十年书业与人物的轨迹》台湾版，立即提出要出大陆版，那就是《这一代的书香——三十年书业的人和事》了。他还借此创立“守书人丛书”，如今已经出版多种，其中有名的著作如《我在DK的出版岁月》《编辑这种病》等，都是我喜爱的书。

去年志毅的文集《为己之读》出版，篇幅不大，当时我就想写一点评论，因为心中对这本小书有三点喜爱：一是思想性，二是文章气质，三是字面干净。当然文如其人，这些年与志毅时常接触，他面上话不多，交流时不冲撞别人，举止上还有些腼腆羞涩的感觉。

肆拾柒

王志毅（下）

其实王志毅在两项事情上，最能表现出众之处，一是“言必信，行必果”，说到的事一定会做到，这是时下商界稀缺的品格，他却有了。再一是每逢讨论学术问题，他的学者气质就会表现出来，不逢迎，不含糊其辞，不看他人脸色，那种直言表述的风度，就更加难得了。比如去年，我曾经写文章《出版：西方启蒙运动的发动机》，品评美国人理查德·谢尔《启蒙与出版——苏格兰作家和十八世纪英国、爱尔兰、美国的出版商》一书，其中谈到十八世纪英国出版，我援引书中观点，阐释英国出版业对欧洲文化启蒙运动的贡献与作用，所用词语赞誉过重。志毅在网上读到此文，立即留言反驳，认为这样的评价失之偏颇。后来我在读书时发现，志毅曾送给我几本“启蒙运动译丛”，是浙江大学出版社出版，都与上述问题有关。由此可见志毅是一位认真研究问题的人，说话冷静思考，言出有据，如此坚持下去，积年有成，一定是自然的事情。

前些天志毅来信说，他的新著《文化生意——印刷与出版史札记》基本写好，希望我能为之写一篇序言。这真是一个好题目，因为我一直认为，目前中国有出版史，却没有书籍史。上面提到的谢尔《启蒙与出版》一书，就给出了一些让人惊讶的回答。他说长期以来，人们对于苏格兰启蒙运动的产生感到迷惑，究其原因，正是忽略了一个重要学科“书籍史”的研究。因为在作者“文本”变成“书籍”的过程中，饱含着许多重要因素，甚至是决定性的因素。但以往欧洲学者信奉笛卡尔的观点：“阅读时要忽略书籍的外观、感觉和嗅觉”，认为文本与书籍是分裂的。即使福柯在他的《作者是什么？》中，也至多承认“作者功能”是通过评论家和读者实现的，没有谈到书籍本身的作用。其实对于苏格兰启蒙运动而言，书籍出版起着决定性的作用，而在我们的文学史、文字史、学术史和思想史中，却丝毫看不到书籍史的存在，说白了，也就是书商的存在！比如出版过程、书籍的产生、作者与书商的往来信件，里面谈版税、谈开本、谈定价、谈装帧、谈广告、谈市场……这些被传统学者们不屑一顾的内容，最多被当作历史学的花边或八卦，谢尔却从中发现了“苏格兰文人共和国”名扬天下的玄机。

阅读志毅的书稿，我看到他已经认识到这些问题的存在，并且试图给出一些新的阐释与研究。书稿之中，他谈论西方印刷术的历史，资料丰富；而有两个章节，专论中国宋明两代印刷术的发展，落笔之时，自然有了中西互应的尝试。另外此稿的名字也引人思考，说是“札记”，其实用的却是学术专著的笔法。尤其是“文化生意”一词的设立，恰恰点明了他学者与书商双重身份的优势。有了在两个领域的游走的经历，他才会做到知行合一、心态平和，既不为文化而轻视生意，也不为生意而亵渎文化，由此深入下去，创作中国书籍史的功力就会显现出来。

也可能是游动的人生体验，经常会给志毅带来思想波动的苦恼。他有时也会找我聊天，谈论书商生活的优劣，以及投身学界的思考。其实有才华的人总会不安分，跨界的能力常常是他才华大小的重要标志。此时志毅的才华已经早早显现，书编得好，就影响了学问；学问做得好，又影响了心境。但人生之旅，面上千奇百怪，实则大同小异。智者多思多虑，双成者是有的，如钟叔河先生；多成者也是有的，如叶圣陶先生；一事无成者更是满视野。我始终认为，人生的追求，首先是快乐，是平静地生活；其次在天赋，在路径，还在勤奋。我一直看重志毅，就在这里。

肆拾捌

商务的股份

时逢抗战胜利七十周年，让我想起自己近年来，读书编书写书时，遇到的几段与日本人相关的故事。其情节零零散散，但串起来看，却暴露出一些隐含的信息，让人深思下去，时常心惊不已。每每离案踱步，口中却叹息：日本这个民族啊！

说来也奇怪，我这里要说的故事，都与当年的上海商务印书馆有关。比如前两年，我组织出版一九四九年以前的“民国童书”。当时我看中一套“童话丛书”，是上世纪二十年代商务出版的，有将近一百册，孙毓修主编。我想重印这套书，但在上海图书馆中只找到三册半，即《海公主》《睡公主》《幸运灯》和《信陵君》。后来拜访儿童教育前辈蒋风，他说自己藏有这套书的第一册《无猫国》，是“文革”后在地摊上买到的。有一次我将此事与一位日籍华人诉说，他当即向一所日本大学图书馆查询，那里竟然有九十多册。有日本问题专家对我说，日本人做事非常认真，有长远考虑，百年以来中国出版的书，他们每本都要订购。

由此我想到，日本绘本专家松居直的著作《我的图画书论》，他出版中文版时在序言中写道：“中国儿童书的出版，在上世纪二十年代就达到了相当高的国际水平。”我一直认为，他说中国上世纪二三十年代绘本的高水平，一定是指当时上海商务的《幼童文库》等绘本，因为我在整理出版“民国童书”的几年间，曾经找来当时几个大出版公司的童书，有中华书局、世界书局、儿童书局等，将他们的童书加以比较，商务印书馆的图书质量，确实要高人一筹。

由此我又想到，在一九三二年“一·二八”事变中，日本人突然轰炸上海，其中一个重要目标，竟然是地处闸北四川路的上海商务印书馆。他们将那里的办公楼、印刷厂、材料库、学校和东方图书馆统统烧毁，有三十多万册图书化为灰烬，纸灰飞出十余里地。那些书是张元济等人多年收藏，价值极大。目睹如此惨状，张先生甚至说，真后悔不该将这些书积聚起来。而一位日军司令却说：“烧毁闸北几条街，一年半年就可以恢复。只有把商务印书馆这个中国最重要的文化机构焚毁了，它则永远不能恢复。”唉，一方面收藏，一方面烧毁，日本人啊！记得顾炎武说过一段话：“国有学则国亡而学不亡，学不亡则国犹可再造；国无学则国亡而学亡，学亡则国之亡遂终古矣。”所以每每谈到这段故事，人们无不切齿憎恨日本人亡我中华之心！

但是，由此我还想到，前几天阅读《商务印书馆九十年》一书，其中有一篇蒋维乔的文章《夏君瑞芳事略》，文中有一段话写道：“壬寅年冬，日本人原亮三郎、山本条太郎等，携巨资来上海，思营印刷及出版业。君念我国之印刷术及编辑上之经验，皆甚幼稚，非利用外资，兼取法其经验不可，遂与订约合资，改商务印书馆为有限公司，华股日股各半，而用人行政权，悉归本国人，并遵守我国商律。自是以来，编辑印刷，均大进步，营业亦益扩张，支店遍于全国，全佣者凡三千余人，公司资本，屡有增益，计丁酉至去岁癸丑，阅十七年，由四千增至百五十万，而是时日本人所占股额，亦仅四分之一矣。世人或以此巨大公司非全华商自办为惜，君乃亲往日本，与诸有股者谋，卒尽数购回，转而售诸国人。民国三年一月六日，议定立约，至十日登报布告股东，而君即于是夕，为暗杀党狙击于公司总发行所之门前，伤重不能言语，舁至仁济医院，遂殁，年四十三岁。”

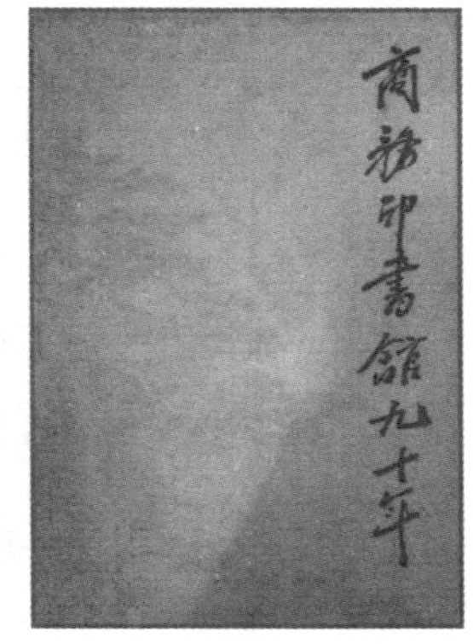

肆拾玖

伟大的奥玛（上）

两年前，台湾出版家吴兴文来到我办公室，他将一本《鲁拜集》放到我手上，引起我出版该书的欲望。尤其是桑格斯基为《鲁拜集》制作的特装版《伟大的奥玛》，它随着泰坦尼克号沉入海底，更加激发了我的好奇心。但我也知道，早在十九世纪，英国就有人叹息："《伟大的奥玛》啊，总会有厄运相随。"那么，厄运何来呢？我的这一番追随，是否也会遇到厄运呢？下面，容我一一道来：

《鲁拜集》是一本奇异的诗集。他产生于十二世纪的波斯，一位算学家、哲学家奥玛·海亚姆之手。那诗句浪漫而华贵，倾诉着人世间及时行乐的快慰。他轻视神的妄想世界，主张人要自由自在地生活。结果海亚姆的放荡不羁惹怒了教会，认为那是一些"亡命之诗"，文字像蛇一样邪恶，充满了罪恶感。海亚姆感到了生命的威胁，他来到麦加，向神祷告，决心不再写那样的东西。

其实也不必再写了，现有的存在，已经决定了奥玛的伟大！尤其是十八世纪，又一位伟人爱德华·菲兹杰拉德出现。他发现波斯文化中海亚姆的诗集，并且将它们译成英文。菲氏翻译不单是再现，更是伟大的再创作，一个“死亡与享乐的混合物”，随着优美的诗句流淌出来，《鲁拜集》很快引人关注，吸引着艺术家们蜂拥而至，画家为它画插图，装帧家为它做版式，出版家不断推出各种版本。

二十世纪初，英国最优秀的装帧设计家桑格斯基，同样没能逃过《鲁拜集》的诱惑。他深深迷恋波斯的艺术风格：浓密的藤蔓盘绕，紫色葡萄的醉意，低垂着长长羽毛的孔雀，羽翎上闪亮的斑点，不就是人们梦中的满天星斗，或魔鬼的笑意么？桑格斯基一生追求，要把它们刻画到《鲁拜集》封面上。他先做一只孔雀的版本，羽翎镶上宝石；再做两只孔雀的版本，版面镶满宝石；当他做到三只孔雀时，装帧艺术的表现，渐臻登峰造极，每一颗宝石的色泽与镶嵌，都有了生命的感觉，一块块真皮拼接的画面，像上帝创造女人皮肤一样，不断走向极致！此时，艺术已经化为一种诱惑，让桑格斯基与波斯人思想吻合……我想象，每当夜幕低垂时，每一块宝石，都是一只魔鬼的眼睛，闪啊闪，五光十色。天堂中的那一条蛇也来了；还有一把波斯古琴；还有一个白森森的骷髅头，被镶嵌在书的封三上：断落的牙齿，深陷的眼窝，原本恐怖的存在，四周却铺满妖艳的罂粟花！

英国人为桑格斯基的《鲁拜集》——《伟大的奥玛》陶醉！美国人立即开出八百英镑高价购买。但是，当奢华走向极端时，上帝惊动了，天使与魔鬼都来围观。厄运像梦中的微风一样，无声无息，悄悄降临：去美国拍卖，由于税收的争议，未能入境；回英国拍卖，遇上经济危机，只以四百多英镑卖给美国人；书被装上去往美国的邮轮，又赶上工人罢工，邮轮停运；最终这本《伟大的奥玛》，被装上那艘著名的泰坦尼克号；几天后，书随着大船沉入海底；三个月后，设计者桑格斯基为了救人，也不幸溺水身亡，时年只有三十七岁。

船沉了，书落入海底，桑格斯基也去了。就这样，一点点积小厄成大厄，常言“自古才命两相妨”，真是这样么？谁知道呢！关键是《鲁拜集》的诱惑还在，厄运还在继续相随。

伍拾

伟大的奥玛（中）

桑格斯基去世之后，他的合作伙伴萨克利夫，收藏好桑氏留下的烫金版、黑白玻璃板底片和设计图样，不再做《鲁拜集》。但他两年后制作济慈的《诗集》，封面嵌满珠宝，以一千四百英镑售出。十年后，他拍卖一百二十多本昂贵的书，大多被美国人购买。

此时，萨克利夫的侄子斯坦利·布雷来到公司学徒，大约十年后，他偶然在公司保险柜中，发现那本《伟大的奥玛》原始资料。布雷知道桑格斯基的悲剧故事，他在好奇心驱使下，打开了那个“所罗门的铜瓶”。艺术的幽灵飘荡出来，迅速占满布雷的身心。即使他知道父辈们的告诫，那本书一直有厄运相伴，布雷还是在命运之神引导下，决心按照这些资料，将泰坦尼克号上那本《鲁拜集》再现出来。他瞒着叔叔，利用业余时间，在家中整整做了七年，终于再现了那本《伟大的奥玛》。

三只孔雀，一千零五十颗宝石，精致的工艺，几乎与桑格斯基的手艺分毫不差！见过的人，都会惊呼：“My God！”是啊，我的上帝，接着“二战”爆发了！德军的炮火，炸毁了安放那本书的银行，在高温之下，收藏在铁箱中的《伟大的奥玛》，纸张化为灰烬，羊皮封面化作黑乎乎的一团，只有一颗颗宝石还在。布雷忍着悲伤的心情，将它们挑拣出来，他是一个极其坚强的人，绝不会向厄运低头。果然在他人生旅途的最后几年，他又用那些宝石，再次装点出一本《伟大的奥玛》，现存于大英图书馆中。

时间来到上世纪七十年代，有一位二十几岁的英国青年罗勃·谢泼德开始学习书籍装帧艺术。历经二十几年，他见过许多珍贵的经典书籍，但罗勃还是最崇拜当年桑格斯基设计的《伟大的奥玛》。此时的欧洲，布雷等前辈纷纷离世，传统书籍装帧行业已经衰落，罗勃却出手阔绰，收购了几家百年老店的品牌和遗存资料，其中就包括桑格斯基那家公司。那么，罗勃是靠什么财力来支撑自己这样的举动呢？前些天我们请罗勃来中国做讲座，与他聊到这个话题，罗勃只是说，这确实是富人做的事情。从他的言谈中，可以透露出两点信息：一是一直陪伴他的杨小洲觉得，罗勃是一个“富二代”，他本人生活讲究，注重细节；他父亲是生产威士忌的老板，很支持他的艺术追求。二是罗勃是一位欧洲古旧书鉴定专家，在中国做讲座期间，他曾经对两本《鲁拜集》进行鉴定，所言分毫不差，甚至能说出，某个版本是在哪个书店买的，哪家书店仅存一本云云！

言归正传。上面说到罗勃收购桑格斯基的公司，不久，当年布雷打开保险柜，看到《伟大的奥玛》制作文件时的那一幕，又在罗勃身上发生了！结果，罗勃也毫不犹豫地打开“所罗门的魔瓶”。不过这一次，他没有急于再造那本《伟大的奥玛》，而是运用电脑技术，将那些一百年前的黑白照片加以分析、涂色，最终将那本书金碧辉煌的封面，又完完整整地再现出来。

本世纪初，在翻阅资料的基础上，罗勃写出一本书《随泰坦尼克沉没的书之瑰宝》。为了怀念前辈，罗勃的书采取复古的主题：他专门铸造铅字，沿用传统的铅字印刷；书中的彩图，采用特殊纸张，另行印制，然后手工粘贴在书页上；正文的字体、印刷油墨、纸张出处等等，都有说道。这本书的纪念版仅印一千册，编号在欧洲与美国上市，凡购买者，随书赠送一张图画，就是罗勃用电脑再现的那张《伟大的奥玛》封面，对开本原大！

伍拾壹

伟大的奥玛（下）

时间来到二〇一四年十月，两位中国人来到伦敦一家书店，其中一位叫吴光前，另一位叫杨小洲。他们受我之托，调研欧洲书籍装帧现状，顺路了解一下那本《伟大的奥玛》。

话说此前，我从董桥文章中，知道一些泰坦尼克号上那本《鲁拜集》的故事，若隐若现，愈发激动了我的好奇心。小洲是艺术家，他的艺术冲动与单纯，在今日世俗社会中，已不多见。几年中他设计出版几本“山寨”西方书装的书，极具奇思异想。他知道我对《鲁拜集》等西书装帧有兴趣，大为兴奋，不提任何要求，一定要加盟进来；我也为他的热情与才气感动，一定要他进来加盟。于是有了上面伦敦书店那一幕。

两位推开店门，还未开口，迎面看到，一张对开本展开的封面图片——《伟大的奥玛》！这这这……小洲一时激动，有些眩晕。立即开口要买，店员说：“不卖。”问：“为什么？”店员拿出了罗勃·谢泼德《随泰坦尼克沉没的书之瑰宝》一书说：“买这本书，可以赠送此画。”那书是编号、签名、八开本，全书不足百页，薄薄一册售二百英镑。无奈，他们只好买下书，小心翼翼地将那幅封面画装入画筒中。记得两位回国后，进入我办公室，先将那个画筒递上来，我后来想，他们当时一定想说，花二百英镑买了一幅《伟大的奥玛》的封面画，附赠一本书！大幅的封面铺开，几乎覆盖了整个茶几，一眼望去，确实让人大呼惊艳。但是，当我们平静下来，细细翻读罗勃的书之后，再度受到震动。我们一致承认，罗勃不愧为西方传统书籍装帧大家，他的那本书，从内容、材料到印装，实在地道好看，是我们这些同道需要追随的楷模！

于是小洲开始与那家书店联系，寻找罗勃，联系版权。从去年年底启动，小洲率领他的夫人兼翻译，还有出版社曹巧丽等人，经过两个多月忙活，总算把书做出来了。我又提出，三月请罗勃来中国做讲座、签售，就讲《伟大的奥玛》的故事。结果又一阵忙活，罗勃答应会来，时间定在三月十八日，在北京、上海两地做讲座。时间一天天逼近，我们的宣传一点点升温，到了罗勃上飞机的那一刻，我与几位同事还击掌相庆，认为万事俱备，只等明早接机。正在此时，小洲接到罗勃用手机发来的邮件，他因为没办签证，无法登机！

这这这……此时小洲再次感到眩晕，血压也升上来。无数胡思乱想，一并涌上心头。难道是我们动静太大，又引来天使与魔鬼的围观？难道是罗勃骗了我们，他不是跨国公司的老总，不然他怎么会不知道要签证呢？难道他平时回复邮件很慢，不是因为很忙，而是在拖延？接着小洲自己的那本小书《伦敦的书店》出版，也遇到麻烦，迟迟难以上市；这边我们还要忙着推掉一切活动安排，向合作伙伴说抱歉，说好话，说罗勃还会再来。我心中暗想，难道那传说中的厄运，真的尾随而来？

结果到了愚人节前夕，罗勃终于来了。老先生六十三岁，每天睡五个小时，依然精神抖擞地工作。在中国的三天时间里，他在复旦大学、国家图书馆和中国外文局做了三场讲座，签了一千多册书，还在临行前观光故宫两个小时。我们交流顺畅，谈了很多极好的意向。最终我问他："我们可以联手制作中文版《伟大的奥玛》么？做此事，会有厄运伴随么？"他笑着说："当然可以。当然不会有厄运，制作《伟大的奥玛》的布雷，就活到九十几岁！"

伍拾贰

专栏作家

毛尖荣获“第十三届华语文学传媒大奖——年度散文家奖”，获奖书《有一只老虎在浴室》是在海豚出版社出版，但此书较早的版本出自海外，香港牛津大学出版社出版。都值得祝贺！毛尖发表获奖感言，文风与以往一样，言语奇巧，听起来就让人舒服。不过开头一段话，讲得颇为正式。她说：“据说这是专栏作家有史以来第一次站在这个领奖台上，这让我有一种错觉，好像这个奖不是颁给我个人的，我是代表某个集体在接受这个表彰，或者更准确地说，是这个集体的多年努力，把我推上了这个领奖台。”

我对“专栏作家”了解，源于金庸、董桥的故事。金大侠是我生活中的传说，董公的专栏却是真实的存在。最初是他那套《英华沉浮录》，将专栏文字写成经典，一直让我喜爱。上世纪九十年代，经陆灏引荐到辽宁教育出版社出版，易名曰《语文小品录》；前年又由林道群在香港牛津大学出版社出版，同时引入海豚出版社出版。这些事情，都与我的出版生涯密切相关。更为生动的存在，是董公在《苹果日报》开办《苹果树下》专栏，他自己每周一篇两千字，写到七十几岁，丝毫不见笔弱，文坛大佬风范，一并集聚其中。更兼其下集合一些老少写手，经年汪洋恣肆，已成为华语界一道风景。直至董公退休，那一段“专栏旧事”，也算有了九五之尊的定位。我敬重专栏作家，首先要向董公致敬！

而或近些年来，自觉不自觉中，读各种专栏文章，已经成为我的生活必备。学习之余，结合我的出版职业，对许多作家了解，都是在专栏中得到的。我之阅读，未必与诸君志向相通，由文字而爱其才华，却有了深深的记忆。

搜寻眼下的笔录，我正在读的专栏文章有谁呢？其一是《深圳商报》之陆灏《听水读抄》，他写好久了，汇集成的同名著作也已经被我贩卖，一年中卖了一万多册，还要再版。其二是《南方都市报》之周立民《民国文事》，他说每周两篇。写得好，有学者风范，还有八卦，如此做信史很难，立民有这样的功力，我早早预约下书稿。从微信上可见，立民每天精力集中在学问上，而且不大睡觉。唯一的消遣是调侃他的夫人，他说“反正她不看微信”。他的新著《闲花有声》，近期在海豚出版。其三是《晶报》之吴兴文《杂树生花》，他在网上还有一个“种树者言”。说也奇怪，明明是编书，偏言“种树”，可见又是一位任性的人。读吴先生专栏，可知他的本事不单在藏书票，还是职业书迷、版本专家，他在寻找书目上的本事，我知道，胡洪侠更知道。近日他的《书缘琐记》在海豚出版。其四是《文汇报》之陈子善《不日记》，子善有多少专栏？我说不清楚，他连博客上都有专栏。子善学问太大，朋友太多，精力太旺盛，我把握不住他的稿子，每年能抢到一本就不错了。去年《拾遗小笺》上市，他还满意，最近又再版了；今年写张爱玲，题曰《张爱玲丛考》，总算拿来了，近期上市。其五是《上海书评》之谢其章“书呆温梦录”，他的文章必须要看，稿子必须要抢，印装必须要好，长知识啊！刚出版他的《佳本爱好者》，都是浪漫的名字，插图尤其精美，书名还要横着写。其六是《上海书评》之黄昱宁“变形记”，她是海上小侠，我已经在文章《迷人的时刻》中夸过她的才气，书稿也已经在海豚出版。由此又想到海上大侠傅杰，那文章厉害，究竟怎么厉害？地球人都知道！就是交稿要慢。再转回文章开头，如今毛尖又火一把，不能骄傲，赶紧交稿，海豚第三部曲，等你锦上添花！

伍拾叁

老丁命题

本文题目中的“老丁”，是辽宁报业集团总编辑丁宗皓。我从二〇〇七年在辽宁日报开专栏《开卷》，每月一篇，短则三千字，长则占满一个整版。从那时起，开始与时任辽报编委的老丁打交道。说是老丁，他实为六〇后，大约缘于他做事稳健，谈吐成熟，给人以“老”的印象，故在同人中有此称呼。

再说题目中的“命题”，在讨论专栏内容时，我谈到自己身为出版人，读书最杂，信手来写评论，唯恐没有规矩。因此与老丁约定，每月他推荐几本书给我，让我从中选取，作专题评论。老丁大学中文系出身，哲学功底最好，诗与散文也写得极好，代表作为《乡邦札记》，文采与才思俱佳，实为文集中上品。此番他荐书命题，我写评论，一做就是三年。后来我的文集《一面追风，一面追问》和《这一代的书香》，其中许多重要文章，都是这样写成的。这种方法对我的阅读影响很大，过去未读或只是泛读的书，这回不但要精读，还要将相关著作找出来扩展阅读，不然如何写得好评论呢？回忆起来，有几个“命题”让我记忆深刻。

第一个是黄仁宇《万历十五年》，这书我读过多遍，已有的评论很多。最初老丁让我点评此书，我觉得有些平淡，后来想到，这似乎是老丁在检验我的功力，越是旧书、知名的书，越难评出新东西。那毕竟是省级党报，我又非专职写作，还是学数学出身，能行么？记得当时我把黄仁宇著作翻读一遍，包括《赫逊河畔谈中国历史》《黄河青山》等，甚至将我任《万象》主编时，黄的来信和稿件都找出来了。文章写好后，我自己都不大自信，题目就很另类:《让游子的孤魂，牵着亲人的衣襟归来》，它来自文中一段故事:“客死他乡的人是很可怜的。活着的时候很寂寞，死后他的魂魄还需要回到出生的故乡，才能获得安息。但灵魂是不认路的，生路已经忘记，死路又走不通。只有在家乡的亲人来拜谒他的时候，灵魂就会悄悄地牵着亲人的衣襟返回故乡。”

老丁收到书稿，也一阵紧张，这文稿好怪啊？哪里像政治评论呢？你看全文结尾处写道:“听着这故事，我想到清明节，想到满天满地洁白如雪的桃花、梨花、樱花、杏花……扫墓的人们归去来兮，春风吹着他们的衣襟不停地抖动。于是，我也想到黄仁宇先生。”但老丁还是签发了，一时间评论之声不断，这个专栏也有了独立定位。不久，天涯网站狂飞（邝海炎）看到此文，以网名《清明节，想起黄仁宇》为题，发为“天涯头条”，一天就点击几万点！

另一个让我难忘的“老丁命题”，是他约我写一组关于国学的文章，我在几个月时间里，阅读几十本书，连续写出五篇长文《大国学，一门公正与仁爱的学问》《处则充栋宇，出则汗牛马：举世无双的国学典籍》《国学，使我们诗意地栖息》《“孔子曰”——中华文明全球化的标牌》和《春山下，我听到杜鹃鸟悠然的呼唤》。我此前曾经编辑过“国学丛书”，自认为知之不少。这一轮再学习、再梳理，收益之大，实为幸事。此后林建法让我将这一组文章合成一篇万字长文，老丁又帮我命名为《国有学》，它取自文中我引用顾炎武的话：“国有学则国亡而学不亡，学不亡则国犹可再造；国无学则国亡而学亡，学亡则国之亡遂终古矣。”此文在《西部文学》上发表，并于二〇〇九年获辽宁省优秀散文奖。

伍拾肆

老丁再命题

上文《老丁命题》谈到，自二〇〇七年始，身为《辽宁日报》的编委丁宗皓为我选书目，我为《开卷》专栏写评论。我们一直合作了三年，其间我点评了《万历十五年》，还有关于国学的系列评论。当然还有更多的题目，比如：他建议我评易中天《品三国》，我写出《品三国，也品美国制宪记录》；他建议我评波兹曼《娱乐至死》与《童年的消逝》，我写出《美妙的乌托邦，丑陋的乌托邦》；他建议我评泰勒·考恩《创造性破坏》，我写出《文化多样性：左手赞成，右手反对》；他建议我评《心灵鸡汤》，我写出《一箪食，不改其乐；一瓢饮，心灵鸡汤》；他建议我评于丹《论语心得》，我写出《有些时候，心灵是很值钱的》。这一段时间的写作，对于我自信心的建立与文字训练，都起到极为重要的作用。

二〇〇九年中期，我离开辽宁，到北京工作，彼此有了距离。后来老丁也离开《辽宁日报》，从政数年，我们的合作也因此中断。但我们每每相逢于京沈两地，回忆那一段笔墨生涯，双方都有无尽的回忆与快慰。直到二〇一四年，老丁几经周折，又回到辽宁报业集团任总编辑，很快他又旧话重提，希望我再为辽报写些文章。闻此言，我自然提到“命题”之事，希望他能够像从前那样，开列一些书目，供我阅读并点评。于是我们从今年初，又开始了合作的步伐。

今年三月，老丁写来邮件，开列出第一批书目。他写道：“晓群兄：找了三本书，想请你写写。第一本是老书，费孝通的《乡土中国》，这是一本给我印象很深的书，主要是提供了认识中国社会的路径，中国是一个特殊的国度，不承认这一点，是可笑的。而当下中国现代化建设面临的诸多问题，无不受制于此。第二本是齐格蒙特·鲍曼的《流动的时代》《流动的恐惧》。此人是我一直关注的英国学者，在国内出版书籍已经不下十种。他关于现代社会的研究，十分打动我，特别贴合我们对当下社会生活的感受。第三本是伊格尔顿的《人生的意义》，伊格尔顿是西马代表性人物，秉承着文化批评的传统，他对西方文化的批判之处，正是我们正在惶惑或享受的一切。我正在读的是《理论之后》，十分让人着迷。其实我最想请你写的一本书是《耶路撒冷的艾希曼》，但是，这个作者很敏感，汉娜·阿伦特，海德格尔的学生，卡尔·雅斯贝斯是其论文指导老师，本雅明的表兄媳妇，安德森的前妻。她一生致力于反对集权主义，十分厉害。你不妨先看看。向热爱家乡的俞总致敬！宗皓。”

读此信，老丁的水平跃然纸上。让我挑选书目，我首先选了齐格蒙特·鲍曼，以前我读过此君的著作，还读过他的传记；几年前老丁也向我推荐过他的《废弃的生命》，希望我能够点评。鲍曼是波兰籍犹太人，二战时期为了逃避迫害，他逃到苏联，成为一名共产主义者；后来波兰也发生驱逐犹太人的事情，他只好离开波兰，最终定居在英国，成为一位著名的社会学家。由于有两个世界的生活经历，鲍曼的学问极具个性，极具学理的穿透性。尤其是他目前已经年至九十岁，依然精神矍铄，不断思考，文章愈老弥坚。我借着老丁书单，一口气开列几个题目，有《鲍曼：文化的是与不是》《时尚，人类社会的永动机》《人口过剩：是富人还是穷人？》，以及《全球化，谁是最大的受益者？》。每日晚上和周末，都有了阅读的目标。我想，这一定是“老丁命题”的魔力！

伍拾伍

荐　文

当年我在辽宁教育出版社工作时，曾经编过一个内部刊物《爱书人》，一共出过若干期，单色印刷，它们看上去有些像复印资料，免费为爱书人俱乐部会员邮寄。至今二十年过去，这个小刊物已经很难找到。两年前去深圳尚书吧，文白兄拿出一叠《爱书人》来，他说自己一定是收藏最全的人。此事让我感动，但我对他说，当时辽教社还有一个内部刊物，名曰《荐文》，外界的人就很少见到。

近日整理书稿《一个人的出版史 1982—2002》，其中记录《荐文》创刊于一九九四年十一月。在创刊号上，我写过一篇“编者的话”，算作开宗明义。眨眼之间二十年过去，再读那段文字，只感觉天人俱老，思想却不见长进。现录于下：

《荐文》之意在于推荐文章。

天下文章五花八门，欲“推荐”，自然要有个宗旨。身处出版界，其永恒的话题当然是书了。自从“经济”走红，时人便陷入市场与商品的氛围之中；书也是商品，但其价值与使用价值却不入市俗，故而冠以“特殊”二字。特殊商品是要受到特殊关照的，君不见时下关于书的传媒实在不少：南有《读书周报》《读者导报》《书与人》《书城》，中有《新闻出版报》《中华读书报》《读书》《博览群书》《书摘》《中国出版》，北有《中国图书评论》《书缘》等等。至于见诸其他声像图文的专栏、专题性“书闻”，更是林林总总，数不胜数。而这些正是我们得以“荐文”的基础。

以谈书为宗旨，还要做一些精粗真伪的鉴别取舍工作。《荐文》的作用大约体现在三个方面：其一为推荐“美文”。美妙的文章既可以陶冶人的情操，又能够育人以明辨是非的能力，《老子》言：“天下皆知美之为美，斯恶矣；皆知善之为善，斯不善矣。”美丑、善恶之所在，恰恰产生于发现、认识与比照之中。其二为推荐“奇文”。所谓奇，兼蕴奇妙与奇怪两重内涵。“妙”则拍案叫绝，推荐出来，与三五同人共享内心的愉悦之情；“怪”则反侧冥思，诉诸公众，意在“奇文共欣赏，疑义相与析”。其三为推荐“新闻”。诸如大江健三郎引出的书话，《金光大道》再版带来的风波，《胡乔木》之争诉诸法庭，云云。总之，文化主流的波动正是潜伏在这沸沸扬扬的热点之中。

《荐文》是推荐别人的文章，编者不要说得太多，荐者也毋庸赘言。《易》曰：“一阴一阳之谓道，继之者善也，成之者性也。仁者见之谓之仁，知者见之谓之知，……”天道是完美的，然而众生之间必然存在着心智、视角与德行的差异。所以推荐者只管推荐好了，把仁与智的识别与摄取留给读者吧！

最后，说几句题外话。人之为人，本在于精神生活的丰富性，而其“丰富”的内涵则是以文字的产生为突变的。在人类异化的脑体中，“字”的概念经历了一个嬗变的过程，客观的抽象与主观的具象相辅相成；继而是文字载体的创造，手的变异以“笔”的诞生为标志，脑海中形形色色的表象则催化出“纸”的流变。于是“书”有了产生的可能，我们也有了赖以生存的出版行业。“民以食为天”，我们的“食”源于人类文明的进步，那么我们应该何以为人、何以做人呢？乞同道者自鉴！

在《荐文》创刊号上，我推荐的文章是萧乾《长沙出版界四骑士》，此文原载《读书》一九九四年第九期。后来我还推荐过纪念李约瑟的文章，以及陈原《总编辑断想》。

伍拾陆

沈公与静静

今年沈昌文先生八十五岁了。年初他与白大夫去美国探望女儿，其实也不是“探望”，而是女儿沈双将他们接到美国，静静地住上两个月。临行前我们为其饯行，显然沈公对“静静”不感兴趣，还没走就算计着何日归来。沈双说：“你们别再招惹他，这几天他一直动摇，弄不好就不肯去了。”

五月初沈公从美国回来，一到家就四处发邮件宣布：“我回来了，明天去看你们。”于是每天早晨，他照样背着一个大书包，到三联转一圈，到海豚转一圈，风一样来，风一样去。那情景听起来有些夸张，但老先生就是这样生活。

前天早晨，我拦住沈公，问他是否看到我在邮件中，我给他留的两个“作业”：一是请他为拙著《一个人的出版史》写一篇序言；再一是我希望为他出版一本《沈昌文书信集》。沈公说：“看到了，序言没有问题；至于我的集子，还是等若干年后，为我出版一本‘遗作’，让沈双为我编辑。”我说：“沈公啊，别浑说了，上海书展等您的新书呢！况且今年又是您的八十五大寿！”

此时，我的思绪飞跃到二十年前。那是在一九九六年一月三日，新年刚上班，就接到沈公一封颇为正式的来信，他写道：“亲爱的朋友：我已尊示退休。为便于交接，经商定，《读书》杂志至一九九六年第四期止，仍由我担任执行主编；第五期起，我即不复主持《读书》编务。”以下是一大段回顾文字。信件最后一段写道：“我退休以后，还将以各种可能的形式，服务文化，服务学术。希望海内外各位朋友仍然时赐教言，提示意见，为本人提供为中国开放、改革继续效力之机会。”同年四月十五日，又收到沈公寄来的《读书》第四期签字本，这是他编辑的最后一本《读书》，其中还附有一张纸条：“亲爱的朋友：这是我编的《读书》最后一期，也许也是我期刊编辑生涯中所做的最后一个不像样的工作。谨此签名奉赠，以为纪念！本期内容，与过去相比，并无任何特殊之处。《读书》之更加值得阅读和值得关注，当在未来。所以签名相赠，只是敝帚自珍，如斯而已。第五期以后对尊处的赠阅，当由《读书》编辑部继续履行。敬请释念。”

那一年五月，沈公也被安排去美国探亲，试图跳出凡世的纷争与烦恼，到那个陌生而诱人的国度中，静静地休息一段时间。可是其时年仅六十五岁的沈公，对于“静静”更不感兴趣。当时他与辽宁教育出版社合作正在兴头上，一年之中，给我写了三十多封信，还有许多传真件。他试图在退休后启动许多项目，包括《万象》杂志、“新世纪万有文库”和“万象书坊”等。回忆起来，六十五岁的沈公时而焦虑，时而抑郁；远不及八十五岁的沈公心平气和。记得一九九六年初，他知道即将离开《读书》杂志，极力忙着创办《万象》，领着我们见了很多人物。但是到美国后，沈公好像抑郁了，他在七月二十四日，从美国来信中即写道:“关于《万象》,我眼下已经心灰意冷,什么也不想做,所以《万象》也可以放下为好。”不过回国后,他又突然情绪高涨,不断向陆灏面授机宜,全力投身于《万象》创刊的思想构建。尤其是策划“新世纪万有文库”,他几乎是不惜老本,拼命工作。

正是以一九九六年为转折,辽教社有了新的起点,有了后来的品牌。记得这一年,我在《光明日报》上做广告,提出“为建立书香社会而奠基”。其实我心里清楚,如果当时沈公跟随“静静”而去,如果没有沈公的加盟和那番折腾,哪会有那么多好书面市呢!

伍拾柒

蓝菊花

一九九六年，沈昌文先生退休，他与辽宁教育出版社的合作开始推向高潮，其中最大的项目是“新世纪万有文库”。文库的许多策划细节，都是沈公亲手完成的。对此，我的《一个人的出版史》中记载很多，其中有几件事情值得记忆。

其一是聘请编委。一九九六年二月四日，我与沈昌文、吴彬等，在北京凯莱饭店拜见陈原，请他出任总顾问；因为“万有文库”毕竟是商务印书馆的老家底，由陈原老出面，才显得名正言顺。陈老应允后，沈公等才开始大范围地搜寻专家，形成了一个极好的专家阵容。请看，总顾问：陈原、王元化、李慎之、任继愈、刘杲、于金兰；传统文化书系学术指导：顾廷龙、程千帆、周一良、傅璇琮、李学勤、徐苹芳、傅熹年、黄永年；近世文化书系学术指导：金克木、唐振常、丁伟志、黄裳、董桥、劳祖德、朱维铮、林载爵；外国文化书系学术指导：董乐山、殷叙彝、陈乐民、蓝英年、汪子嵩、赵一凡、杜小真、林道群。

其二是选稿子。沈公做事最为负责。以审读董桥在“书趣文丛”中书稿为例，一九九六年二月二十六日，他在一则处理意见中写道：“内容有些问题，我已改了两遍，当删则删，自问是可以 pass 了。但还是要提醒辽宁，请他们认真看看。我近年颇主宽容，自己的稿子好说，有板子来自己去受即可。但不能是我做的宽容却让俞晓群去挨板子。这要有人提醒他们才好。”本年七月，他在审读《大理论的复归》时，又写道：“书中有一篇涉及马克思主义，主要在介绍‘西方马克思主义者’阿尔都塞和哈贝马斯的文章中。这一点，请提醒责任编辑注意把关。我已做了些删节。不过，我一再声明，我是‘宽容’派，怕不能适应潮流了。何况，老眼昏花，容易走眼。”

其三是广告词。当时辽教社资金充足，每有大项目推出，都要在各大媒体上做广告。“新世纪万有文库”的第一个广告，见于一九九六年三月二十九日《光明日报》《中国青年报》《中华读书报》等，其中除了公布编委会、计划在一九九六至二〇〇五年的跨世纪十年中推出一千部、预售方式、优惠条件等内容之外，最有趣的内容是广告词，为此事我们也确实费了很多心思。这个广告上有三句广告词，即“我读故我在”（沈昌文），“家备‘万有文库’，何愁无书可读”（沈昌文），“精选的书目，精致的印装，精简的价格，精神的伴侣”（俞晓群）。其实我还编了一句特酸的广告词，没拿出来：“千载一梦，唯世代书香袅袅；百年再思，仅方家墨彩婷婷。”六月十九日，当我们在《光明日报》等媒体公布首批书目时，其中又加入了我的一句新的广告词：“爱书人，你的简装书来了。”

其四是策划人署名。当时三位策划人决定用笔名：杨成凯报上“林夕”，陆灏报上“柳叶”，沈昌文最初报的是“蓝菊花”，后来又改为“王土”。他解释说，他的本家姓沈，后来由于父亲吸食烟土，家道败落；为了上学，他跟了一位姓王的远房亲戚。现在起“王土”这个名字，沈先生开玩笑道：自己原本是一个“土包子”，再结合本姓，就是“王土”的由来。二〇〇六年十月三十日，我曾经再次向沈公求证这两个笔名的由来，他回邮件写道：“蓝某某和王某两笔名都是在编《读书》时取的，什么用意想不起来了。蓝名可能想同编辑部里某人的笔名相呼应。这人是谁？多半是赵丽雅。但现在找不到她，无法核查。王某可能是因为我读小学时曾改姓王，而且普天之下莫非王土，想表明凡用此名所做之事，必是公家的不得不为之事。”

伍拾捌

敬惜字纸

二〇一一年，梁由之策划“海豚文存”。老梁初涉出版，却颇善创意，每辑构成，都要有一个主题。第一辑曰“三老集”，收有三位八十岁的出版前辈的著作，即沈昌文、钟叔河、朱正，以示致敬。其实原来计划，还希望收流沙河著作一册，称“四老集”，但当时老先生身体不适，婉拒邀请，只好四缺一了。此后老梁又有“六壮”“四少”等创意推出，其中佳作不断。只是海豚社不争气，经营盘子太小，导致老梁手中选题排队太长，作者名气又大，只好转移到其他出版社出版。即使如此，三四年间，在海豚社出版的书也有十余部，徐卫东《敬惜字纸》即为其中之一。

我与卫东同处出版业内，最初结识大约在二〇〇七年。那时我在天涯社区“闲闲书话”上，发文章《让游子的孤魂，牵着亲人的衣襟归来》，专论黄仁宇《万历十五年》。其中谈到此书稿最初在中华书局出版的过程。卫东看到此文后，在论坛上跟帖，帮助我补充一些资料；后来他又写来长信，将相关资料复印出厚厚一叠，专门寄赠给我。那时我还在辽宁出版集团工作，见到卫东做事颇合礼法，因此对他印象极好。此后一直关注他的文字，还有他编的书，像李开元《复活的历史——秦帝国的崩溃》、黄仁宇《现代中国的历程》等，他也曾经寄给我品评。几番了解，让我愈发对他的文思与才情，以及他对于出版的理解有所肯定。近些年他被评为“中国好编辑”人文类第一名，也是自然而然的事情。

二〇〇九年下半年，我来到北京工作。一次老梁从深圳来京聚会，请来两位青年才俊同坐，就是徐卫东与张万文。初次印象，卫东谈吐文静，气质柔弱，与他在微博以“西丰客人在1984”之名发声，言谈中表现出来的咄咄气势，是断断无法对应起来的。由此我想到中国传统文人不屈不挠的独立人格，那样的精神力量，实在不是几把刀枪可以匹敌的！这一本《敬惜字纸》，文字犀利，一口气读下来，自觉满篇充满肃杀之气！那是一种近乎决绝的情绪，为这个时代，为那一点悠悠国运，卫东的悲悯之情，读来实在让人感伤！

卫东书中，有三篇文章最让我喜爱。一是《报人为谁而生》，让我的眼前一次次出现前辈们前赴后继、喋血世间的场景！二是《两声欢呼，一声倒彩》，是好文章，有技巧，有笔力。三是《我编辑黄仁宇作品的体会》，此中经验之谈，是很值得业内诸君阅读的。

卫东自己文章不多，一般认为，这似乎与职业有关。身处出版界，终日忙于商务，心态大多不好；再静下心来写东西，当然是很难的事情。但卫东却不是。他更大的原因，应该是本书题目所言：敬惜字纸。此语指向，事关中国文化传统，卫东以此立意，著书立说，当然要身体力行，也是一件很难得的事情。

由此引申，我却想到时下文人对于“字纸”的态度。在烂书、滥编书满目皆是的今天，“敬惜字纸”实在是一声棒喝！但是究竟该“喝”什么呢？重复出版？剽窃他人？自我炒作？胡编乱造？过度包装？肆意拼凑？……此时我却想到网上一位好友靳逊，他文字极好，用语颇直，对文人没有节操的行为深恶痛绝。尤其是对于一些作家将文章拼来拼去，切来切去，凑数出版，靳兄极为反感。他也曾经提醒我，文人为文，最忌讳重复使用资料。如今读卫东《敬惜字纸》，结合靳逊兄的提醒，我先给自己当头一棒，永作训诫！

伍拾玖

独居精神万岁！

两个月前，三联策划出版《独立日》（魏小河），主题是“用一间书房，抵抗全世界”。我看过书稿，很感动。现在书出版了，据说众筹很成功，值得祝贺。当初我写了一点感受，列于下：

本书对象，面向独居者，命名曰《独立日》，颇有调侃的味道。可以自嘲为“标题党”，用以描述中国约两亿单身人口的新常态！编这样一套主题书，是一种尝试，也是一件很难面面俱到的事情，比如年龄跨度巨大、人群背景复杂。当然，我们可以截取青年一块领域，使我们面对的独居、单身或独立生存等阅读对象，大体有了“适龄未婚”的背景；至于离婚、同居或分居者，有了年龄约定，权且将他们视作“伪婚姻”者，一并放到“独立日”名下略加关照好了。

本书形式，如称Mook，走书籍期刊化的路线。每本书树立一个主题，谈读书、谈电影、谈旅游、谈烹饪，一本本连续下去，大约是这样的追求。据称Mook一词产生于日本，是Magazine与Book的组合词。前些年我问过英国人，是否知道这个词，他们颇为轻蔑地摇头说，不知道。但是他们给出另一个词

Bookazine，认为与我们杜撰的Mook词义类似，说的却是期刊的书籍化。无论怎样，都是商业竞争的逼迫，由形式的跨界，最终达到内容的创新。

本书立意，旨在弘扬独身者的文化精神。“文化”一词，在传统意义上，中西方的理解大同小异，讲的都是开化与教化。像《周易》讲“观乎人文，以化成天下”。西方Culture一词来源于法语，法语又源于拉丁语Cultura，原意为耕种、种植，后来引申为开化与教化，即所谓启蒙。长期以来，以西方文化为中心的乐观主义态度，一直迷信于文化启蒙的无限可能性，甚至认为它是达到世界大同的唯一途径。但是当商业化、全球化和网络化掌控人类世界时，文化的功能迅速发生变化，用社会学家齐格蒙特·鲍曼的话说，未来的文化传播者与受众，已经由类似军官与士兵的关系，转化为园丁与蜜蜂的关系。在那里，文化启蒙或曰驯化的功能，在不断弱化或消失；作为文化传播者，你只需像园丁那样，侍弄好花花草草，让蜜蜂在理想的原野上自由飞翔。如此憧憬，对新一代出版人而言，既是挑战，也是机会。《独立日》的创办，正是在这一层意义上起步。

本书归类，我不希望它归于“励志”，更希望它有传承“韬奋精神”的勇气。何谓韬奋精神？我理解其实质，不过是中国知识分子的独立人格！无论世事如何千变万化，丢弃了这一点，就会背离韬奋的本质，什么志都励不了。为了达到这一点，我还是主张要重温杜威的“真的个人主义”，即个性主义黄金般的价值；还要重温易卜生式的“健全的个人主义”；还要重温胡适强调的“五四”路径的精髓，即由思想解放到个人解放。其实我们每天挂在嘴上的韬奋精神，其落脚点就在这里。有这样一些东西为基奠，再建立我们的理想花园，无论多么通俗的选题，都会提升我们的档次。

由此想到，二十多年前，我曾经写过一篇文章，题曰“堂吉诃德精神万岁”，当时受到刘杲、沈昌文等几位前辈称赞。如今写此文，我又命题曰“独居精神万岁！”，可见我的追求一以贯之。这里“万岁”一词，是帝王思想的转用；“独居”一词，落脚到精神层面，已经与人的年龄、婚姻或生活状态等，都关系不大了。

陆拾

雅丽纳·鲍曼

大约在三个多月的时间里，我一口气读了多部齐格蒙特·鲍曼的著作，还读了丹尼斯·史密斯写的《齐格蒙特·鲍曼——后现代的预言家》。边读边记笔记，陆续又写出四篇文章。快要结束这一番专题阅读时，我见到笔记中，还有一段加了重点记号的文字，却没有在我上述文章中出现。那就是鲍曼的妻子雅丽纳·鲍曼，以及她在一九八八年撰写的《归属之梦——我在战后波兰的生活》。史密斯说，此书是了解齐格蒙特·鲍曼生活信息最有价值的来源。因此斯密斯在自己的著作中，多处引用《归属之梦》的内容，回答齐格蒙特·鲍曼身上的一些疑问，引起我极大的兴趣。

其一，早年的齐格蒙特·鲍曼，为什么会成为一个共产主义者？鲍曼本人对此一直缄口不言。斯密斯解释，作为受到迫害的犹太人，他被共产主义的承诺强烈吸引。当鲍曼全家逃亡到前苏联后，他感到自己不是一个犹太人，而是一个波兰人。雅丽纳回忆说，那时鲍曼赞扬共产主义的理想，他说“这种制度保证每个具体的人类存在之间的完全平等，而不考虑语言、种族和信仰差异。他强调道：我们特别幸运，因为生逢佳时福地，成为最崇高的事业奋斗的积极战士。”直到晚年，有人问鲍曼：“你从马克思那里得到了什么？”他回答：“我得到这样一个信仰，即人类的潜能是无限的，它永远不会得到完成。”

其二，雅丽纳回忆，早年鲍曼非常清楚问题，但他说：“党是社会正义最有力的代理人，必须得到不容置疑的信赖。不打破鸡蛋，你就不能得到煎蛋。”直到鲍曼“成为一只被打破的鸡蛋”（斯密斯语），雅丽纳说，在一九五二年，因为犹太人身份，鲍曼被免去少校军衔，开除军队。那时他只有二十八岁，是当时波兰最年轻的军官。鲍曼被这件事彻底摧毁了，“几天前还和我们一起度过狂欢之夜的官员们，在路上碰见我们时，都避免和我们面对面打招呼。楼梯上遇见邻居都把脸调转过去。”两年后，鲍曼已是华沙大学哲学与社会学讲师，雅丽纳说：“此时，尽管他依然是一个真诚的社会主义者（一直到今天，社会主义者依然深藏在他心中），但是他已经开始发现，在他的世界中，并非一切都是正确的。”

其三，一九五八年，齐格蒙特·鲍曼在伦敦生活一年，雅丽纳去看望他。她在《归属之梦》中回忆，鲍曼带着她看了伦敦最肮脏的地区，以及最奢华的消费市场，雅丽纳在购买一块奶酪时，“惊慌至极，两条腿在颤抖”。这让她联想起当时波兰的生活：“既没有衣衫褴褛的老妇露宿街头，也没有锦衣香车的贵妇在市上炫耀。一切都是简陋的，但每个人都或多或少分享着同样的简陋。”

其四，在一九六八年，鲍曼又被华沙大学解职，罪名是他参与了犹太人的“第五纵队”，即充当国外敌对势力的间谍。此时他的思想具有独立性，比如他反对日丹诺夫的理论，即所谓知识分子是“人类灵魂的工程师”一类口号。雅丽纳在《归属之梦》中，详细记述了他们当时的处境：电视中一遍又一遍地谩骂鲍曼，五个大块头的陌生人坐在楼下，目不转睛地盯着他们家的窗子。这一次变故，导致鲍曼离开波兰，最终移民到英国伦敦。但此时他已经非常冷静，他甚至开玩笑说，波兰官方的做法，“让他省去了男性更年期的苦恼。”

其五，一九八六年，雅丽纳出版一部著作《晨冬》，描述“二战”时期波兰犹太人的悲惨生活。三年后齐格蒙特·鲍曼的名著《现代性与大屠杀》问世，他在前言中公开承认，雅丽纳书中的话，对他的思考产生了深远的影响。

陆拾壹

尚书吧

与深圳胡洪侠、张清一干兄弟相识相好，确实很晚，大约是在二〇一〇年。直到前不久，大侠还感叹："说来也奇了，晓群的朋友，早都是我们的朋友，独独与晓群结交，却如此之晚。"说此言时，大侠还恨恨不已。其实我何尝不是呢？胡张二位皆燕人，久居岭南，豪侠之风犹存，初次相见，我即想到《水浒传》中人物，是浪子燕青，还是浪里白条？谁知道呢！

回忆起来，这些年与香港牛津大学出版社总编辑林道群合作，时常来深圳见面。掐指一算，也有十余次。每次与道群谈完事情，胡洪侠总要尽地主之谊，约我们在一起小聚，谈书谈人，说一些文坛闲话。后来大侠、张清都成为我的作者，我们又会搞读书活动，与深圳读者见面，谈天说地，每次都尽欢而散。如果问我，多次来深圳，何处最值得我回味呢？没想到，我竟然想到尚书吧！

其实在结识胡、张之前，我已经知道尚书吧大名。据传在某个秋天的夜晚，上海陆灏去过那里，还在登记簿上画了一幅《梦中情人图》，后来被扫红收入她的《尚书吧故事》中。扫红是尚书吧中人物，文字清秀，新浪博客上的"背影"图片，让人思想多多。我从未见过她，只是在“闲闲书话”上，她曾经跟我的帖，称赞辽宁教育出版社的书。后来又在报纸上见到她的文章《贵哉！台版书》，开篇就写道：“有时候想读一本书，是一件非常挠心的事儿，尤其是读不到的时候。俞晓群的《一面追风，一面追问》去年七月在香港书展上见到，当时忍住手没有买，因为是台版书，书价大约八十港币。想着作者是大陆人，有什么理由不出简体版，干吗不耐着性子等等呢？结果一等二等三等，简体版迟迟无消息，最后还是死死心去香港买了繁体版回来看。”此书后来出了简体增补版，书名改为《这一代的书香》。

二〇〇八年八月，有人在豆瓣上发帖：“偷偷地想：如果恐怖分子对中华、商务、三联、广西师大四家出版社采取恐怖袭击，又或者对其灵魂人物采取定点清除，对中国（又或者中国学术界）会有什么影响？”跟帖者七言八语，有人想到民国商务印书馆被日本人炸毁，有人说没什么影响，扫红跟帖：“唉，楼主不提辽教。看来辽教真的日落西山了，俞晓群会不会有一点点伤心呢。”我见到这句话，一时浮想联翩，那座尚书吧啊，也愈发在梦中了。

记得二〇一一年某日，我在深圳见到胡、张二位。喝完酒，已是午夜时分。大侠说去尚书吧，我麻醉的大脑一震，要去，虽然我知道，此时扫红已经飘然界外，但还是要去的。到那里，见不到扫红，自然有些伤感。不过却有一位叫文白的瘦弱男子，一直跑来跑去。他好像很了解辽教社的事情，与我也有老熟人的感觉。他本名叫什么，我至今也记不住。我叫他文白兄，他们说不对，他叫文白，他的公子才叫文白兄呢。怎么回事，有人向我解说过，但每次聆听，我都带着七分以上的醉意，酒醒后又忘了大半。说实话，我非常喜欢文白的风度，堂上忙前忙后，遇事举重若轻。

那次在尚书吧，胡张关上内室的壁墙，号称向我请教人生走向。我乘着酒力一顿浑说，后来这段故事，都写到大侠《书中日月长》的序言中了。那确实是一个好去处，只是冰凉的高杯啤酒，弄倒了与我同行的Z，他试图救我，使我幸免于难，落下海量虚名，其实那酒都倒到Z老弟杯中，让他一夜无眠，我也无眠一夜，因为他一直跳上跳下，吐个不停。

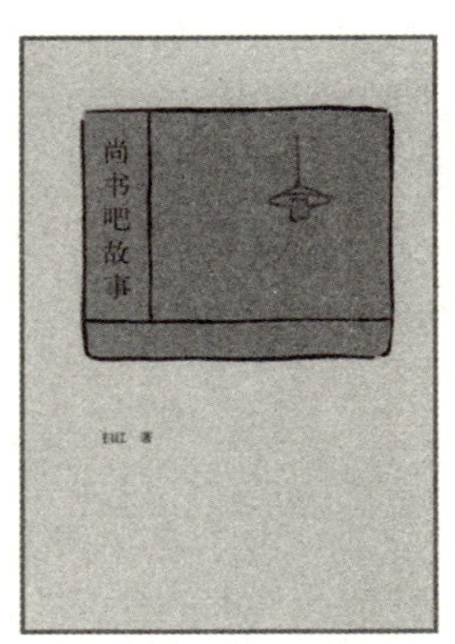

陆拾贰

“三〇后”

这些年，我所在的海豚出版社陆续出版当世学人的文集，归结起来，大约有近百本，涉及人数不少。几年走下来，我发现一个现象，这些作者的年龄，集中在“三〇后”与“八〇后”之间，他们的作品数量形成了一个从上升到下降的曲线，即从“三〇后”到“六〇后”，是一条上升的曲线；再由“六〇后”到“八〇后”，是一条下降的曲线。当然，“三〇后”新著的数量比较少，是由年龄造成的，有几位七八十岁的作家能像王蒙先生那样老当益壮，新著一部接着一部呢？而“七〇后”“八〇后”的作家正处于创作的上升期，彼此拼杀，才俊已显，他们在数量上的劣势，很快会发生转变。本文先从老辈说起，谈一谈在每一个年龄段中，几位标志性人物的故事。

起头是“三〇后”的人，他们的年龄已在八十岁上下，能写新著的愈来愈少。这些年我刻意出版了几位老先生的著作，有宋木文、刘杲、沈昌文、钟叔河、朱正等。

宋木文是出版界老领导，掌握这个时代的资料最丰富，并且敢说话，不说假话，为出版他的《思念与思考》，我又认真阅读了他的多部旧作，由于他经历的时代风起云涌，许多敏感话题躲不过去。宋先生的文章从不躲闪，有胆识且有智慧，是可信的史料。刘杲也是老领导，他与宋木文同时代，同样让人尊重。面对时局变换，刘先生有见解、有血性，但对于深层的故事，他往往不愿讲述。出版他的《我们是中国编辑》，其中许多文章激情涌动，充满理想主义情怀。有这样的前辈存在，是这个时代、这一代出版人的幸事。

沈昌文是前辈中的另类，他身体好，精神好，能走能动能写能说，事事都放得开。从进入八十岁至今，几乎年年有新著出版，像《八十溯往》《也无风雨也无晴》和即将出版的《师承集》等。直到现在，我们还经常邀请他参加各类读书活动。但是随着年龄增长，他一般只参加北京和上海的活动，其他地方就不肯去了。前些天我请他去杭州，见他的老朋友蔡志忠，他很高兴，但蔡志忠是“四〇后”，精力旺盛，相聚时还会喝酒熬夜，直到东方破晓；沈公就受不了了，那天蔡先生请我们吃日本餐，席间沈公不胜酒力，还要小憩一下。我却想起当年沈公六十几岁时，跟我研究“新世纪万有文库”，一谈就是大半夜。那时他还喜欢在有重音乐的咖啡厅中谈话，彼此大声喊叫，都很亢奋。现在不行了，前几天去深圳发布新书，我就想带沈公去，深圳的朋友已经邀请很多次了；但是我们几番研究还是算了，路途太远，怕影响沈公的身体。另外沈公善饮啤酒，直到这样的年龄，依然“计划内一瓶，计划外一瓶”，只是不再要冰的，而是常温了。

钟叔河与沈昌文同岁，耳聪目明，思维清晰敏捷。几次去长沙拜访，钟先生行动较慢，轻易不肯出来参加各类活动。今年五月，我们特邀他参加一个读书聚会，介绍他的《人之患——为别人作的序》，还有梁由之、王平主编的《众说钟叔河》，以及杨小洲新著《伦敦的书店》。我们选择的地点离钟老家很近，他很高兴出来，讲起话来条理清楚，充满智慧，情深意切，且滔滔不绝。活动一直到晚上十点，钟老依然不见倦意，我们却很紧张，一直不离前后，毕竟是八十五岁的老人。还有朱正，他八十岁时，我们出版了他的《序和跋》。现在朱老八十五岁了，身体依然很好，只是有些耳背。钟叔河说，一次去朱家拜访，只见房门打开，他大声喊朱正，无人应答。钟先生进屋后，发现朱正坐在书房里看书，却听不见喊声。

陆拾叁

“四〇后”

《“三〇后”》文中谈到几位老先生，都是八十几岁的人。其实在“三〇后”的作者中，还有几位未满八十岁的人，即一九三五年以后出生的人，比如王充闾、苏叔阳等，他们依然精力旺盛，还很能写。

这两年王充闾有《庄子传》《张学良传》等新著问世；海豚出版社出版《域外集》，也是对他的致敬！苏叔阳是大大的才子，有风度，能写能说，是一位有故事的人。比如他说，自己早年还是相声界的入门弟子，与侯氏兄弟平辈。侯耀文去世时，侯耀华请苏先生写悼念文字，耀华还说：“此前我父亲的悼念文字也是您写的，这次又为耀文写，干脆连我的一起写了吧。”苏先生至今笔耕不辍，今年刚刚修订出版《中国读本》经典版，这书总共印了一千多万册，出过十余种语言的版本，不断推出新版。《中国西藏读本》修订版也已经发排了，十余卷本的《苏叔阳文集》也在策划之中。去年我请他写一本回忆录，他说已经写了一半；我催他快写，他催我快过来喝点小酒，再聊聊如何落笔。我一直认为，苏先生是一位有赤子之心的人，言行举止，走的是丰子恺一派传统文人的路数。

在我的作者中，真正“四〇后”人物，奇才不少。首先想到葛兆光，他早年成名，未及壮年，已经是当代学术界顶级人物。上世纪八十年代末，我编“国学丛书”，即有葛先生帮助；后来到北京海豚出版社，他已去上海复旦大学，还是被陆灏请出来，担任“海豚书馆”灰色系列顾问，首部组稿有余英时《人文·民主·思想》、杨国强《历史意识与帝王意志》、田余庆《师友杂忆》等，还有老葛自己的著作《本无畛域》。前两年经复旦大学出版社社长贺圣遂允许，我拟出版老葛的《中国思想史》英文版，后来因故搁浅，也是一件憾事。去年见到葛先生，他目力下降，但身体强壮，且文章、谈吐，气势如故。

陈子善是“四〇后”中一位标志性人物。我结识他，缘于沈昌文、陆灏，缘于“新世纪万有文库”，缘于《万象》，缘于“海豚书馆”，缘于《拾遗小笺》和《张爱玲丛考》，总之是缘于书，缘于子善的为人与学问。陈先生精力旺盛，每年会有多部著作面世，并且都很有质量。尤其是子善身态轻盈，精力充沛，为人随和，谈吐幽默，人脉广泛，正是当打的年龄。我们请他参加活动，主办方喜欢，读者喜欢，因此“出镜”次数最多。像“海豚书馆”红色系列，以及他的《拾遗小笺》等，近期还有《张爱玲丛考》，不但编写得好、出得多，宣传得也好，相辅相成，这样的作家，大家都喜欢。记得前些天听一位外国出版商的讲座，她说在西方，一位作者的要素之一，是能与读者见面交流，谈体会，讲写作，答疑问。陈先生最符合此项要求。前几天在深圳发布新书，连文坛“脱口秀”高手胡洪侠，也对子善的幽默感大加赞赏。

还有陈学明与周山。陈先生年龄稍长，上世纪八十年代我在辽教社时，出过他的《西方马克思主义论》，如今他依然著作不断。周山一九四九年出生，年龄也不小了。早年我为他出版《中国逻辑史论》《东方情欲论》和《易经新论》等。最近又出版他的新著《读易随笔》，个人回忆录《忧喜与共》，其中有专章谈到我们的交往。我早年研究数术，周山对我帮助不小，比如我当时想读《古史辨》，其中第三、五卷最难找到，都是他送给我的影印版。

“四〇后”作者中，孙宏安是数学教授，是一位奇才。他学识极广，基础数学、数学史、数学教育、科普创作等，都很厉害。他刚刚在海豚出版社出版《红楼梦数术谈》，跨界谈论文史趣事，文章有模有样。此君又是快刀手，十几万字的东西，经常挥手而就。

陆拾肆

“五〇后”

“五〇后”出生的人，时代使然，逐渐走红，不过走红也是淡出的开始。在我的朋友中，这个年龄段的人大多比较有个性，喜欢我行我素。正如当年沈昌文所说：“这些‘五〇后’啊，行为古怪，都神神叨叨的，最让人看不懂，比如郝明义，还有俞晓群。”

我是不行了，由于常年做出版商，终日奔波，四处碰壁，已经被磨得没了棱角。郝明义就不同，他与我同岁，但他的才智、他的刻苦、他的成就，都远在我之上。早在十几年前，我就曾经写文章《未来，我们像他那样生存》，表达的就是向郝明义学习做事、做出版。看到此文，郝先生笑着说：“不要不要，台湾的出版环境要比大陆艰难得多，竞争更激烈，空间更狭小。”还有一次，我与郝明义久别重逢，他问我近来境况如何，我说没有恶化。他还是笑着说：“依据今天的态势，没有恶化，就已经是很好的结果了。”总之与他一起做事情，他人生的智慧、乐观的态度，总会感染着我的情绪。沈昌文说郝明义神神叨叨，因为他有一个特点：工作一段时间，就会消失或若隐若现，躲在一个地方，开始自己的写作。他写过好多书，影响很大的如《工作

DNA》，还有《一只牡羊的金刚经笔记》，后者还很畅销。前些年他经常住在北京，我来到北京后，也方便与他谈合作，取得他在业务上的支持。我们的核心项目是“幾米绘本”，说起这个项目，我在辽宁教育出版社时就与郝先生合作了，后来我离开辽教社，郝明义与幾米也渐渐离开了辽宁。到北京后我们再度合作，由于我所在的海豚出版社实力不够，在支付版税上，经常会达不到作者的要求，但郝先生一直迁就我，使我们的合作能够延续至今，取得很大成就。比如《我不是完美小孩》一册书，在三年之内能卖到五十万册，还得了许多大奖。近两年郝明义的业务转向海外，大陆的业务他也过问不多。

说罢郝明义，我又想到另一位台湾朋友吴兴文。他也是出版家，还是藏书票收藏家、版本学家和书评家。在一九九六年，经沈昌文引荐，我请吴兴文到沈阳做讲座“藏书票世界”，接着为他出版《藏书票世界》一书，我们也成为好朋友。此后吴先生名气愈来愈大，三联书店、广西师大出版社都请他出版藏书票的书，而那时我在辽宁无力做事，因此与吴兴文交往渐行渐远。二〇〇九年我来到北京工作，又与吴兴文多有接触，但在业务上合作，还要到二〇一四年，他干脆来到海豚出版社工作，为我主编一套“海豚启蒙丛书”，目前已经出版五本。为此，他还在北京做了“再启蒙”的演讲，反响非常好。近日吴兴文的新著《书缘琐记》在海豚出版，封面是他亲自选的图案，威廉·莫里斯的经典绘画，花艳无比。而吴先生更为可爱之处是，他不但爱酒，而且做事极为认真，他在北京做讲座，或者到深圳参加新书首发式，事前都会认真准备，写下发言稿，私下背熟演讲词。比如在深圳，客串主持人胡洪侠就调侃说：“吴先生啊，你也太执着了，不管你问什么问题，他都不予回答，依然坚持讲自己的话题。你打断他的发言，过一会儿他再讲，还是接着前面的话说。”

谈“五〇后”，话太多，刚说两位，文章就很长了。若只局限出版界，还有两位重要人物必须提到，一位是陈昕，我出版过他的《出版忆往》，还应邀为之写了长序，他的思想与业绩，为这个时代刻下深深的印记。再一位是贺圣遂，我称他为贺老师，他有学问，有个性，有酒量。贺先生文章写得极好，我约他结集出一本小书，他说要二十年后。

陆拾伍

“五〇后”续

前文《“五〇后”》写了几位出版家，其实这个年龄段中，值得记忆的作者很多。其中有些作者较早的著作，都是由我出版的，比如王前、扬之水、江晓原。

王前是老朋友。“文革”后恢复高考，他没考本科，直接考上东北师大硕士研究生，当时名声不小。一九八六年，我为他出版的第一本小书是《大数学家的思维方式》，一本编译的小册子，很好看。后来出版他的专著《数学哲学引论》。我们还曾经合译名著《数学经验》，他主译，我只译了其中一章，译得不好，都是王前整理。王前比我大三岁，却与我亦师亦友，最初读许多哲学著作，他曾经给我开列书单，比如夏甄陶《认识论引论》《希尔伯特》等。王前身材不高，思维敏捷，才气逼人，人品极好，也是我一生的好朋友。

与扬之水相识很早。一九九三年我出版她的《棔柿楼读书记》，只印三百册，现在已经成为收藏者的珍爱之物。后来还出版过她的《脂麻通鉴》和《先秦诗文史》。此君有才有识，文章有个性，有章法，学问与读者都在心中掂量，因此无论她的学术立意如何高远，其外在表现都条理清楚，文字优雅，极其好看。近年来扬之水著作极多，其中我很喜欢的有三卷本《读书十年》，还有人民美术出版社的“棔柿楼集”。后者有十二卷计划，如今见到四册，汪家明主持策划，宁成春、鲁明静装帧设计，本本精雕细琢，雅趣多多。需要说明，此为“棔柿楼集甲编”，而“棔柿楼集乙编”即将在海豚出版社出版。有珠玉在前，我自然会有不小的压力。

说罢出版，再说扬之水对我的帮助，有三件事情她是要记头功的。其一是“书趣文丛”，总策划名曰脉望，但首先的引荐者是扬之水，她使我能够与沈昌文、吴彬、陆灏、郑在勇结识。其二是“新世纪万有文库”，最初我崇拜王云五，想追随老商务的“万有文库”，却没有实施的能力。也是扬之水引荐我结识了杨成凯，才有了最初的计划。其三是“茗边老话”，这套书出了近二十本，大多是扬之水组稿，序言也是她写的。最后我又想到二〇〇九年底，我在北京与沈昌文喝酒，酒过三巡，一时豪情又起，希望重新启动“新世纪万有文库”，我与老沈商量，问他能否再请扬之水出山。沈公说算了，她现在太忙，还是去上海找陆灏吧。于是才有了“三结义”的说法，以及后来的“海豚书馆”面世。

江晓原也是老朋友。我一九九〇年出版“国学丛书”，经编委杜石然推荐，有科学史界三位才子列入名单，即刘钝《大哉言数》、廖育群《岐黄医道》和江晓原《天学真原》。晓原兄此书影响很大，也影响到我，主要是其中刘兵序言关于“辉格式的历史”论述，还有江晓原关于“天学与天文学”的思辨，二位确实高明，对我后来对科学主义的认识，以及对中国古代数术研究，都有很大的影响。一九九四年，我在《读书》上写评论文章《天学的真谛》，引起晓原兄注意，我们也有了深入交流。我当时听葛兆光说，江晓原关于中国古代性学研究很厉害，我就向他组稿。但当时晓原兄已经被出版社包围，我稍不留神，就被别人将稿子抢去了，一直未能出成。直到二〇一三年，我才拿到他的《性学五章》，在海豚出版。记得在上海谈此稿时，复旦贺圣遂社长也在座，交谈中他提出动议，请江晓原整理出版《科学外史》，在复旦出版后即获大奖，可见晓原兄才华四溢！

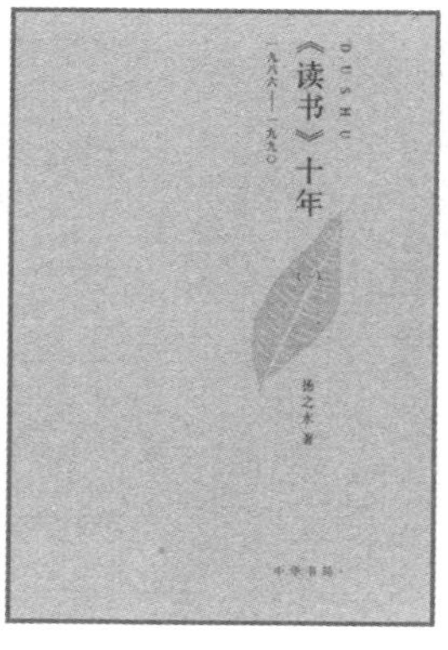

陆拾陆

“六〇后”

在我的作者中，高峰一代，应该是“六〇后”了。他们的人数最多，思想最活跃，作品最丰富。他们前承“文化大革命”，后启改革开放大潮，经历多，什么都懂，一旦成了作家、学者，那文章的才气是没有顶的。现在要写他们，先写谁呢？

先写胡洪侠吧。两年来他在海豚出了两套书，一是旧著翻新《书中日月长》，读其早年志向，追随董桥、陈原之辈，当然是道中人物。最近出版他的《非日记》两卷，都是他二〇〇〇年前后的网上文章，信手所为，却显露出超凡的才气。前几天到上海，贺圣遂就赞扬胡洪侠写得好，老贺是出版界有名的“慧眼”，得到他赞扬不易。老贺还说，原来见到胡洪侠一会儿三人行，一会儿脱口秀，一会儿忙于种种应酬，觉得此君做事不够专一。现在看来，胡洪侠的看家本事还是写作。确实，大凡能力超群的人，总会有诸事缠身，关键是要分得出主次。近年与胡兄相聚，他说不再写短文了，要写就写两万字以上的文章。前不久见到他写长文《台湾的一九八四》，果然写得好；接着他为吴兴文《书缘琐记》写序，又回到千把字，写得更好。我心中想，这胡兄啊，毕竟文科出身，对“数”的认识不大清楚；就文章而言，两万与两千有什么区别呢？还是别数数了，才华不可浪费。

祝勇才气逼人，早年是英俊小生，如今是风华才子。近年出书，两岸三地一起出手，台湾有《血朝廷》，香港有牛津版《故宫的风花雪月》和《故宫的隐秘角落》，内地有东方版和海豚版“祝勇作品系列”，双剑齐发。去年他在海豚出版《故宫记》，为此许多城市请祝勇做讲座，我陪同听过几场，没想到此君口才更好，在深圳中心书城中，人流如织，祝勇站在那里口若悬河，引得众人驻足，掌声不断，这本事胡洪侠有，祝勇也不落下风。这样的作者，谁不喜欢呢？现在祝勇新著《中国记》在制作中；另外海豚与故宫合作，祝勇做学术顾问，力求融东西方文化精髓，重塑中国皇家文化精神，开始策划一系列文创产品，他的著作也会以全新的面貌出版。说句题外话，前些天我见到祝勇，不小心称他“风流才子”，他赶忙说：“要不得，这风流一词歧义太多，还是留给那谁用吧！”

最后说毛尖。其实早在辽教《万象》时期，我就是她的出版人，说是崇拜，她小小的年纪，我羞于出口，也觉得有些拧巴，但是真心喜欢她的文字。牛津大学出版社出版她的三本书，让林道群做得如此美丽，使我痛下决心，一定要出一个海豚版“毛尖作品集”。前年在深圳见到毛尖，我酒后吐真言，充分表达了自己对出版她著作的渴望，当时毛尖被我感动，一口答应。我说三本新著都给我，她说以后三十本都是你的了，结果这些故事都被姚峥华写到她的书中。但事情没有那么容易，毛尖又命我写一篇序言，多难啊，用孙甘露的话说，毛尖的文字那么好，为她写序，那是自寻其辱啊！没办法，我有求于人，只好把吃奶的力气都用上，除夕夜的酒也不喝了，写成序言《说毛尖》，在一张中央大报上发了大半版，一位部长还打来电话说：“晓群啊，我还以为你谈茶叶呢，是写那位上海女作家啊！”最终出成两册书：《有一只老虎在浴室》和《我们不懂电影》，布面精装，我们在装帧上下足了功夫。翌年毛尖拿了散文大奖，海豚也沾了一点荣光！说心里话，我始终认为毛尖的文字是一绝，是天赋，是功底，是灵光乍现；并且她叙事有分寸，有风度。那天与几位上海朋友小聚，小宝还说，作为江南人物，毛尖的才情是占全了！

陆拾柒

“六〇后”续

前文谈过三位作者，还有一位写错了年龄，毛尖是“七〇后”。可谈的人还有很多，比如深圳张清，我称他与胡洪侠为“两兄弟”，他写《吹皱集》，尽显才华。再如杨小洲，他既是作家又是策划人，我却经常称他为艺术家，眼下主持海豚与英国设计师合作，他的“怪念头”一个接着一个，一定会出大成就。还有梁由之，他刚出版《天海楼随笔》和《十年自选集》两部著作，气势正盛。此前我都专文写过他们，此处不再多着笔墨。

讲“六〇后”，必须提到傅杰。从“新世纪万有文库”到“海豚书馆”，期间还有王元化主编《认识中国》，我们请傅杰做事最多。与傅兄交往，他总是安安静静，面露憨态，言语不多却极有感染力。尤其是他学问扎实，学术功力深厚，一篇文章导致一个刊物倒掉也是有的。再者傅杰擅长审读文字，目力超群，只要你有文章发表，他阅后总会发来几句点评，三言五语就能说到关键处，附带还会挑出几个语病，发现几处错误，比如将“词语”写为“词汇”，将“奥威尔”写为“鲍威尔”等，让人铭记，从此不忘。傅杰做事极其认真，而且是真认真，不是拖延。两年前签约他四卷书稿，他迟迟难以完成，几次去上海取，他拿来样稿给我看，然后又拿回去，说是还要再改。反反复复，几乎让我想起曹雪芹写《红楼梦》：“批阅十载，增删五次。”但我心中却不嗔反喜，觉得此君天生异禀，做事又如此精细，迟早是一代大家！读到这里，他一定又满脸憨笑，说晓群是第三次公开催稿了。

还有一位“六〇后”叫王为松，我认识他很早，真正让我了解、让我敬佩，却是他在上海书店与陆灏合作，主持出版小精装“海上文库”，引领出版风气，十数年不衰。我的小书《前辈》也在其中，让我以此为荣。为松日常言谈憨厚可亲，但做事极其严谨，遇事进退有度，不失方寸。他的新著《文字的背影》即将出版，其中谈书谈人最多，也最精彩。当然为松长期做社长、总编辑，最大的优势还是审读书稿。我曾经有几篇文章由他审阅，他确实有水平，错字错句都逃不过他的眼睛；尤其是在理顺句式、调整表达等方面，我作为同行同道，还是要赞扬为松的功力超群。因此我称誉他是“第一总编辑”，也是发自内心的敬佩。

最后说陆灏。我与陆公子结交，缘于扬之水和沈昌文。最初是编“书趣文丛”，接着是“新世纪万有文库”和《万象》杂志、“万象书坊”，再后来就是“海豚书馆”。一晃二十几年过去，彼此联手，做了那么多事情，每每回想起来，都会感慨不已。其实我们性格、爱好、生存环境等差异多多，比如他好写字，有“南陆北赵”之誉，我从小就写不好字，东北话叫“狗爬拉”字。再如收藏，他的《听水读抄》收了那么多字画，家中更多，时而将董公、莫言等名人的字晒出来。我的收藏就乱七八糟，十年前心血来潮，请陆灏写一大幅小字，现在却找不到了。还有一副董桥的对联，林道群帮我请来，失踪了两年，前几天因为办公室面积超标，搬家时又跳了出来。陆灏也说，晓群书房一定像老沈，不会留住太多好东西。还有性格，陆公子聚会时喜静，我却喜欢与子善、小宝、老贺们大喊大叫，陆公子说，一顿饭下来，他几天耳朵都在嗡嗡响。至于做事风格，陆灏之细，实在入微，老先生都喜欢他，也在这里。二十多年过去，我觉得陆灏的脾气有些变化。早年他很急躁，不高兴会说出来，比如当我做事不力时，他骂我昏君，沈公还解释说：他承认你是“君”，不是很好么？如今我们相聚时，沈公还在那里一味浑说，陆灏却温和了许多，时常的情绪中，还会流露出一些岁月逝去的感伤。

陆拾捌

“七〇后”

在我的作者名单上，“七〇后”作者谈不上满天星斗，却也不是月明星稀。此前我专文谈过一些优秀人物，比如中华书局徐卫东，出版《敬惜字纸》，做人做事颇让人喜爱。浙江大学出版社启真馆王志毅，编、译、写三支笔一同出击，也是这个时代的英才。辽宁张国际，他的随笔集《四百五十公里的际遇》，充满个性与潜质。当然，我的记忆中也有分不清年龄的作家，尤其是女作家，像钱红丽、鲁燕，我极为喜爱她们的文字，交流却不多。记得钱红丽早年，她写文章品评《万象》，妙语惊人，我多次引用点赞，经年不忘。去年海豚出版她的《低眉》，以蓝色基调精心设计，试图贴近她的风格，也是一种表达。

黄昱宁是“七〇后”，她也是陆灏主持《万象》时的作者，出道真早，几年不见，已经出落得编、译、写都有了大成就。前不久我出版她的《变形记》，为之写序《迷人的时刻》，对黄昱宁了解越多，越觉得此君才华可畏。大凡此类人物，迷恋案头，往往会个性孤独，她却爱好广泛，从社内组织项目，到社会活动，还经常演讲，样样活跃。我见到网上经常有人问她：你的时间哪里来的？你做那么多事情，还让别人活么？其实有天赋的人做事，必有方法，必有妙处。比如一位设计师谈向高手学画画，你不到现场看，永远也想不出来，他那一笔是怎样画出来的。其实这就是方法，黄昱宁的方法是什么？我觉得，是勤奋，是天资，是追随前辈，还有正确的方向。她早年进入译文出版社，那里有许多高人，她是走对了路。

姚峥华是典型的南方女子，面上柔弱，平常说话小声小气。网名为胡洪侠所赠：雪呆子。那天张清说，我们都看错了，她可不呆，诸事心中有数，冰雪聪明。看错的还有她的声音，今年初我们在深圳中心书城开会，发布她的新书《书人小记》，没想到她讲起话来，不但声音甜美，而且底气极足，将在场那些善讲的人都惊呆了。姚峥华主编《深圳晚报·读书》版，接触作家、文人最多，她工作之余，留心记下他们的故事，汇成一册《书人·书事》出版，书中专门碰触人家痒处，更兼她文笔清新细腻，温和平静，换来许多喝彩声音。文中那些大腕人物阅过之后，既感到欣喜、有趣，又有丝丝羞涩，时而也会心中一惊。这一点，恰恰可以看出小姚文字的妙处。姚峥华在海豚出版《书人小记》，依然保持了上述风格，叙事愈发完整生动，而且理性思考有所加强。其中有毛尖的序言，写得极好，也是她与小姚关系极好，对小姚极为关心，才肯运用她那神来之笔，将那份情谊公众化。胡洪侠却说："毛尖确实写得好，就是落笔太狠了！"

最后说周立民。刚要落笔，就见到网上有人说："周立民是一九七〇年代的人物，却专爱往老人圈里钻，写老旧文章，相貌看上去倒也老成，还是巴金纪念馆馆长。"呵呵！立民是辽宁大连人，到上海读书，就留下来。他文字好，做事有思想、有计划，勤奋好学是他的美德。海豚已经出版过他的两本书，一本是《简边絮语》，还有刚出版的《闲花有声》。目前《南方都市报》正在连载他的文章，写民国旧事。那天我社人文馆的编辑对我说：“周立民这组文章好看，再给他出一本吧！”我手下的编辑女孩子居多，年龄不大，却都很有水平，很有见解，也很挑剔，对所有的书稿，都有她们自己的判断。遇到她们喜欢的作家，就会对我说：“这个作家写得真好，再给他或她出一本吧！”甚至说：“社长，你给他或她写个序吧！”近期获此殊荣的作家有毛尖、祝勇，再有就是周立民，可见此君文字的魅力！

陆拾玖

带雨的云

这段时间，我写专栏回忆自己的作者，从“三〇后”写起，一直写到“七〇后”。本该写“八〇后”了，提起笔来，却有些思绪混乱。本来因为工作关系，我与一九八〇年前后出生的人接触很多，但说到了解，却很不够。可能是我儿子与他们同龄，在自觉不自觉中，我们彼此内心中，都会有隔代的感觉。

这一代独生子女最多，早在二十几年前就有人预言，由于人为因素，加上时代变迁，受到商业化、中西文化冲突等影响，他们必然是垮掉的一代。记得当年一家电视台还采访我，问我怎么看。我说，我不那么看，我对于“八〇后”的未来，还是抱着乐观的态度。我们不要做鲁迅笔下的九斤老太，不要轻言一代人如何如何，况且他们受到相对良好的教育，他们更强调个人主义，他们更敢于独立思考，将来一定会出大人才。

时光飞逝，现在这一代人都已经三十岁左右了，他们没有整体垮掉，还担起了社会栋梁，修补着前面的孽障。我到北京海豚出版社工作六年，每天看着他们进进出出，看着他们成长进步，天没有塌下来。许多现实中的事情，他们都逐渐接了过来，依然做得很好，甚至比我们做得还要好。因此，我喜欢他们，包容他们，就像对自己的孩子一样，即使他们有错，我的关爱也不会改变。若说难过，我只是觉得他们生于这样的时代，面对着更大的生活压力，更需要个人奋斗。但人生的自由与快乐也孕育其中了。

我是一个实证主义者，一般只会相信自己亲历的事情。比如近些年，我时常会静下心来，点数那些与我有过接触的青年人：他们谁最优秀？谁最有能力？谁最有未来？谁最会生活？谁将一事无成？谁将步入歧途？这可能是一个即将进入老年的人，往往会思考的问题。我这里有一个名单，其中对许多年轻人都有点评，原想在这里写出来，最终还是删去了。我这样做，是担心在他们的心中留下阴影。况且我虽然喜欢《周易》与数术研究，却深感无法把握一个人一生的走向，因为在那漫长的旅途上，可能发生的变数太多。

说到这里，我想起一段故事：几年前岳母生病，我经常去医院探望她。邻床一位老太太，已经九十多岁了，患有脑中风，时而清醒，时而昏迷。她有五个儿子，一个女儿。女儿每天白天来护理，五个儿子排班，每晚一个，轮流伺候老太太。这五个儿子有的孝顺，尽心尽力；有的表现就不大好。所以赶上好的儿子当班，老太太状态就好；赶上不负责任的儿子当班，老太太就出问题。时间长了，连护士长都说，这五个儿子中能有三个好的，老太太就能多活几年。我发现二儿子是好的，那天我家护工看不惯，就告诉他："你要提醒四弟，当班时不能睡觉。"他感叹道："没办法，兄弟五个，谁孝不孝顺，我们都知道。俗话说养儿防老，可是到头来，谁知道哪片云彩下雨啊！”还有一天小儿子值班，老太太醒过来摆着手说：“小五快回家，让你哥来。”那手势让我立即想起三十年前，我的母亲病重时，她醒来也是摆着手赶我回家，此刻我的泪水立即流了出来。

我做事不求回报，只求心安。我想那位昏睡的老太太，她当年养育儿女时，也会这样想，满心希望小辈都是带雨的云，这样不单对老辈好，对晚辈自己更好。一个人能做一个好人，让别人尊重，让自己心安，是心灵的慰藉，是一辈子的幸福。我写“八〇后”，却转到这里来，无非是想到人生起步，先以做人为开端，才是最重要的。

柒拾

再序眉睫（上）

我觉得，作为编辑，大凡从事一些好的、有规模的出版项目时，应该提倡做札记，记工作日记。最好能在该项目完成之后，将编辑的文字整理出来，装订成册，或正式出版，或与那个出版项目配套印刷。这样做起码有三个好处，一是对出版史料，二是对学术文化，三是对编辑自己，都是大有益处的。由此想到许多年来，出版行业内流行的一些说法，认为编辑是匠人，是商人，是杂家，为人作嫁，工作压力大，没有精力、没有能力写作。其实如果我们注意阅读一下张元济、王云五、陈原、周振甫、范用和沈昌文等出版家的编辑生涯，就会看到，他们经常会在自己编辑的项目上，认真研究，写出笔记，一方面提升书稿水平，一方面为我们留下文化财富。

比如周振甫先生，他生前编辑工作成就巨大，同时在编稿之余，留下大量文字。对于周先生的著作，你只要认真阅读就会发现，他的许多文章风格，很像我们从事编辑工作时，经常做的“审稿意见”一样。但其中仍然饱含着大量的文化信息，有经验的，有学术的，也有史料性的，非常珍贵。我上面说的“编辑做笔记”，就是由此而引发的想法。

言归正传。二〇一〇年，海豚出版社立项，开始策划出版《丰子恺全集》，不久眉睫从湖北家乡进京，参与组织该项目的编辑工作。转眼之间，六年过去了，现在《丰子恺全集》前期编辑工作即将完成，洋洋五十余卷的大书，会在明年初奉献给读者。在此期间，眉睫一边从事编辑工作，一边记笔记、写文章，编写互动，留下许多第一手资料，还有一些好的建议与感想。我觉得几年下来，眉睫个人的进步与收获也不小。所以去年我提示他，将这些文字整理出来，出版一本小书，为这一段工作做一个实录。现在他的《丰子恺札记》写好了，我作序如下：

眉睫著《丰子恺札记》，确实是我的“命题作文”。我这样做，主要出于三点考虑：其一，自二〇一一年初，眉睫离开湖北家乡，北上京城，来到海豚出版社，出任文学馆总监，操持《丰子恺全集》的编辑工作，在此一做就是五六年，年龄也由二十几岁步入三十几岁。在这样的年龄段，能够亲手编辑自己喜爱的书，实在难得。正如我一生从事出版工作，始终憧憬的生活状态，就是编自己喜爱的书，结交志趣相同的作者和读者，记一些笔记，做一些研究，谈一些体会，提一些建议，听文人八卦，写即兴文章，凡此种种乐趣，几乎成为我编辑生涯中，始终追求的快乐时光！因此每当我回忆往事时，经常赞叹这样的生活方式，同时希望有更多的人，能够得到类似的文化享受。我提议眉睫在编辑《丰子恺全集》之余，能写一些“札记”的初衷，正在于此。

其二，当然，编辑要做到钟叔河提倡的“两支笔”，也要看职业定位与编辑本人的天分。首先说职业定位，编辑工作原本就有策划与案头的区别，但这样的区别只是业务分工不同，并无高下之分，做好两项工作都不容易，并且都能出高手。按照这样的区分，眉睫属于策划型编辑。其次说编辑的天分，它又有研究型与非研究型的区别，这一项区分，就要分出编辑能力的高下了。有研究能力的编辑，才会有发现能力、创新能力、综合能力和规划能力，才会在策划上或案头上，为出版社出谋划策，才能为作者提供更为深层的服务，才能更为理性地规划选题、出版好书。

柒拾壹

再序眉睫（下）

眉睫属于研究型的编辑。在五年多的时间里，他不但组织五十卷《丰子恺全集》的日常编辑工作，同时还不断推出一百多本丰子恺的各类著作，使海豚出版社几乎成为近年来丰子恺著作的出版基地和中心。当然眉睫也不是单纯追求数量，而是按照一些原则操作：一是根据市场需求，及时出版相关著作，比如他首先推出《丰子恺儿童文学全集》七卷本，目前已经重印多次，成为畅销书；类似的还有《缘缘堂随笔》，被许多地方列入“读书计划”，今年以来，几乎每个月都有近一万册的发货量。二是根据编辑《丰子恺全集》时的研究成果，及时出版新书，为读者服务，比如《子恺书话》《子恺日记》《子恺书信》《缘缘堂集外佚文》（上、下）、《艺术教育（未刊稿）》《丰子恺品佛》等。三是拾遗补缺，填补空白，纠正谬误，比如影印出版三十二卷丰子恺漫画集，有规模，有价值，有市场。

在此项工作中，有丰一吟、陈子善、陈星、陈建军、叶瑜荪、刘晨、吴浩然、杨子耘、李忠孝、郑在勇、吴光前等前辈和专家的引导与支持，眉睫本人的努力与水平也是明显的，他经常会表现出很高的思想水准、工作热情和学术主见，将一些被人认为老旧的、过时的东西，重新整理出来，补充不足，重塑市场，尤其是他对于编辑工作的把握，既没有越俎代庖，也没有人云亦云，整个操作过程稳稳当当，这也是我希望他能结合自己的工作体会，写一些东西的重要原因之一。

其三，看到眉睫，我想起自己小时候，父亲告诉我做事要“狡兔三窟”，不能单打一，这样才能永远立于不败之地。说到眉睫的知识结构，也够得上是三栖式的人物，学问、文章和出版，都有成就。但出版毕竟是一个“为人作嫁”的行业，我在其中浸润三十多年，每每见到有才华的人物，心底总会涌出一些惋惜的情绪，像胡适自己不肯做出版，像钱锺书为陆灏做出版而惋惜等故事，我的想法与他们相似。虽然我知道出版也会产生张元济、王云五、陈原、沈昌文、钟叔河那样的大人物，但是每当我像催命一样，督促眉睫他们快发稿、多发稿、创效益时，事后都会产生一些不安的感觉，总觉得他们的才华还应该有更大的发挥，因此也愈发希望能让他们的才智与出版工作结合起来，以此来平复我作为商人一面的歉疚。长期以来，社会上经常有人评价我不是一个好商人，究其根源，可能就在于此吧。

眉睫是“八〇后”，我几次在人前人后赞扬他是一个好青年，天资好，基础好，气质好，如果走正路，未来会有大成就。但是何谓正路呢？这个问题真的不是一语道得清楚。我想到三个关键词，一是传承，不要凭空设想；二是选择，不要什么都想做；三是平和，不要树敌太多。人生无常，道路的长短都是变化的。相对而言，走上正途不易，走上歧途却很容易。说到解决方案，我觉得参考前辈的经验，融会贯通，是唯一聪明的做法。

我追随前辈，经常提到张元济、胡适、王云五、陈原、范用、沈昌文、钟叔河……其实芸芸前辈，彰明昭著，究其生活智慧，各有不同。他们的人生经验，有些可以学，有些不可学，有些一定要学，有些学不了。对我们而言，自然要结合自己的天资，结合自己的性情，结合自己的人生态度，结合自己的志趣，有所取舍，有所将就。我前些年说过，要学张元济做人，学王云五做书，学沈昌文做事，延伸下去，还要学胡适做学问，学陈原做文章，学范用做书人，学钟叔河做杂家。他们各有所长，各有所短，我们能够取其所长，避其所短，从中获取一二心得，都是一生的幸事！

柒拾贰

一群人

我的新著《一个人的出版史》第一卷，日前在上海三联书店出版，厚厚一大本，足有近六百页，后面还有两卷待出。这使我在欣慰之余，内心中还流出丝丝惶恐。尤其是此书甫一上市，迅速引起读者关注，求书的、买书的和议论的人纷纷扰扰，其热烈程度，完全出乎我的预料，大大超过我以往出版的任何一本著作。如此场面，又勾起我对这部书稿写作过程的回忆。

二〇〇二年底，我离开辽宁教育出版社，到辽宁出版集团工作，有了空余时间，我首先完成两本书稿的整理，一是《人书情未了》，再一是《数与数术札记》。接着做什么呢？除了继续给报刊写文章，后来在台湾结集出版《一面追风，一面追问》，即后来浙大出版的《这一代的书香》，我还开始读二十五史《五行志》，准备写"《五行志》研究"。另外我有一大摞日记、几大箱书信和重要文件，也可以整理成书。此时柳青松在我身边工作，他为人坦率，生性好说，我问他该做什么，他当即指出，"工作日志"是一个好项目，但出日记不好，太落俗套，最好整理一下，每个问题汇于一起，才便于阅读。

我受青松启发，先试着写出"一九九二年编辑日志"，拿出来给一些人看。柳青松说这样写下去能够流传，沈昌文说看来回忆真要趁早，王充闾说没想到出版人的文化生活如此丰富，一位北大研究生说这些史料太珍贵了，还想看到更多。有了这些鼓励，我才接着写下去。先从一九九二年写到二〇〇二年，再从一九九一年往前写到一九八二年。整整二十一年，我大约用一年时间整理出来。我记得二〇〇七年去北京，小柳复印几份，给一些书商和朋友看，他们都说好看。扬之水看过后还笑着说："我也在整理日记，云云。"就是后来出版的《〈读书〉十年》吧。

二〇〇九年我到北京工作，最初是梁由之很关心此稿，我给他看，他说太好了，原本还要写一本关于俞晓群的书，现在你自己都写好了，我帮助你出版吧。梁兄最初联系不大顺利，有出版社的问题，也有我个人的问题。后来杨小洲看到书稿，他的观点与柳青松一样，并且希望做此书的出版人，但落实出版社也不顺利。小洲兄至今还感到遗憾，他对我说："你出书很多，涉及许多领域，但我最看好此书，以及你正在写的'五行占'。"

今年五月，我们在长沙为钟先生《众说钟叔河》和《人之患》搞一个小的读书活动，梁由之参加了。活动结束后他对我说："那本《编辑日志》还是交给我吧，我安排周青丰做，他靠得住，在上海三联书店出版，你觉得还可以吧？"接着忙活几个月，才有了今天的结果。目前他还在请张立宪在《读库》上摘登书中内容，以及安排后面的出版工作。通过此事我发现，梁由之做事，面上大刀阔斧，实则心细如丝；面上轰轰烈烈，实则最好静思；面上四面出击，实则井井有条。是一位罕见的人物。

最后说书名，最初叫《我的编辑日志》，后来还想改为《为书二十年》，最终确定为《一个人的出版史》。这样做，有商业上的考虑，也有我个人的一点调侃。波兹曼说：西方“活字印刷机诞生，使蒙田一些人，开始书写个人的历史与感受。他们赞美个人的历史，而不是公众的历史；他们赞美自己的特立独行，甚至怪癖和偏见。”我喜欢这样的观点，故而用了“一个人”这样貌似狂妄的定语。其实正确的写法，更应该是“一群人的出版史”，因为这本书中每一个名字都是真实的，我只是这一群人的记录者！

柒拾叁

蔡志忠

最早知道蔡志忠先生，是在上世纪八十年代。当时三联书店出版《蔡志忠漫画》，一时引起轰动，我那时就成了蔡先生的拥趸。二〇〇〇年代初，我通过沈昌文、郝明义先生的关系，在大陆出版“幾米绘本”，一时风生水起，但对于蔡志忠漫画，却只能仰视，无法企及。那时蔡先生的书都在三联、商务等大社出版，我们拿不到。

直到二〇〇九年底，我与郝先生再次联手，将“幾米绘本”拿到海豚出版社出版；两年后，我们又引进出版《蔡志忠漫画哲学经典》八卷本，销得却不大好。因为是通过台湾大块文化购买版权，所以书出版后，我一直没能见到蔡先生。后来蔡先生还对我说，他与内地十家出版社合作，只有海豚社的人没见到。

二〇〇四年我在深圳搞读书活动，结识了深圳大学王婷老师，接触中她谈到，她的小女儿是蔡先生最小的入门弟子，我便记在心中了。恰好今年出版“幾米绘本”一直不大顺利，我想到王婷，请她帮助联系蔡先生，希望能有机会拜见。没想到蔡先生爽快应允，立即相约在杭州见面。临行前我却有些紧张，你知道在我的心目中，蔡先生一直是神一样的人物，这一见会有什么结果呢？心中没底，我又邀请八十五岁的沈昌文出场，以壮军威。在路上，沈先生还有些压力，他半开玩笑说："多年不见，蔡志忠会给我面子么？"

我们到达蔡宅时，已是入夜时分。蔡先生直立在门前，致敬迎接，彼此一番天南地北，就拉起我们去吃日本餐。喝日本清酒，蔡先生自称不会醉，我酒量尚好，十几杯下去，已是夜深人倦的感觉。沈先生不胜疲劳，当即躺在日式木台上小憩，嘴上还不服软，声称"我睡睡再谈"。蔡先生会意一笑，问我是接着谈到子夜，还是明天重开宴，我连称告退，书稿的事情只字未能谈及。

翌日再谈，我们把准备好的方案托出：拼音版、文库版、笔记版……蔡先生面含微笑，一一拿出相应文件，我们想的一切，他似乎都很清楚。后来越与蔡先生接触，我越感到恐怖，他是一位先知，凡事的走向，他都了然于胸中。遇到这样的神人，你没有办法应对，因为在他那奇怪的微笑背后，你不知道潜藏着什么秘密。好在蔡先生开口就说："不用担心，我会把许多作品托付给你。"显然，该怎么做，他早已经想好了。

几番拜访蔡先生，他的居所让我印象深刻：在杭州西溪湿地中，一处别墅建在水塘上。房前临水一处大木台，一张长长的木桌摆放，迎面是水塘的青绿，背靠一间大厅，玻璃照面，室内以白色为基调，书架、画案、壁画、雕塑、佛像、闲床、电脑、画笔、藤椅——入夜时分，灯光亮起，我们从木台上回望，但见蔡先生披着淡灰色长发，穿一条休闲裤，上着一件雪白的棉布衬衫，时而堂中伫立，时而案前作画，时而在灯光与月光间飘来飘去。蔡先生说他从来不更换发型与衣服的样式，这就像动画中的人物不会更换形象一样。

今年我三次去杭州拜见蔡先生，了解愈多，愈觉得他这个人充满乐趣。最近一次见面，蔡先生又带我们去喝日本清酒，彼此了解多了，交谈也轻松许多。他说讲一段故事吧：在一块草地上，兔子越来越多，青草越来越少。有一天，突然有一个兔子说，从今天开始我们不吃草了，开始吃兔子。这就是创新。接着蔡先生高兴，玩起扑克牌，他曾经是亚洲桥牌冠军，那卡片上下翻飞，例不虚发，猜牌的技艺远胜刘谦。结束后他送我上车，突然他对我说：“俞总，我们应该拥抱一下！”

柒拾肆

拍　卖

商品拍卖是一件刺激性十足的事情。尤其是你生产的新产品能有拍卖价值，是一件很光荣的事情。因为大凡新书，只有降价的份儿，哪还有竞价拍卖、不断加价的号召力呢？但是一些有价值的书、值得收藏的书、能增值的书，就可以拍卖。

我从事出版三十年，所编图书拿去拍卖，有几件呢？真是不多。最早一件是“书趣文丛”，一九九四年底第一辑出版，十位作家是施蛰存、金克木、谷林、唐振常、辛丰年、董乐山、金耀基、朱维铮、施康强和扬之水。十册到手，大家都说好，我们异想天开，请十位作者在书上签名，汇成一套，在沈阳北方图书城拍卖。那是在一九九五年七月十二日，拍卖开始，定价九十七元的“书趣文丛”第一辑，最终以六百元成交，被一位自称是工人的先生买去了。当时这件事在文化界轰动一时，许多媒体都做了报道。

二○○○年前后，我与孙立哲合作，出版《吉尼斯世界纪录大全》，第一本二○○○年一月推出。为此我们在深圳特别制作了纪念版，大开本，盒装，全书烫银，于一月十二日在北京国际博览中心拍卖。这一次我们专门请来拍卖公司的人，形式上颇为正式，早晨大家蜂拥而至，纷纷落座，拍卖师开始介绍拍品，宣布起拍价，一二三，一千八百元，还有出价的吗？duang，成交！几分钟不到，就落锤结束了。当时我刚刚入场，还没坐稳就散会了，觉得很不过瘾。

二〇〇九年下半年，我来到北京海豚出版社工作。第二年我与牛津大学出版社林道群合作，开始出版董桥著作。第一本是胡洪侠编《董桥七十》，整个装帧设计与牛津本同步。在材料上，我们试图有一些突破，做一些真皮本，拿去拍卖。制作师于浩杰四处寻找蒙古小牛皮，最终在做皮衣的市场上找到了材料，勉强做了二百本，从中精选出一百本，在孔夫子旧书网上拍卖。这次拍卖很成功，第〇〇一号《董桥七十》拍到五千二百二十元，最低的也在两千多元。

这次拍卖活动的成功对我震动很大，看来图书出版，并非只有追求做多、追求印数、多卖多赚钱的一条道路可走，还可以找寻其他路径。比如追求做少做精，物以稀为贵，以此使之增值，最终达到商业目的。一年前我请吴光前、杨小洲去欧洲，考察西方图书的经营之道。吴、杨就见到一对夫妻，制作精品图书四十余年，只做了三十几本书，都是为皇室或私人订制的《圣经》《家谱》等特装书。他们一生都生活在欧洲上流社会，丰衣足食，拿到的图书订单根本做不过来。

有了这样的想法，在这一年中，我们一直在研究西装书的状况，力求找到一个入口，从中挖掘出适合中国市场的产品，达到做少做精的目的。后来杨小洲经手，我们从英国伦敦买回维德一八八四年绘制的《鲁拜集》。此书极其珍贵，近乎绝版，当时在伦敦买下，价格高达两千多英镑。我们历经半年多时间，将其翻印出来，并且配上郭沫若的中文翻译。在制作过程中，我们请英国专家谢泼德监制，他见到样书后赞叹：目前世界上没有人会将此书翻制得如此精美，如果制作真皮版拿到西方销售，可以卖到一千英镑以上，因此这部书也有珍藏与拍卖价值。闻此言，我们又动了拍卖的念头，特别制作了两种真皮限量版，一是〇〇一至〇〇三号，用尼日利亚羊皮制作，皮子已经从英国买来，还未制出。再一是〇〇四至〇一〇号用中国羊皮制作，拿出其中三本在孔网上拍卖，起价一千五百八十元，结果三本都拍到五千元以上成交。

柒拾伍

赵启光

二〇一五年就要飞快地过去。整整一年中，有一个名字，一直在我的脑海中萦绕，让我感伤，让我怀念，让我痛惜！他就是赵启光先生。

赵启光先生是美国卡尔顿学院讲席教授、亚洲语言文学系主任，同济大学特聘教授、中华文化传播中心主任。今年三月十四日，赵先生在迈阿密海岸游泳时，遇到大海中回流的涌潮，被海水裹挟，不幸遇难，享年六十七岁。那一天恰好是他的生日。

启光是赵启正部长最小的弟弟。那是在北京时间三月十四日周六下午，我正在家中读书休息，启正先生突然打来电话，他的语调一反往日的洪亮和轻松，而是低沉、沙哑，时而还带着哭泣的声音。他说刚刚得到消息，启光在美国游泳时，心脏病突然发作，不幸去世。蓦然间，我被惊住了。怎么可能呢？启光在学生时代就是游泳冠军，生活自律，性格开朗，心态阳光，满身朝气。今年他才六十七岁，身体健壮如牛，这些年他走遍世界，无论走到那里，只要见到水，他都会去游泳。怎么会有心脏病发作呢？当时启正先生也感到奇怪，后来经医生检验证实，实际上启光是被回头浪带入海底，窒息而死，最后时刻，他甚至没有喝一口海水。那天还有一位泳者也溺水身亡，遗体几天后才找到。而启光的心脏非常健康，甚至还像年轻人一样。

我与赵启光先生交往，是在二〇〇九年末。那时我们落实国家项目，希望请他执笔写一部《中国人》。他喜欢这个题目，但太忙，每年的科研项目都安排得满满的，只好婉言谢绝了我们的邀请。但在与启光先生的交流中，有两件事引起了我的兴趣。

一是他在写作之余，经常画一些漫画，用以说明文章的意义。尤其是他给外国学生讲授《道德经》时，许多理论很难讲解清楚，他就在黑板上画漫画，讲故事，沟通起来方便多了。我很喜欢启光先生的漫画风格，因此我提出建议，能否将这些漫画整理一下，再补充一些画作，出版一本《漫画老子》？再一件事是我发现，启光先生是一位国际型学者，分别用中文和英文写作；并且他的著作很多，分散在国内外一些出版社出版，语言不同，风格不同，显得很凌乱，影响了读者对他整体学术形象的认识。尤其是启光先生又是一位优秀的演说家，留下许多极好的演说词，未能整理出版。因此我建议他最好能选一家出版社，帮助他边收集，边整理，边出版。为此我在两年左右的时间里，与经常在美国生活的启光先生通过四十多封电子邮件。比如我在二〇〇九年十二月二十九日的邮件中写道："我有两点想法，其一，您的作品最好有一个出版人做成系列图书，树立个性风格，正所谓'编书如种树'，系列书才能成林；其二，我已经逐渐组成一个团队，会对您的大作认真加工，形成独立特色。"启光回复："您所言两点极为高超而中肯，您已经逐渐组成了团队，我们又都有雅俗共赏的方向。国家正在鼓励文化产业，我们正好乘长风破万里浪。”

此后海豚出版社为启光先生陆续出版十几本中英文著作，如《古道新理》《无为无不为》和《天下之龙》等，并且还在继续。直到今年新年前，他还给责编孟科瑜写信说：“谢谢及时来函告知种种详情。回顾一年来，我们的成绩可观，我听到不少对我们的书的积极评价，在此佳节，多谢科瑜和各位同人的辛勤与智慧的努力，感谢俞总的引导。上次在北京和你以及多位编辑见面，还历历在目，希望羊年有机会见面。我们保持联系，争取新的合作成功。”没想到这封来信，竟成了启光先生最后的音讯。

柒拾陆

老署长

人的一生真快，转眼之间，我也是快到六十岁的人了。但每年进入第四季度，我总要按照惯例，盘算一下比我老的作者和朋友，尤其是八十岁上下的人，安排时间去探望他们，或者请他们出来坐坐。像北京的刘杲先生、苏叔阳先生，沈阳的王充闾先生，长沙的钟叔河先生，香港的董桥先生……说到这里，你一定会想到八十五岁的沈昌文先生，他却不用探望，因为他闲不住，整天背着个大书包在京城四处游走，经常会来探望你。

但在今年四季度，不幸的事情还是发生了，十月二十一日，宋木文老署长突然因病逝去。噩耗传来，使我愣在那里好一会儿，眼中不由自主地流下热泪。也许是因为自己长期以来，心中一直怀着对老署长的敬佩之情；也许是因为在这两年中，为了出版老署长的著作《思念与思考》，我与他接触很多。尤其是去年，为修改书稿的事情，老署长时常会与夫人悄悄地来到海豚出版社，到编辑室直接与那些小编辑们交流，处理文稿中的问题，还告诉他们不要惊动社长。今年春节前，中央领导探望老署长，事后他还给我打来电话，聊了十多分钟，谈他的心情和著作。今年三月间，我们一些晚辈专门把老署长和夫人请出来，坐在一起听他讲述新旧故事。也是在今年初，我还与故宫博物院王亚民院长约定，找一个天气好的时间，请几位出版界的老领导、老前辈到故宫来坐坐。没想到老署长突然离开了这个世界，转眼之间，阴阳相隔，让一切计划都永远失去了实现的可能，人生的无常啊，思想起来，怎能不让人感慨万千呢？

痛定思痛，这两天我清理自己的思绪与电子文档，想到两件事让我感伤。一件是去年九月二日，我们与老署长夫妇相约中午小聚，讨论他的书稿。恰好此时，老署长知道沈昌文先生会来参加，他就提前在网上订购一本海豚刚刚出版的沈昌文《也无风雨也无晴》，在家中认真翻看，还记下了他的阅读笔记。见面时宋、沈交谈，有三件事让我印象深刻，一是沈先生见到老宋（他日常的称呼），一反平时玩世不恭的处世态度，对老署长极其尊敬。二是谈到沈先生书中讲到一位同事的沉浮经过，老署长说："你讲得不全面，那时我还在位，知道很多细节和背景，不像你说的那么简单，所以以后不要再这样谈论这件事情。"三是书中沈先生对某位前辈的评价，老署长说："你讲得很对，他后来对你的态度确实不好，但他作为你的领导，也曾经给过你许多帮助和支持，所以你最好不要再这样说。"老署长的劝说入情入理，与人为善，又不失对事实的尊重。当时沈先生诺诺称是。

还有为了出版《思念与思考》，我与老署长互通五六封邮件，十分珍贵。比如二〇一四年二月七日宋先生写道："晓群同志：春节前后，我对小书的内容作了进一步思考，仍按 1 月 18 日信所言'以联系历史变革回忆人物'，但明确以回忆人物带出历史变革，故将书名定为“思念”，选收文稿 26 篇，思念逝者 28 人。我在这里思念的老领导给我以关怀，老同事给我以理解，老部下给我以支持，还有三位在合作中同我结下深厚情谊的国际友人，我理应以对他们的思念作为本书的主题。所收文稿，多以我的几本文集相关文稿为基础改编（多少不同，亦有全文照收），也有几篇是近日写出的。为了便于了解内容重点，我逐篇加了副题。附送小书目录，请审阅。全部文稿不迟于本年 3 月底前送上（电子版），如进展顺利亦有可能在我去三亚（2 月 17 日）之前送达。我想另写一篇简短后记，介绍本书的由来与重点，感谢海豚社的厚爱相助。我诚请晓群为小书作序，并已先行列入目录，意在必得，望能应允。以上，如无不妥，我即签署已收到的贵社出版合同，快递送上。”

柒拾柒

杨成凯

今年八月十四日晚上七时许，扬之水发来短信：“知道了吧，老杨过世了，他夫人刚打来电话，委托我代她向你和忠孝表示感谢，出版老杨的著作。……好人哪。他生平最看重的著述，是你在辽教时为他出版的那本语言学的书，如果海豚能把这本书重出一回就好了，也算是对他的纪念吧。”

是的，就在几个小时之前，我也从网上知道了这个消息。但是知道杨成凯先生生病，却已经是很长时间的事情了。大约在两年前，李忠孝通过扬之水，拿来杨成凯先生书稿《〈人间词话〉门外谈》。后来我知道杨先生身患重病，身心状态非常不好，因此希望他的著作能够早日出版。二〇一四年八月十七日，扬之水发来短信说：“杨成凯那本关于人间词话的书究竟怎么啦，问了忠孝几次，他都说在编排中，老杨都快急死了，他说他一直生活在癌症的阴影中，希望能活着看到，听着好不惨然。”为此我也很急，催促编辑尽快把杨先生的著作往前排，直到翌年三月印出布面精装著作，但毛边书还要晚些时候才能装订出来。此间中华书局顾青先生还打来电话，告诉我杨先生病情恶化，希望早日见到样书。后来毛边本到货了，杨先生已经没有力气亲笔签字，只好将他的印章交给我们，让我们代为钤印，答谢读者。直到他去世时，那方印章还在出版社存放着。

上面的故事，只是我最近两年与杨成凯的交往。其实我与杨先生相识，可以追溯到一九九五年，那时我在辽宁教育出版社工作，由于受到王云五“万有文库”影响，希望能够编一套“新世纪万有文库”。为此我向扬之水请教，她当即向我推荐杨成凯，称赞他选书的水平极高。此后几番接触，果然如扬之水所言，“新世纪万有文库”最初的框架，都是杨先生提出的建议。后来因为工作量太大，才有沈昌文、陆灏加入进来，分三个书系：杨成凯负责古代文化，沈昌文负责外国文化，陆灏负责近世文化。回想起来，那时我们与杨先生交往极其密切，不用说见面、信件，他还曾经亲自带着辽教社编辑王之江去南方访书，多次给我们讲解版本知识和选书的标准，还帮助我们请来一大批点校者，如傅璇琮、袁行霈和王学泰等。

除了策划“新世纪万有文库”，杨先生还是语言学专家，他是吕叔湘先生的研究生，在中国社科院语言所工作。我在一九九七年为他出版专著《现代汉语语法理论研究》，他也由此为学术界所了解和看重。我们知道，语言所与商务印书馆合作，编写的《现代汉语词典》非常有名，当时杨先生身处其中，对于词典编纂有许多卓越的想法，因此他经常给我写信或见面讨论，后来我离开出版一线，我们的思考与合作才没能继续下去，此事在我心中留下久久的遗憾。

二〇〇五年，“新世纪万有文库”出版十年之际，《新京报》

用五个版的篇幅采访相关人员。在对杨成凯先生采访时，记者曹雪萍写道：“众所周知，文库的传统部分令杨成凯等专家引为骄傲的，是版本的珍贵，包含一些人间孤本，有些本子更是湮没多年无人知晓的秘本。这种情况在集部和子部最多，用珍善本校勘，这是传统部分最突出的特点，如《天机馀锦》使用的是台北藏明抄孤本。《花间集》以海源阁藏宋本校过，发现四印斋所谓影宋刻本并非实录，特别是宋本首尾缺页，抄补页似出自明刻朱墨本，这才知道李一氓整理本所倚重的所谓宋本，其实上了四印斋本的当。杨成凯说起版本流传旧事，娓娓道来，像讲一段传奇。”每当我想起这段故事时，杨先生那张憨厚的笑脸，又会在我的眼前浮现出来：纯朴、智慧、单纯、热情、充实……时至今日，这一切都不会再有了。

柒拾捌

三老集

所谓“三老集”，是指二〇一一年出版的三本书：沈昌文《八十溯往》，钟叔河《记得青山那一边》，朱正《序和跋》。此事缘起于二〇一〇年，我刚到北京工作，请梁由之先生帮助我策划选题，题目确定为“海豚文存”。他报上来第一套选题，即为几位一九三一年出生的前辈，梁兄提到上述三位，还有流沙河先生；我曾经提到刘杲先生。后来因为种种原因，只确定上面三本，一时颇有影响，“三老集”的名字就此流传开来。书出版后，我在北京三联韬奋中心为沈先生祝寿，来了王蒙等许多名家；此后湖南方面的朋友，在长沙熬吧为钟先生、朱先生祝寿。我们的主题都是提倡向前辈致敬，带来很好的反响。这两个聚会梁兄都参加了。

一晃四年过去，三位老先生都已经八十四岁了。在这四年中，我与他们又做了哪些合作呢？

先说沈昌文先生。自从那次八十岁祝寿活动之后，他就一直埋怨我，他说没祝寿时他还很年轻，祝寿之后他就感觉自己老了。听力下降，记忆力衰退，都怪你们啊。我知道沈公是在“发嗲”，这是他最喜欢的上海话。其实他哪里老了？说几件八十岁之后，他做的大事，就可以见到他气势不减当年。这几年，他与陆灏策划的“海豚书馆”，如今已经出版八十多种，很快会到一百种。这几年，他在郝明义先生大块文化出版自传《也无风雨也无晴》，厚厚一大本，先在海外出版，他还去台湾参加首发式；又在海豚出版社出版大陆版，已经再版两次，快卖到两万册了。这几年，他出版《师承集》，整理出很多珍贵的书信资料原件，上市后立即引起轰动。为了这些著作，他每年八月都要去上海参加书展，做嘉宾讲座，签售新书。今年九月底，他还被胡洪侠先生请到深圳去，接受媒体采访，签售新书，与读者见面互动，几天中忙得一塌糊涂。在为沈先生祝寿的晚宴上，他非常高兴，侃侃而谈，鼻子上都被涂上了奶油蛋糕。

再说钟叔河先生。我对钟先生仰慕已久，上世纪九十年代初就曾经向他组稿，为“国学丛书”撰写《载道以外的文字》。那次没有成功，这次是梁由之帮助我连上这一条线索，圆了旧愿。后来又有杨小洲加盟海豚出版社，他与钟先生关系极好，因此在“三老集”之后，我又接着出版了钟先生的《人之患——为别人作的序》，还有刚刚出版的《千秋鉴借吾妻镜》。几年之间我四次去长沙拜见钟先生，为他做了两场读书分享会。尤其是当面听钟先生讲学问，讲旧事，体悟人生智慧，耳提面命，受益多多，甚至组稿也成了次要的事情。当然钟先生案上好东西极多，我每次去都不会踏空，总会在书稿上有所收获。这一次钟先生拟将他点校的周作人《儿童杂事诗笺释》交给我出版，对于这个版本，我觊觎多年而不得手，钟先生做事举重若轻，临到告别时还叮嘱我说："晓群，我的书稿可出即出，不要为难。"我心里明白，钟先生身为一代大家，谈吐之间，举手投足都值得我辈学习效仿，能在工作之中接受他的言传身教，是晚辈一生的幸事。

还有朱正先生。这次在长沙为钟先生新书搞活动，起初说朱先生不在，后来说他回来了，一定会参加钟先生的活动。能够一并见到"二老"，真让我们喜出望外。在会上我才知道，钟先生《千秋鉴借吾妻镜》八十年代初版，正是朱正先生在湖南人民出版社工作时安排出版的。这一种文化源流，千回百转，都绕不过几位出版大家的身手。我知道钟、朱二位先生手中还有许多好东西，比如他们的书信集，文化价值极高，为此我们也与王平兄交流多次，还希望有机会能为钟先生、朱先生多做一些事情。

柒拾玖

冷冰川

十一月二十六日，冷冰川先生新著《冷冰川墨刻》全集首发式，在南京先锋书店举行，许多名家前来捧场，有汪家明、张立宪、宁成春、周晨、周毅、朱赢椿、王稼句等。这些年我参加此类活动很多，在南京却是第一次。尤其是先锋书店老总钱小华先生亲自接待，亲自摄影，亲自敬酒，整个气氛轻松愉快，人气旺盛，都是难得的场面。厚厚的一册大书，当场卖出五十多本，也让人出乎意料。嘉宾主持人老六（张立宪）大赞此书做得好，他私下对我说："这么好的书，如果预热充分，网上互动，两千册早订空了。"

这次新书发布，能够产生这样的效果，主要有两个因素在起作用。一是冷冰川的画，它确实是独一无二的，辨识度极高，让人过目难忘；许多人都喜欢用冷冰川的画，尤其是一些时尚人士，用它做装饰或收藏，也是一件奇事。还有冷冰川的墨刻作品极难创作，费工费力，三十几年只有一百多幅作品传世。冷冰川说，随着年龄增长，他再创作那些画中细节，有时完全是凭感觉下刀。此次出版按照编年体排列，年年月月，条目清楚，几乎收全了冷冰川的墨刻作品，他也是第一次这样做，因此珍贵，最适合爱好者收藏。

二是周晨先生的设计，颇具大家风范，其中亮点极多，参加发布会的行家都赞不绝口。如封面和内页上的刀痕，切口上的激光打字，裸脊的构造，十年一段的彩色书页隔断等等，多处为设计师的首创，精心组合，达到形式与内容浑然一体。还有许多玄机，我无法一一说清楚。只记得在召开发布会的前夜，上海雅昌才将成品装订出来，会上打开包装，整体设计可谓光彩照人，引来一片赞叹之声。

在先锋书店开会的同时，网上消息传播也已经非常热烈，这缘于文汇报记者周毅的支持。大约在几周前，我将自己为此书写的序言交给周毅看，她也喜欢冷的墨刻画，很快她回复说，此文将冷冰川的艺术说清楚了，是否可以加一个题目“终于得识冷冰川”？周毅太聪明，此题目一言三意：一是说我首次结识冷冰川，二是说我首次出版冷冰川的画作，三是她赞同我对冷冰川艺术的感悟。更重要的是，周毅选在先锋书店首发式这一天，将文章发表在文汇笔会上，同时在网上发出微信公众号。这样的时间，这样的文章题目，这样的作者，这样的画作，这样的装帧设计，一下子引来大量的转载与点赞，两天之内，文汇的帖子已经点击到四千多次。连冰川兄都说：“我的帖子从来没有过这么多的点击和留言。”

此后这段时间里，全媒体对冷冰川的报道一直热度不减，还有苏州诚品书店、北方图书城等，都在与我们商量，策划举办“冷冰川艺术展览”和新书签售活动。

我记得在先锋书店活动那天，天气很冷，大家开玩笑说，是冷冰川的名字带来的寒流。设计师周晨也说，有这样好的装帧设计，还要感谢“冷冰川”这几个字，印在白色的封面上，真有感觉！要是换上别人的名字，就不会产生如此天然巧合、浑然一体的效果。我记得在先锋书店的会上，有人问冷冰川：“您一个南方人，为什么会起这样的名字呢？”

这个名字确实起得好，让冷冰川一生受益匪浅。其实在表面上，冷冰川的画是冷冷的，刻刀是冷冷的，语言基调是冷冷的，甚至随着年龄增长，他脸上的皱纹也是冷冷的。但只有一样不同，那就是在冷冰川的眉宇之间，有一缕祥和之气缭绕，经久不散，那团气却呈暖色。我知道，这才是冷冰川行走世间的根本。

捌拾

北赵南陆

近读刘忆斯书稿《书在别处》，见到其中刘忆斯与董桥先生的一段对话。刘忆斯问："在您这本《董桥七十》中，还有余英时先生因您七十而写的七诗。"董桥说："余英时先生是我的老朋友，老哥哥，我素来敬仰他的人格、学尚、文品，他能为我的这本小书写几个字压卷压惊，让我非常高兴。说到书法，我还是喜欢小楷，我觉得现在要是以小楷论，北京的赵丽雅（扬之水），上海的陆灏，北赵南陆，那是最好的。"

这段话引起我两段联想。一是前不久，有朋友品评《董桥七十》，也谈到余英时的诗，引起董公不悦，让我心中好生难过，还要有机会当面致歉。再一是"北赵南陆"的说法，在此处得到刘忆斯采访印证，也让我想起一些往事。

先说赵丽雅。我知道她的字是在上世纪九十年代，当时我与她因三件事联系，一是辽宁教育出版社在《读书》上做广告；二是我的书稿《数术探秘》在三联出版，她与张锦曾经帮助我见潘振平；三是她的书稿《棔柿楼读书记》在辽宁教育出版社出版，她会写信给我，询问情况。信上漂亮的小字，算是最初的了解。"棔柿楼读书记"书名是启功的字。那时启功题字多，我出版郭书春《九章算术》汇校本，也是启功的字，一章小帖，郭老师交给我，制完版后，也不知哪里去了。《榗柿楼读书记》封面上作为背景的小字，我非常喜欢，其中可以读到："取语甚直，计思匪深。忽逢幽人，如见道心。清涧之曲，碧松之阴。一客荷樵，一客听琴。情性所至，妙不可寻。……"我记得，当时还问过赵丽雅，这段设计是谁提供的，字是谁写的。她回答过我，好像还写下诗句和出处。现在我一时找不到了。

我当时有过想法，希望有机会请赵丽雅将这段文字帮我写下来，但一忙就放下了，后来一直没再提此事。二〇〇九年我进京后，在海豚出版社工作，本想再出几本赵丽雅的书，但我们的实力远不及中华书局、人美社等，合作一直不顺利，前几天赵丽雅给我写过一封信，结果不知道被谁截留去了，至今也没收到。

再说陆灏。我以前讲过，在二〇〇六年六月十二日，我与柳青松去上海开会，晚上八点陆灏请我们到他家中喝茶，我看到他写好多小字，就请他给我写一幅，他说还没练好，再练练，写好了再给你。结果一练就是三年。直到二〇〇九年，陆灏送我一幅字，小楷，很大一幅，我当时正在浙大出版社出版《这一代的书香》，请郑在勇设计，我交给他几封信和字，有温家宝写给苏叔阳的一封信，毛笔写的；还有陆灏的字。郑先生设计时，用了温家宝的信，陆灏的字尺幅太大，没用上，不过他还我原件时对我说，要收藏好，将来陆灏的字会很珍贵的。后来办公室搬两次家，就找不到了。同时找不到的还有董桥的一副对联，是林道群送给我的。最近我的办公室面积超标，第三次搬家时，董公的对联又出现了。同时还出现几件失踪已久的好东西，但陆灏的字还隐藏在一大堆书中，不肯跳出来。

现在陆灏的字已经很难求到了。今年海豚求到两幅，一是沈昌文先生新著《师承集》即将在八月出版，美编吴光前坚持要用陆灏的字做书名，陆灏说他从未给别人写过书名，但老沈的书他推不掉，只好从命。再一是最近王强《书蠹牛津消夏记》在海豚出版，王强提出请陆灏题写书名。王强著文不多，但他声称，每篇文章只交给陆灏发表。三年前我与王强约定，为他出一本书，现在文章够了，几乎都是陆灏经手发表的。他提出请陆灏写一个书名，陆公子也是推不掉的。

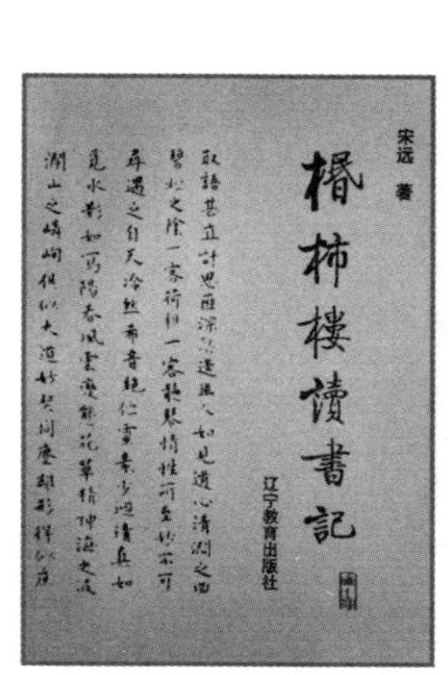

捌拾壹

刘忆斯（上）

作为报人，刘忆斯文字很多，最近海豚出版社即将出版他的新著《书在别处》。这部书稿是他面对海外学者和文化人的采访集，非常好看。我应邀为他做序如下：

多年来业界流传，中国有三大书评版：一曰东方早报之《上海书评》，主持者是陆灏。二曰新京报之《书评周刊》，主持者是萧三郎，继而是涂志刚。三曰晶报之《深港书评》，主持人是谁呢？

晶报名字很帅气，三日成精，辉映两岸三地；它的主编也很帅气，胡洪侠，江湖上称大侠，名号极大，除了沪上毛尖敢碰虎须，其他人都只有点赞的份儿。《深港书评》就是他的创意，定位极好，占了地利，占了资源，占了人气。出刊也与那两家大相径庭，我称它有“三范儿”：洋范儿、港范儿、台范儿，三者混搭，构成深圳独有的“胡范儿”——胡洪侠的“胡”。所以谈到三大评论周刊之《深港书评》，大侠以《深圳商报》《文化广场》起家，搞阅读推广成就卓然。这些年在集团与晶报占位，更是如日中天，一个太阳都不够，要众星捧月，炫目之下，那一众人物都很优秀。那么在大侠手下做《深港书评》主持的，会是谁呢？明知故问——刘忆斯。

忆斯是七〇后，祖籍在东北，他却在山西长大。忆斯外貌：头大、胸阔、体壮；气质温和，甚至有些温柔，还貌似谦逊；谈话音调富于磁性，具有天生的亲和力。尤其是他那双眼睛，用东北话说，叫贼亮！他采访时，专注的眼神，让我时而想起当初央视的王志，还有曾经客串主持的陈丹青。

但这一切都是表面现象，忆斯最重要的气质是什么呢？我认为是骨子里的傲气。我喜欢这样的气质，尤其是年轻人，没有点傲气，何来自信心，何以立足于世间，何以抵御来自各方面的压力呢？记得我在辽宁教育出版社当社长时，曾经提出三点治社方针，一是淡化人际关系，二是杜绝把“能挣钱么”挂在嘴上，三是培养绅士风度。当时就有人问：“绅士是什么风度？”我回答：“我的理解是平等、平和与骄傲。”后来有领导对我说：“晓群，辽教社的人都让你教坏了，没大没小的，都敢跟领导争辩。”但我喜欢这样的氛围，所以我喜欢忆斯骨子里，那一丝丝隐含的傲气。

回到主题。我六年前来北京，后来与大侠交往甚密，进而得识忆斯，有五年了。为他写文章，与他聊天、解疑、喝酒、吃烤肉，可以回忆的事情真的不少。重要的印象是什么呢？

首先我想到，忆斯是一个孝子。中国男人的最高境界是什么？所谓修身、齐家、治国、平天下，我觉得，最有人情味的境界，是父慈子孝，此为做人的根本。前些年忆斯父亲病重，直到去世期间，他一直在深圳和西安两地跑来跑去。父亲去世后，他经常陪伴母亲。那一种真情流露，是装不出来的。尤其是我在微信上见到，他陪在父亲的病榻前，夜深人静，捧着一本书在读，还倾听父亲讲他过去的读书故事，见到那景象，我确实要落下眼泪。因为那样的事情我也经历过，家中的老人病了，我白天上班，晚上去医院陪护。每到深夜，我捧着一本书，在医院走廊中借着灯光阅读，耳朵还要倾听着病人的呼吸声。那时我三十几岁，工作压力大，家庭负担重，确实很累。但现在想起来，那种辛苦是人生最大的幸福，错过了那个时日，再想尽孝都不可能了，“子欲养而亲不待”，那是多么难过的心情啊！所以我想，忆斯的父亲一定是一位慈父，传承下来，他也是一位慈父。生活的美好，心地的善良，为人的坦诚，都在这里孕育。

捌拾贰

刘忆斯（下）

其次我想到，忆斯是一个才子。读书多，读西书多，读怪书多。多到什么程度呢？有没有大侠读得多呢？没比过，但若读得不多，何以学经济的出身，获得大侠如此青睐呢？当然读书也不可盲目，其中也有智慧。忆斯的智慧表现在四个方面：博识、慎思、善辩、敏锐。在这里我不一一述说，单说敏锐一项，却是报人首要的功夫。忆斯敏锐的表现很丰富，在这里我也不一一述说，单说他为文章开列题目，实在是报界一绝。比如这一部《书在别处》，汇集他采访海外作家、学者的文章，其中一大特色，就是大标题、小标题起得真好，既点明主题，又吸引眼球，称得上高手所为。像李长声何以久居日本？题曰“满足我对于中国古文化的想象”；李欧梵对于中国的印象？题曰“我心里的中国就是唐朝”；董桥对于语言的感受？题曰“普通话听起来就很革命”；李敖对于微博的评价，题曰“微博有点像厕所文化”。多好的题目啊，这其中融入多少人生智慧啊！忆斯正是这智慧的捕手，同时他自身的智慧、格调、眼光、好恶，一并融入其中。

我在晶报写过一些文章，有约稿，有投稿，有访谈，确实也领教过忆斯的才气。比如有几篇文章，都是忆斯帮助我改的题目：我为毛尖著作《我们不懂电影》写序《说毛尖》，他改为《让我惊呆呆呆了的毛尖》；我写法兰克福书展，题目叫《美因河畔谈中国出版》，他改为《美因河畔的梧桐树叶第十次黄了》；我写深圳，他起名《深圳真的那样有文化吗》。实言之，我确实很喜欢这样的改动，有灵气，有感觉，有时代感，还有旧报人的风度。

最后我觉得，忆斯还是一位有赤子之心的人。如今叫“正能量”，这个词有些俗气，借用一下，忆斯组织的版面，却是满满的正能量。他采访那么多大学者，敏感人物，当代优秀的知识分子，但他的思路更看重对人心灵的挖掘，不是在愚弄受访者，也不是在强奸阅读者。说到记者采访，我曾经上过当，被人套出私下的观点，强行发表出去。但我相信，在忆斯身上，不会发生那样的事情。即使是逸闻旧事，也要写得大气、正气，不强求猎奇、标题党，蒙骗读者，丑化受访者。还有把握政治话题，是忆斯的出众之处，他有思想深度，不为时势左右。当然，在这里我也看到胡洪侠的影子。办报纸副刊，这点功夫最重要，许多报纸靠这一点存活，许多报纸在这一点上死去。忆斯做得可能不是都好，但读《书在别处》，我觉得他有这个能力。

我阅读此书时，感到忆斯猎取的人物让人喜爱，并且他的采访有深度、有趣味、有个性，内容健康，与众不同，超乎想象的好看。通常我不大喜欢看采访文章，原因是文体断断续续，再有采访者的水平高低，往往会影响文章的质量。忆斯的采访言之有物，文章完整连续。所以我赞扬他的真诚与功力！这些年忆斯留下文字不少，这一册小书结集出版，可能只是一个开端。

以上是我为刘忆斯新著《书在别处》写的序。补充几句，近来海豚出版社出版小精装，逐渐吸收几位“七〇后”“八〇后”的作者。像刘忆斯，他是“七〇后”，与前面的知识分子比较，他的生存方式和知识结构，已经发生了巨大的变化。我总结他们的共性特点，主要是在独立性上，独立思考，独立生存，独立做事，在自觉与不自觉间，总与社会保持一段距离；或曰有审视社会的能力，而不完全为社会所裹挟；无论拥护什么或反对什么，都有自己的思考与判断。刘忆斯的这部书稿，确实是“七〇后”一个不错的样本。

捌拾叁

吴兴文

吴先生是台湾人，一生做出版，同时是藏书票收藏家和版本专家；曾撰写台湾地区《每月文学新书》专栏十五年，主编台湾地区《出版年鉴》《书香月刊》等。他在上世纪九十年代来到大陆，为台湾远流出版公司工作，同时涉足文物研究与收藏。

回想一九九六年四月四日，沈昌文先生陪伴吴兴文来沈阳，为爱书人俱乐部做讲座，题为“我的票趣”，讲的是藏书票。吴先生是专家，他收藏欧洲十七、十八世纪珍稀藏书票，许多是罕见精品；并且他发现了中国首枚藏书票——关祖章藏书票。那时我对此知之甚少，正是吴先生的讲座启蒙了我，后来又为他出版大陆第一本相关的书《藏书票世界》，从此成为一生的好朋友。

随着吴先生名声日隆，找他做事的人越来越多，而我当时所在的出版社地处沈阳，联系不便，因此我们合作的机会有限。后来他为几家有名的出版机构策划过许多好书，他自己也出版了许多著作，诸如《票趣·藏书票闲话》《图说藏书票：从杜勒到马蒂斯》《我的藏书票之旅》《书痴闲话》《我的藏书票之爱》和《藏书票风景·收藏卷》等；在文物收藏方面也很有成就。

二〇〇九年我来到北京海豚出版社工作，五年后我又与吴先生开始合作。我请他来到海豚社做特约总编辑，帮助我策划选题，同时出版他的个人著作。一晃一年多过去，我们主要做了三件事：

一是出版他的一本小书《书缘琐记》，这是我为他出版的第二本书，封面用威廉·莫里斯的经典图案，布面印装，极其精美。二是由吴先生主编“海豚启蒙丛书”，此套书的主旨是淘选近百年来，散在海内外的名家作品。目前第一辑出版八册，有《春申旧闻》《春申旧闻续》《春申续闻》《狂流》《史学与世变》《民国名人的爱情》《右任文存》和《从异乡人到失落的一代》。这些书名声很大，在旧书市场上卖得很贵。吴先生是版本专家，他有本事将它们找出来，聚拢起来，奉献给读者。三是我们正在请吴先生做一个古代丛书整理的大工程，一套书有数百部之巨，目前已经开始制作，明年一季度会奉献给读者。

算起来吴先生比我小一岁，也是快六十岁的人了。但他每天还在读书、访书、编书，写专栏文章，接受记者采访，活得很累也很充实。如果有人问，吴先生除了文化生活，他一生最大的爱好是什么？我觉得是酒。许多人写过他爱酒，我也写过。翻开我的编辑日志《一个人的出版史》，其中记录吴先生，总会谈到酒、爱酒与醉酒。其实这也没什么，人无癖不可与交，有癖好的人才有故事。

比如我在一九九六四月四日写道：“经沈昌文介绍，台湾出版人吴兴文来沈阳，为爱书人俱乐部讲‘我的票趣’。吴先生初次来中国，显得很单纯，他热爱出版，热爱藏书票，还爱酒。来东北之前，沈先生大概并没有向吴兴文介绍东北人豪饮的习俗，所以一见面他就说，在大陆喝酒从未遇到过对手。他的酒量也确实很大，我是干不过他；但他的狂放却激怒了我们出版社的另一位同事王玉林。吴兴文做讲座的那天晚上，会场气氛很好，大获成功。讲完后吴先生很兴奋，我们一起去喝酒，结果他与王玉林较上了劲，直至喝得不省人事，王亲自把他送回酒店。第二天早晨，我问吴先生怎么样？他说：‘很好。就是酒店的电话总响，没睡好觉。’我们笑着说：‘你当时烂醉如泥，被放在床上。我们怕有事，就让酒店服务员每隔一小时，给你的房间打一遍电话，听到你接电话的声音，就证明没事了。’”

捌拾肆

海昏侯

近来挖掘海昏侯墓，出土器物极多，一时引人注目。确认墓主人，不断提到刘贺名字，让我想起自己这段时间读《汉书》，其中见到刘贺故事不少。

刘贺是昌邑哀王刘髆之子。刘髆是汉武帝刘彻之子，被封为昌邑王，他死后，时年五岁之刘贺成为第二位昌邑王。汉昭帝驾崩，因无子，刘贺被拥立为帝，成为西汉第九位皇帝，也是西汉史上在位时间最短之皇帝。他在位仅二十七天，据称其受玺期间，荒淫无度，不保社稷，做了一千一百二十七件荒唐事。结果霍光等大臣禀告皇太后，刘贺被赶下台。他带来的二百人中，只有三位正直之人活下来，其余全部被杀；他本人被赶出京城，依旧回故地巨野做昌邑王。刘贺被废黜几年后，新君汉宣帝继位，封刘贺为海昏侯，不久他却再次与人谋反，受到处罚，三十四岁即含恨而死。

以上为史书所谓正面记载。细读《汉书》可以发现，刘贺在位时短，故事却极多，离奇之事累现，从中不难发现许多疑点。比如说刘贺如此昏聩或骄奢淫逸，是否真实？他称帝二十七天被废，其真正原因是什么呢？他在称帝二十七天中，能做一千多件荒唐事，是否有些离谱？可以说，那一次宫廷变故，原因一定不会那么单纯，历史记载一定经历过政治干预与修饰。当然古史遥远，悠谬难稽，但在诸多历史记录中，还是会泄露出一些信息，我们起码可以从某些枝节故事中，窥见到一些耐人寻思的事情。

其一，《汉书·眭两夏侯京翼李传》记载，刘贺继位后，天气连阴不雨。有一天刘贺要出行，光禄大夫夏侯胜阻止说：“天久阴不雨，预示臣下有谋上者，陛下不要出行吧？”刘贺大怒，将夏侯胜关了起来。当时正在策划废掉刘贺之大将军霍光听闻此事，大惊失色，赶紧提审夏侯胜，问他是怎么知道“有大臣谋反”？夏侯胜说，他是通过研读《洪范五行传》，推算出来之结果。霍光读罢此书，“大惊，以此益重经术士。”

其二，《汉书·五行志》记载，刘贺做昌邑王时，就有许多怪事出现。比如：见到有怪鸟落在房子上；见到狗无头，有三尺高；见到熊向他走来，身边之人却看不到；刘贺座位上无故沾染上血污；刘贺做梦，梦见院子里石头下，都是苍蝇屎。再如刘贺喜欢制作各种帽子，送给别人带，违反礼制。还有一天，有一只大白狗跑到厅堂中，头上戴着一顶方山冠，而且没有尾巴。方山冠是乐舞之人所用服饰，帽子上面绣着五色彩带。对此，汉儒有两条解释，一为预示着刘贺身边小人太多；再一为刘贺将要断绝后代，祖坟不保。关于刘贺，此类荒诞传闻如此之多，我想也有背景。

其三，《汉书·霍光金日磾传》记载，刘贺继承帝位，“既至，即位，行淫乱。”于是霍光就开始策划废掉刘贺。为此，他们请出皇太后执法，将刘贺请到太后住处，只让他一人进入，随从都被挡在门外。他们历数刘贺过失之后，由太后宣布废帝。此处记载，刘贺只说一句话："闻天子有争臣七人，虽亡道不失天下。"霍光顶了一句："皇太后诏废，安得天子！"抢下刘贺手中玉玺，交给太后，扶着他出去。群臣送到金马门外。刘贺面向西方下拜说："愚戆不任汉事。"霍光哭着说："王行自绝于天，臣等驽怯，不能杀身报德。臣宁负王，不敢负社稷。愿王自爱，臣长不复见左右。"接着霍光将刘贺随从二百余人全部诛杀。行刑时他们喊道："当断不断，反受其乱。"

捌拾伍

最快的一年

二〇一五年，我五十九岁了。网上有一个段子叫《人的一生就这样从一岁到一百岁》，其中写道："一岁：不讲话，让大人不知道我想什么"；"十岁：隔壁班的女生，为什么还不经过我的窗前"；"二十四岁：本命年，随时准备倒大霉"；……荒唐！但我还是记住了那句断语："五十九岁：一生中过得最快的一年"。

说这一年过得最快，当然是因为一个人年近六十岁，快到法定退休年龄，面对这次变化，无论是欢欣还是感伤，焦虑的情绪，都会从心底汩汩涌来，为你带来时间快进的感觉。其实那只是一种幻象，在寻常世界中，时光运行始终是一个常量，生活始终在均匀地流淌着。古人云"光阴似箭催人老，日月如梭赶少年"；还有"红了樱桃，绿了芭蕉，时光最易把人抛"。这样的观念与我们一生相随，如果这也算焦虑，那五十九岁的情绪，就会显得不那么重要，甚至有些庸人自扰了。所以在这一年之中，快的感觉，并没有扰乱我的生活节奏，一切都按部就班，依然故我。

这一年，我的团队出版了许多难忘的书：沈昌文《师承集》、钟叔河《千秋鉴借吾妻镜》、陈子善《张爱玲丛考》、吴兴文《书缘琐记》、胡洪侠《非日记》、梁由之《天海楼随笔》、冷冰川《冷冰川墨刻》、王为松《文字的背影》、周立民《闲花有声》等。还有丰子恺、幾米、林海音的书，“海豚启蒙丛书”，以及许许多多的童书。而在这一年，最让我兴奋的项目是蔡志忠漫画的到来。自从五月间，我去杭州西溪湿地拜访蔡先生，我们以最快的速度、最高的效率，开始了蔡志忠漫画的整理与出版工作，年终盘点，竟然有《蔡志忠漫画》国学启蒙注音版、文库版、怀旧版和《光头神探》等二十几本书上市，后面还有近百种作品在制作中。我们常说，蔡先生是神人，是创作奇才，而我们能够努力跟上他的脚步，也是这一年我的团队最大的收获。当然在这一年中，我们即将完成最重要的工作，是对海豚出版社的股份制改造，此事成功在望，这是我一生追求企业创新的一个重要节点。

这一年，我自己有两本作品面世:《精细集》和《一个人的出版史》。近几年，我陆续有一些小书出版:《前辈》《蓬蒿人书语》《那一张旧书单》和《可爱的文化人》等。但这一年确实有些不同，尤其是那本《一个人的出版史》，它为我带来两段非常难忘的故事。一是梁由之为我写的序言，其中写道:“老江湖，真性情，敢用人，能放手，有理想，有追求，有真爱，有干劲，有气魄，有度量，酒量大，酒品好。喜欢读书、写作，真懂且爱文化。尤其善于组织大项目，打大战役。英华内敛，气定神闲，身材魁梧，笑容可掬，像一尊佛。温文尔雅，彬彬有礼，网上应答甚至会给人‘老好人’之类的错觉。其实，这厮曾经沧海，阅尽世相，外表温润且圆融，内心强大而骄傲。重感情，与人为善。对前辈尊重体贴，对平辈推心置腹，对晚辈提挈关照。”再一是这一年，我被深圳读书月评为“年度出版人”，那段致敬词写道：“……从煌煌千卷的‘新世纪万有文库’到《万象》杂志，再到海豚丛书，俞晓群以他编的书刊和因他而聚集的人文能量，影响了中国数不清的读者。他从业三十余年的成长记录，在二〇一五年汇聚成三卷本新书《一个人的出版史》，折射出改革开放后中国出版业乃至一个时代广阔深邃又丰富复杂的面貌。”上述两段评语，多有溢美之词，实不敢当，但心中还是感怀那种真诚的鼓励，使我的五十九岁，果真有了不同的感受。

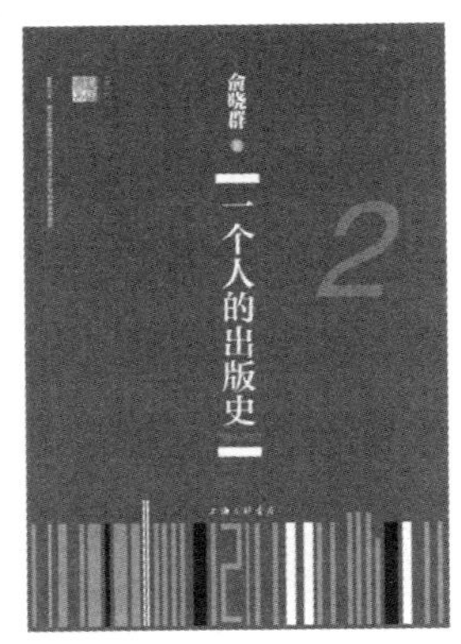

捌拾陆

人书俱老

这些天整理二〇一五年文稿，大体有三部分文字：一是读二十五史《五行志》阅读笔记，为东方早报上海书评写专栏《五行占》；二是为《深圳商报》继续写专栏《我读故我在》，已近百篇；三是其他闲散文字，有报纸、杂志应时文章，有人物专论，有为朋友和自己著作写的前言后记等，也有十余万字。

现在“五行占”与“我读故我在”两部书稿都已经整理好；而对于那些闲散文字，我整理时却发现，这部分内容最为有趣，其中许多故事让我难以忘怀。

其一是关于《鲁拜集》，我在二〇一五年年初，出版英国人谢泼德著作《随泰坦尼克沉没的书之瑰宝》，此书专门介绍在泰坦尼克沉船上，有一本世界上最昂贵、最美的书《鲁拜集》，桑格斯基设计制作，它随着沉船落入海底。我为《鲁拜集》故事痴迷，一年中出版《伦敦的书店》、《鲁拜集》笔记本和《鲁拜集》影印石刻版等书，还希望未来能出版《鲁拜集》更好的版本，最终把沉船中的那本《鲁拜集》复制出来。但是关于桑格斯基的《鲁拜集》，有一个不祥的传说，一直在我心头缭绕，那就是它会给人带来灾难。比如桑格斯基，他在泰坦尼克沉船不久，也因故溺水身亡，时年三十七岁；三十年后，继承者布雷再造出此书，又被德国人烧毁。所以当我动了复制《鲁拜集》的念头之初，就有知情的朋友劝我别做这件事情。需要说明，桑格斯基《鲁拜集》的制作难度有一个标志，即封面上的孔雀数量。一只孔雀是最低端的版本，三只孔雀是顶级作品，泰坦尼克号沉船中的那本即是。二〇一五年，我复制了维德一只孔雀的版本，还用桑格斯基两只孔雀的线图，制作了一个金碧辉煌的笔记本。下一步，三只孔雀的《鲁拜集》，做还是不做呢？这是一个问题。

其二是关于齐格蒙特·鲍曼（Zygmunt Bauman），他是波兰籍犹太人，一生著述六十余种，目前已经年近九十岁，依然笔耕不辍。去年我应朋友之邀，写了四篇相关文章：《鲍曼：文化的是与不是》《时尚，人类社会的永动机》《全球化，现代性追求的挽歌》和《人口过剩，富人还是穷人》。回顾这些内容，对照眼下世界大势，我经常为鲍曼的两个观点而惊叹，一个是预言，他说全球化移民和难民潮，最终必将摧毁人类所有的现代性追求。再一个是理想，他的夫人雅丽纳·鲍曼说，在内心中，鲍曼一直是一个社会主义者。但有人问鲍曼："你从马克思那里得到了什么？"他回答："我得到这样一个信仰，即人类的潜能是无限的，它永远不会得到完成。"

其三是这一年，我竟然为别人的著作写了十三篇序言，有周山、梁由之、冷冰川、王强、杨小洲、祝勇、王为松、孙德宏、丁宗皓、王志毅、张国际、眉睫和刘忆斯。年终搁笔，我声称差点累吐血。陆灏开玩笑说："二〇一五年出版界两件奇事：中华徐俊写书名，海豚晓群写序言。”

现在，我将这一年的闲散文字整理成册，起个什么名字呢？我问杨小洲：叫《花甲集》如何？他说太俗气。我问叫《杖乡集》如何？语出《礼记》：“五十而杖于家，六十而杖于乡，七十而杖于国。”他说太暮气。我又问叫《人书俱老集》如何？语出唐代孙过庭《书谱》：“初谓未及，中则过之，后乃通会，通会之际，人书俱老。”他说太老气，还是叫《人书未老集》吧。我却很喜欢“人书俱老”一词，虽然这里的“书”是说书法，意思却是相通的。只是讲到“通会之际”，我却有些不敢当，显然这里的“老”不仅是说岁月，更是说人与书的日臻老到，它正是我一生追求的境界。

捌拾柒

食野之蒿

二〇一五年十月五日，瑞典卡罗琳医学院在斯德哥尔摩宣布，中国女科学家屠呦呦，因为开创性地从中草药中分离出青蒿素，应用于疟疾治疗，获得本年诺贝尔生理学或医学奖。

此消息一出，举国兴奋，疑问也随之而来。诸如：这是个人创造还是集体贡献？这是奖励中医学还是奖励新药发明者？屠先生受东晋葛洪《肘后备急方》启示，改水煎为绞汁获取药物，有那么重要吗？对于此类争论，我且读且过。

但有一个问题颇为有趣，那就是有观点指出：青蒿素中的青蒿，不是植物学中的青蒿，而是中医学中的青蒿；植物学中的青蒿，不是中医学中的青蒿，它不含青蒿素；中医学中的青蒿，是中医学中的黄花蒿；中医学中的青蒿和黄花蒿，是植物学中的黄花蒿；只有植物学中的黄花蒿，也就是中医学中的青蒿和黄花蒿，才能提取“青蒿素”，它具有治疗疟疾的功效。那是谁搞混了这个概念呢？原因有二：

一是植物学中的青蒿一词使用不当；再一是因为蒿类家族成员繁多，早在《诗经》中就提到多种，所以长期以来，人们分辨蒿子种类一直很难。比如诗句：“呦呦鹿鸣，食野之蒿。”五代后蜀《蜀本草》作者韩保升说，这里的“蒿”，就是青蒿。根据何在呢？没有。

明代李时珍《本草纲目》集前人之大成，他说青蒿与黄花蒿是两种蒿子，一为香蒿，一为臭蒿；但根据上面观点，它们应该是同一种蒿子，即植物学中的黄花蒿。当然李时珍的观点也值得回味，首先他统称青蒿与黄花蒿为草蒿；其次他给出两段鉴别青蒿的论说，语式均为问句。一是沈括《梦溪笔谈》：“青蒿一类自有二种：一种黄色，一种青色。《本草》谓之青蒿，亦有所别也。陕西银绥之间，蒿丛中时有一两窠，迥然青色者，土人谓之青蒿。茎叶与常蒿一同，但常蒿色淡青，此蒿深青，如松桧之色。至深秋余蒿并黄，此蒿尤青，其气芬芳。恐古人所用，以深青者为胜。不然，诸蒿何尝不青？”再一是李时珍：“晏子云，蒿，草之高者也。按《尔雅》诸蒿，独菣得单称为蒿，岂以诸蒿叶背皆白，而此蒿独青，异于诸蒿故也？”

本文按下上述不表，再看几段李时珍讲中医学中的青蒿药用价值。他说青蒿又称草蒿、方溃、菣、犼）蒿、香蒿，可以治疗很多疾病，其中有“治疟疾寒热”一项。他还说青蒿的叶、茎、根、子四者均可以入药，但引南北朝《雷公炮炙论》作者雷敩说法：“使子勿使叶，使根勿使茎。四件若同使，翻然成痼疾。采得叶，用七岁儿七个溺，浸七日七夜，漉出晒干。”此中提到童子尿，而在李时珍诸多附方中，多处有用童子尿五升煎服、用童子小便浸三日、用健壮人小便浸用之的说法。其中还有一剂“青蒿散”，在三月三日或五月五日，采集青蒿花或子，阴干为末，“久服明目，可夜看书”。

另外，李时珍还提到许多有药用价值的蒿子，略记于下：一是茵陈蒿。主治风湿寒热邪气等。白兔食之仙。二是黄花蒿，又名草蒿、臭蒿。治小儿风寒。三是白蒿，又名蘩、由胡，蒌蒿、蔏。可以杀河豚毒。四是角蒿，治口疮。五是茵蒿，又名莪蒿、萝蒿、抱娘蒿。可以破血下气。六是马先蒿，又名马新蒿、马矢蒿、练石草、烂石草、虎麻。利水道小便，治恶疮。七是牡蒿，又名齐头蒿。充肌肤，益气。八是艾，又名艾蒿、冰台、医草、黄草。九是千年艾，云云。

李时珍说：“千年艾，其根如蓬蒿。”我对“蓬蒿”一词颇有兴趣，曾开专栏《蓬蒿人书语》，语出李白诗：“仰天大笑出门去，我辈岂是蓬蒿人。”在中医学中，蓬蒿是什么蒿呢？我在《本草纲目·菜部》找到蓬蒿，它是茼蒿释名，这也让我想到蒿子秆。

捌拾捌

阅读八问（上）

那天有媒体书面采访，针对出版与阅读的关系，向我提出八个问题，也是许多读者想知道书本背后的一些事情，希望我能站在出版人的角度予以回答。

其一，出版人与读者是怎样的关系？我答：一是服务关系，出版人万万不能有居高临下的念头；二是纽带关系，你有责任和义务帮助读者找到好的作者与作品；三是朋友关系，你必须有与作者沟通的能力与渠道。

其二，一本书出版的标准是什么？对于纸质书存在形态，您持一种怎样的态度？我答：出版也不要过于神圣化。对于出版商而言，出书要考虑商业价值；对于国家政体而言，出书要考虑时事政治；对于文化而言，出书要考虑高雅与低俗之分。但是对作者而言，约束力就会很少。上述几点的恰当结合，最终构成出书的标准。我曾经说过，出版是一个经验产业，当你通过师徒传承和文化传承，将上述约束条件熟稔于胸的时候，你遇到一个选题，就会拿出自己的判断。所以我觉得，一本书是否值得出版，作者因素、出版人因素和偶然因素都占有很大的比重。为了避免失误，上述“两个传承”就显得尤为重要了。对于纸质书的存在，我一直抱有乐观态度，因为它不是一个简单的阅读载体，它还是一种习惯，一种文化，一种艺术，一种独具魅力的生活方式，它的许多文化功能具有不可替代性，还具有顽强的生命力。比如近两年来，我一直在考察西方书籍装帧艺术的状况，我发现，电子书的出现对这一门传统艺术，非但没有产生任何负面影响，反而在某种意义上，将它们的艺术价值激发出来，使之有了复苏和欣欣向荣的迹象。

其三，这些年媒介革命风起云涌，传统出版似乎步入夕阳产业的困境。是这样么？我答：三十年风云变幻，就媒体而言，究竟哪些事情在变化，哪些事情没有变化呢？我认为所谓变化，是载体在变，变得更丰富、更多样化、更难以把握了。这种变化一定会带来一些传统媒体的变化，或者继续坚守、继续生存，或者融入新媒体，或者改造表现形式，或者死亡。比如时事类载体、实用类载体、即时性阅读载体等，逐渐被新兴媒体所替代，相应的传统媒体迅速式微或走向灭亡。那什么没变呢？我认为“内容为王”的基本点没变。即使有千变万化的形式创新，依然离不开内容创新的基本点。

有了这样的认识，在面对复杂多变的形式，我们就不会产生过度的慌张，就不会走极端化，好像新媒体就是好的，传统媒体就没有希望了。其实两者的生存空间都存在着，关键是我们要找到他们各自的优势，找到他们各自的存活点。今日世界的各行各业，处处都是拐点，处处都是危机，而且处处都有机会，传统与新生之间并不是绝对的矛盾体，双方都包含着生与死的因素，只要我们恰当把握，我们的事业就会立于不败之地。至于二〇一五年，出版业最大的变化，就是人们发现，电子书并没有像传说那样飞速增长，电商也没有独霸天下；纸质书没有那么悲观，甚至实体书店也没有纷纷落幕，而且还有新兴的迹象。这样的现实提示我们，要保持头脑清醒，认清自己的优势，找到发展的机遇。不能盲目悲观，也不能盲目乐观。我们的立足之本是什么？我认为就是内容提供商的定位，它是可以跨时代存活的，它是可以跨行业、跨领域通吃的。当然制作优质的纸质书，在外在形式上突破，也是十分重要的。

捌拾玖

阅读八问（下）

其四，对比上世纪八十年代文化热，你认为当下状况如何？我答：当下与上世纪八十年代的文化热、阅读热比较，有可比性，也有不可比性。所谓不可比性，那时是十年“文革”刚刚结束，文化破坏是全方位的，当时的流行词叫“积重难返”，人们非常悲观。而如今的文化市场，无论在图书的数量上、质量上、社会环境上，还是在阅读水平上，都不可同日而语。如果说上世纪八十年代高明，主要表现在启蒙、重建与热情三个方面。那个时代的历史贡献有目共睹，让人尊敬。而如今，经济的发展反作用于文化的发展，繁荣是空前的，问题也是存在的，但与上世纪八十年代的问题已经大不相同。比如在商业化、市场化方面，阅读与出版的文化属性已经受到极大的冲击，人们不再那么单纯、那么理想化、那么情绪化，而个性化、小众化、多样性与复杂性成为主流。但就本质而言，我认为阅读的意义始终没有改变，那就是说，全民阅读是一个族群进步与成熟的根本标志！

其五，怎样阅读才能使自己增长智慧，而不成为一个书呆子？我答：前一段时间，我给一位“八〇后”学者的书写序，其中谈到身为一个出版人、文化人和学者，我的学习经验是什么呢？我总结出：跟张元济学做人，跟王云五学做书，跟胡适学做学问，跟陈原学写文章，跟沈昌文学做事，跟范用学做书人，跟钟叔河学做杂家。取长补短，博采众长，做起事来就不会成为书呆子了。当然这只是一种方法，每一个人的情况不同，选择的学习对象就会不同。

其六，你怎么看待网络化、碎片化阅读？它们会冲击有价值的传统阅读吗？我答：这确实是一个很现实的问题。其实碎片化阅读也有两方面的意义，一方面它打碎了传统阅读的模式，使预设的阅读框架失去了作用，使导师失去了独尊的地位，使阅读者精神分散，随意性、盲目性剧增等。但好处也是有的，现在的年轻人知之甚多，成熟很早，独立性强，个性意识凸显等，都是与我们当下的阅读环境相关。面对这样的环境，我们与其悲观地担忧，不如积极地寻找解决方案。我觉得态度最重要，任何环境都会产生好与坏的结果，关键是走什么路。比如我的态度，就是拥抱碎片化阅读，让它为我所用，而不是抵制它、诋毁它、恐惧它。对待年轻人，也应该这样，关键是帮助他们打好基础，提出好的建议，至于如何阅读，传统还是时尚，完整还是碎片，那是第二层的事情。

其七，许多报纸阅读版都会经常给读者推荐好书，为读者开列参考书单，对此你怎么看？我答：推荐书单只是一个参考，正面意义很大，负面意义也不小。读者还要有独立思考，结合自己的情况选书，不能盲目相信专家和媒体。专家与媒体也要在做好这件事的同时，提升自己的诚信度、责任感和行业自律，关键是要有业界良心，不能掺杂太多的商业因素。

其八，作为一名出版人，您自己是如果选择阅读对象的？最近你在读那些书？我答：最近我在温习旧日经典，重读黄仁宇《万历十五年》，以及“负面乌托邦三部曲”；为了写作，我在读二十五史《五行志》；为了应邀写序，我在读张冠生、周立民等学者的书稿。我也向媒体推荐过我编的书，像沈昌文《师承集》、陈子善《张爱玲丛考》和谢其章《佳本爱好者》等。至于眼下众多书单，我比较看重：深圳读书月评选的“十大好书”，商务印书馆和中华书局自我评选的好书，中国图书评论学会年选的“中国好书”。

玖拾

另类出版

大凡正常出版，人们都在追求印数大，谁出书不想多印一些呢？使之能与更多的读者见面，使作者得到更多的版税，同时也得到更大的精神满足。但也有一些出版人，他们的追求恰恰相反，不是数量大，而是数量小。

我初闻这种观点，还是在二〇一一年。那时杨小洲先生策划“书房一角”丛书，在岳麓书社出版，在第一辑五册中，有我一册《蓬蒿人书语》。开机付印时，小洲坚持只印一千册，而其中扬之水、陈子善和胡洪侠等人的著作，一般都会卖到一万册以上。当时我们都不理解小洲的用意，我还问过他，为什么不能多印一些呢？他说：“我为这套书的定位是收藏品，印数越少越值得收藏，装帧越精致增值越快。所以不但不能多印，最好也不要加印。”他为这套书设计了小版芯，厚书脊，仿皮精装，封面材料又是红色，又是绿色，切口又是光边，又是毛边。如今这套书在旧书网上，已经炒到近千元一套。

实言之，当时我确实认为小洲太任性，甚至是胡闹，哪有如此离谱的出版观念呢？两年后，小洲又做了“书房一角”第二辑，那设计更离谱了，正文竟然用中国传统线装书蝴蝶装版式，封面却是西装书设计，内外中西结合，让常人难以理解，实在是书中的奇葩。小洲为这套书做了三十册真皮本，至今待字闺中；在我的劝说下，他还做了五千套普通精装版，卖得不错。

可是没过多久，我在自觉不自觉中，竟然也走上了追求低印数之路。比如，《董桥七十》真皮版，只做五百册，全部以两千至五千元拍卖；《鲁拜集》仿真版，毛边编号五百册，真皮版只做十册，拍卖三册，每册拍到五千元以上；《爱丽斯漫游奇境》，真皮纪念版，只做二十册；王强《书蠹牛津消夏记》真皮版，将用四种颜色的小牛皮，每种只做一百册，只拿出十册拍卖，其余作者定制；《丰子恺全集》五十卷，定制特装版五百册，拟用中国传统扎染布艺做封面材料，编号销售。目前，这已经成为我做出版的重要内容。

试问，我这样做是否也有胡闹之嫌呢？没有啊。近些年，我们多次考察欧洲的特装书产业，几百年来，那里有一大群人都在持续不断地做着此类事情。比如有一对英国夫妇，他们一生只做了三十几本特装书，每种书只做一本，大多是为皇家和一些大家族定制的《圣经》《家族史》等著作。另外，近日为了出版《书蠹牛津消夏记》，我经常与作者王强先生交流，他是收藏西方经典著作的大学问家，见多识广，甚至牛津大学都聘请他做终身院士。他说收购图书时，每次出手，都会很关心该书的版次和印数。当初印得多的书，收藏价值就会下降；印数越少的书，其收藏价值越高。

如果与通常的出版行为比照，我们可以说，上述行为是一种另类出版。当然它的另类，不仅表现在书的数量上，还表现在其他方面。比如通常的出版追求降低成本，而上述另类出版却追求提高成本，因为成本越高，产品的价值越高，增值空间越大。那么，我们会在哪几方面提升成本呢？一是材料，要用最好的纸，最好的油墨，最好的皮革。二是工艺，要在书装中融入个性的艺术气质。三是创新，我们最近为了仿制西方手工烫金技术，连印钱币的技术手段都用上了。

另外，此类书的另类表现，还体现在书价上，定价要高。其目的不仅在赢利，还要彰显出一种特质，一种与众不同。当然如果将其投放到拍卖行，它的价格就更加离谱了。总之，这一类出版充满了挑战性与趣味性，那种体验，完全不同于我们通常的出版行为。

玖拾壹

晓聃书院

早在二十多年前，我的事业正做得红火，心中却已经有了办一个书院的想法。随着年龄的增长，这样的念头非但没有减弱，反而愈加强烈起来。尤其是在六年前，我来到北京做出版，日积月累，不觉又做了那么多好看的书，结识那么多才华满满的儒雅之士，于是最近一段时间，我二十年前的那段想法，又渐渐地冒出头来，很想在海豚出版社麾下，成立一家子公司，打出某某书院的旗号，冠以某种学派的名目，以求多年积累的资源有所利用；再由此及彼，与天下同道共谋，开辟一处出尘超逸的净土。

那么取个什么名字呢？我内心中比较喜欢道家思想，于是我开始围绕老庄找寻名目。叫老子书院如何？显然不行，歧义太多。叫李耳书院如何？也不行，他会勾起我旧日的一些感伤。叫老聃书院？暮气。叫小聃书院？小气。思来想去，最终我想起自己的名字，小时候我叫俞小群，后来自己改变了一个字，即“以晓换小”，才有了如今的名字。我还声称，取意于“拂晓的群鹰”之义。现在针对小聃书院，干脆再来一次“以晓换小”，就叫“晓聃书院”吧。

嗯，这两个字放在一起，竟然会产生一种上升与平衡的感觉。"晓"字的意义上面已经说过；单说这个"聃"字，它取自老子的字，《史记·老子韩非列传》说："老子者，楚苦县厉乡曲仁里人也，姓李氏，名耳，字聃，周守藏室之史也。"那么，"聃"字为何意思呢？它是说耳朵长而大，长到可以垂落到肩膀上。说句笑话，我取此字，却与我的耳朵无关，因为遗传父亲，我的耳朵虽然不小，却是"锥把子型"，并无耳垂，更谈不上"两耳垂肩"。我取"聃"字的用意，当然是在推崇老子的道家学说了。那一番清风明月、轻松忘我、清心自在的心境，不正是许多文人毕生追求的人生境界么！此时在我的眼前，甚至浮现出那样一处美妙之地，茵茵绿草，袅袅书香，从老子到柏拉图，从东方破晓到西方落日，从鸡犬之声相闻到乌托邦美妙的幻影……理想之地的诱惑，经常让人热血澎湃，难以自已！

晓聃，晓聃，想着想着，我不由得激动起来。是否把我的书房，也称作"晓聃书屋"呢？是否把我写的专栏，也改为"晓聃书话"呢？是否把我的下一本随笔集，也取名为"晓聃书事"呢？是否把"晓聃书院"，赶紧注册下来呢？

于是，我开始安排注册"晓聃书院"文化公司。首先要核名，看有没有人用过这个名字，经过查询，没有人用过。但接着核查内容，问题就来了。他们说：其一，"院"字不能用，用也要有五千万以上的注册资金，还要层层报批，建议改为"书苑"吧；其二，"书院"不能用，建议改为"书画院"吧；其三，"晓聃"是什么意思？有什么政治寓意？说不清楚的词不能用。其四，"聃"字怎么读？他们一会儿读成"小冉"，一会儿读成"小聘”，把我们跑注册的同事都逗乐了。结果这一乐麻烦了，他们正式通知我们，不同意用这个名字注册公司。

完了，我白激动了一大阵子，结果落得这样的下场，真扫兴。怎么办？能怎么办呢？还是让那个“大耳朵公司”的创意，就先歇歇吧！咦，我突然想到，我随嘴胡诌出的这个“大耳朵”，不就等同于“聃”字么？就注册“大耳朵”如何？结果一核名，早就有人用过了，我只好就此作罢。

玖拾贰

大工匠

我年轻时当过工人，那时在工厂里，我们最崇拜的人，就是“八级大工匠”。他们是老师傅，技术一流，别人解决不了的事情，他们往往能手到病除。所以晚辈见到大工匠，都会恭恭敬敬，连厂长、车间主任也会敬他们三分。

但在出版界工作，似乎与“大工匠”不搭界，其实不然。如今我身边有两个人物，他们做的事情，有许多大工匠的特质。

一位是吴光前，他毕业于鲁迅美术学院，从事美术编辑工作二十多年，图书装帧设计中所有的技术活儿，他都熟稔于胸，手到拈来。尤其是人文类图书，他的设计惊艳一时，最让作者和读者喜爱。比如出版董桥的书，整体设计创意是林道群做出的，但落到细致处，都是吴光前一点点完成的。还有海豚人文书，那一本本各式材料的精装书，有《田野里的大师》、“名家六短篇”、《张爱玲丛考》和《随泰坦尼克沉没的书之瑰宝》等数十种，已经成为书界的一道风景线。

吴光前算不算工匠呢？不能这么说，因为他是设计师、画家，而不是画匠；他的设计具有创造力，而不是简单的复制。不过吴光前的超常之处，恰恰也在于：他不但是一个优秀的设计师，他还掌握许多工匠的技能，或曰天赋。比如他小时候淘气，就能手绘仿制印刷品，一闷几天，画出来与真品分毫不差。去年我们翻印上世纪美国人维德的经典制作《鲁拜集》，那个封面就是吴光前用几个月的时间，一笔笔画出来的，看上去与原书几无差别。此书真皮版，能够在孔夫子旧书网上拍卖到五千元一册，有他手工绘制的功劳。

还有一位是于浩杰，他从小在印刷厂学徒，精于钻研，酷爱图书装帧工艺，后来一直做到厂长。他说那时候，他看到老师傅自己制作工具，装订真皮版的书，书籍上的“竹节”也是自己琢磨，用麻绳填塞，再用钳子将凸起的竹节，一点点掐出来。直到今天，于浩杰在工艺上遇到难题，还会去找当年的大工匠，向他们请教。我请他来海豚出版社搞印刷，几年中创造出许多精品和奇迹。比如五年前，我们试图制作真皮版《董桥七十》，北京印刷厂的一些老师傅说，这项工艺早已经失传了。于浩杰却跑到做皮衣的工厂，买回小牛皮，自己一张张试验，最终把真皮书做了出来。当时轰动一时，拍卖一百册，价格都在二千至五千元之间。还有二〇一〇年，海豚出版幾米绘本《世界别为我担心》，当时我们突发奇想，要做一个礼品装，将书放到一个音乐盒里。于浩杰四处寻找，最终在一家为巧克力制作包装盒的工厂，找到一种心形盒，又找到八音盒的发声器厂家，将宫崎骏《天空之城》音乐灌入其中，镶嵌在心形盒壁上。

近几年杨小洲来海豚搞创意，侧重西方装帧艺术研究，给于浩杰出了不少难题，更激发了他的制作热情。比如去年杨小洲提出，要仿制一百年前英国人桑切斯基一只孔雀的《鲁拜集》，原设计是手工制作，封面上的彩色皮革是一点点贴上去的。于浩杰却自己创新，制作了七块烫锌板，一点点套色，硬是印了出来。他们拿去给英国人看，惊得老外连声说：“中国人真是不可思议。”他们原来还答应，让我们去英国学习装帧工艺，并且拍摄他们烫金、做皮书等技术。后来他们发现，这个于浩杰是专家，工艺上的事情一看就会，还能想出许多新主意。老外说：“你们这样学习，我们还合作什么？”尤其是他们那位犹太籍技师，正在做手工烫金，见到于浩杰就说：“我今天头痛，做不了了。”说实话，于浩杰就是我心目中的大工匠！

玖拾叁

四百年

又快到四月二十三日了，人们称它为“读书日”。因为在这一天，莎士比亚逝去了，塞万提斯逝去了，德·拉·维加、莫里斯·德吕翁、弗拉基米尔·纳博和曼努埃尔·梅希亚·瓦列霍等等，都在这一天出生或逝去。

不过这一天，还有一个别称：图书优惠日。因为它恰好还是加泰罗尼亚地区的“圣乔治节”，传说中勇士乔治屠龙救公主，并获得公主的礼物——一本书，它象征着知识与力量。所以每到这一天，加泰罗尼亚的妇女们，会给丈夫或男朋友赠送一本书，男人们会回赠一枝玫瑰花。由此形成习惯，每到这一天，书籍减价百分之十，玫瑰花价格会陡然上涨。

显然对我们而言，这是一个舶来的纪念日。但是今年，恰逢西方的莎士比亚和东方的汤显祖逝世四百周年，也使我们的读书日，有了更加亲切与温暖的感觉。一时间各个出版机构都忙碌起来，争抢着出版各种版本的《莎士比亚全集》和《汤显祖戏剧集》，其中以上海译文和企鹅各自出版的《莎翁全集》，颇值得期待。

此时，我们做了些什么呢？一套《莎士比亚悲剧集》六册，一本汤显祖的《牡丹亭》，新鲜出炉，刚刚摆在我的案头。十天以后，我们将带它们去参加伦敦书展，届时会有许多中外嘉宾，参加我们举办的莎翁与汤公逝世四百周年纪念会。

说实话，我们这样做不是追风，而是天缘巧合。先说汤显祖的书，那是在去年，我们列出一个计划，要将大翻译家许渊冲先生英译中国经典作品，按照“中国元素，西方风格”的原则，重新包装，推向欧美市场。其中包括《诗经》《楚辞》《唐诗三百首》和《宋词三百首》等，还有《牡丹亭》。为了实现这个理想，我们专门请伦敦书籍装帧设计师罗勃·谢泼德做技术指导，还与伦敦萨瑟伦书店签订合作协议，那是一家二百多年的老店，他们确保这些书能上架销售。

我记得一年前，谢泼德拿着中文的《诗经》和《道德经》，满脸疑惑地问道：“这种书，你们想做成什么样子？”我们说：“要像你们装帧的《圣经》一样漂亮，但图案需要纳入中国元素。”对于这样的思想，在我们共同合作的小书“故宫秘境丛书”（祝勇）上，已经有所表现。现在，许渊冲英译《牡丹亭》做好了，整体设计都是西方式的格局，但图案却是东方绘画的风格，从封面暗映的丛丛花影，到封底秀丽的彩色牡丹，中西合璧，恰到好处。

再说许先生以九十岁高龄，开始翻译《莎翁全集》，目前已经译好悲剧多种。谢泼德先生建议我们，可以先按照单本剧出版，比如《罗密欧与朱丽叶》，大开本单栏排版，配上经典插图，西方有许多这样的版本，各色各样，已经形成一种出版艺术，深受莎翁迷们喜爱。我们按照谢泼德的建议，在封面上，镶嵌了一幅剧照的浮雕画；书中还附上《莎士比亚全集》第一对开本的影印版英文原文。许渊冲先生说，这个对开本是古英语，他都看不大懂，但放在书中，就会与众不同，更是一种艺术和纪念！

为了实现这些事情，我们整整忙了两年。有一次杨小洲自费去伦敦，重要原因之一，就是为了买回一本绝美的《莎士比亚诗集》。我调侃说，为了喜爱的事情，你也真是疯狂！还有前几天，小洲与两位小编曹巧丽、郝娜在 QQ 上争吵，话题是：为什么人们称莎士比亚为“莎翁”，却称汤显祖为“汤公”呢？是啊，为什么？

玖拾肆

百道网

如果有人问:“在今日中国出版界,哪一个网站是最好的非官方专业网站呢?”说实话,在我的心目中,一定是百道网。

我这样说,本出于三点感觉:其一是时效性,因为专业报纸很多,网站的优势就是时间上的快捷。百道网每日更新,自然吸引眼球。其二是品质,作为行业网站,选择刊载文章的水平,最易看出操盘者的底蕴。太官方不行,太草根也不行,没有见解不行,没有人脉更不行,你想首发或转载人家的文章,信任、友情、荣誉、品味,一切都包含其中。比如对纸媒而言,如果你的文章能被《新华文摘》《人大报刊资料》等转载,那是一件很光荣的事情。网络也一样,一些知名、正派、志同道合的网站,在作者和读者的心目中,渐渐地树立起威信,让人们看重,让人信任,成为品质的保证。百道网正在此方向上成长。其三是反馈,比如近些年来,我几乎每周有专栏文章发表,先见于纸媒,然后在新浪、天涯、网易、凤凰、百道、微博、微信号等网络媒体传播。许多业内外读过我文章的人,见到我总会说:“我在某某媒体上读到你的文章了。”他们提到最多的网络媒体,就是百道网。

百道网的创办人是程三国,他原来也是纸媒出身,做《中国图书商报》，办“阅读周刊”，我们很早就是朋友。二〇〇一年，我应程三国与王一方、唐明霞之邀，在那里写了两年多专栏《可爱的文化人》，所思所写，志同道合，结下长久的友谊。后来他离开纸媒，投身网络，许多人认为成功概率很低，因为互联网概念从兴起、烧钱、沉浮到逐渐成长成熟，投身者尸横遍野，成功者寥寥无几。但我却始终相信，以程三国的智慧与经验，他一定会踏出一条生存的路径。当然我信任他，更在于他为人的忠厚与情义。记得二〇〇九年下半年我来北京工作，由于离开出版一线已经六年多，许多新人、新机构都不认识，一切都需要从头开始。程三国是心细的人，他在二〇一一年与搜狐网组织评选“致敬创意出版人”，竟然将大奖授予我，并在提名理由中写道：“俞晓群：多年书业锤炼，亲历不同出版环节，深谙行业之道，从选题策划到管理皆有心得。自辽宁赴京，以‘海豚书馆’重拾几番搁置的出版理想，将建设书香社会的理念接续，更承袭几代出版前辈为人做书之道。”后来几年提名年度出版人，他多次参与推荐我做候选人。其实与那些当红的集团老总、大社社长为伍，我一个小社长排列其中，都有些不协调，心中自然知道程三国等朋友，对我的认同、支持与期待。后来程三国多次安排我演讲，我也曾去北大，在他与肖东发教授安排下做讲座。

如今百道网蒸蒸日上，我认为是很自然的事情。但二〇一二年，百道网采访我，我才发现这其中还有玄机。他们最初派一个记者来谈，写出文章，我认为很好了。因为许多网站采访很不认真，还有直播，当场敲上去的文字，我自己都看不懂。但几天后那个记者告诉我，总编辑对他的采访不满意，她要重新采访，亲自来写。那天她来了，名字叫令嘉，我对她的初步印象：温和，深刻，举止大方，微笑而不张扬，善谈而不冲撞。后来知道她是程三国的夫人，她写出的文章让我大为震动，题目是程三国起的《百年文脉民国范儿》，实为珠联璧合。这些年我每周发给她文章，她必有回复。我由此疑问，百道网的风格，是程三国风格，还是令嘉风格，还是他们共同的风格呢？只是业内人士越来越看重令嘉，那天我与上海老大陈昕聊天，他也赞扬令嘉有水平。有一次我送他们签名本，不小心只写了令嘉的名字，事后程三国抗议："怎么把我都忘了？"

玖拾伍

吉尼斯体

我从上世纪八十年代初开始记“工作日志”，到二〇〇三年整理出二十一年的出版笔记，即一九八二年至二〇〇二年，大约有五十几万字。去年梁由之、周青丰帮助我设计，命名为《一个人的出版史》，分为两卷，在上海三联书店陆续出版。如今第一卷已经见书，第二卷将在今年六月面世。梁周二位又催我，将二〇〇三年至二〇一五年的日志整理出来，构成第三卷，在今年八月上海书展时推出。

出版《一个人的出版史》，我一直颇为胆怯，总觉这些记事虽然有个人所得，却没有那么大的公众化价值。后来考虑到，我的记事风格，历来以记录别人的事情为主，将自己放在附属地位，所以我接受采访时说，所谓“一个人”，实为“一群人”的故事。站在这个角度，多留下一些时代的印记，我才有了出版的勇气。

今年以来，我开始整理第三卷文字，因为资料都是现成的，所以动起手来进度飞快。尤其是进入三月份，即使平日工作极忙，只是在节假日时，一干就是十几个小时，很快几十万字的草稿整理好了。进入二〇一五年最后一天的日志，我即将搁笔，总感到意犹未尽。还应该写点什么？最后用一段“吉尼斯体”，作为第三卷的结语。

何谓“吉尼斯体”？说起来还是在上世纪末，我将英国吉尼斯公司的书引入中国，他们的书有一个特点，那就是谈论问题时，总会用“什么之最”的句式，像“跑得最快的动物”“长得最大的花朵”等等。他们出版的《吉尼斯世界纪录大全》就不用说了，就是《吉尼斯百科全书》等，通篇词条也都是这样的句式。后来我受其影响，时而也好用“吉尼斯体”抒发胸中的感情。

比如上世纪末，我还在辽宁教育出版社当社长，结果教材被上级部门划拨走了，辽教社被媒体评为当年“唯一一家没有教材的教育出版社”。那时我意气用事，决心告别中小学教材，开发人文类图书。为此我曾经写过一篇文章《最后的盛宴》，表达我当时的心情，就用了“吉尼斯体”的表述方式。我写道：最喜爱中国哪家出版社？三联，商务。最喜爱外国哪家出版社？牛津，剑桥。最喜爱哪位出版家？尘元，脉望。最钦佩哪本书的商业操作？《吉尼斯世界纪录大全》。最关注哪本书的版权引入？《探索》系列，《傻瓜》系列。最喜欢哪家出版社的学习读物？哈勃·克林斯，麦克劳·希尔。最想驻足的领域是什么？文化生活类图书。最看重并收藏的是哪套书？《二十五史》。最得意的编辑成果是哪套书？《李俨、钱宝琮科学史全集》。最关注哪本书的出版？《吕叔湘全集》《顾毓琇全集》。

一晃十几年过去，当二〇一五年日记即将闭合之时，我再次运用“吉尼斯体”，总结一下目前的心境，会得到什么结果呢？我写道，最美的书稿:《鲁拜集》《冷冰川墨刻》。最难忘的相遇：蔡志忠。最难过的告别：赵启光，宋木文，杨成凯。最大的项目：出版《丰子恺全集》。最艰难的写作:“《五行志》研究系列”。最欣慰的奖项：深圳十大好书评选，年度出版人。最喜爱的文章：梁由之为《一个人的出版史》序。最自珍的著作:《一个人的出版史》。最美丽的设计:《张爱玲丛考》《冷冰川墨刻》。最欣喜的加盟：吴兴文，杨小洲。最大的荣誉：毛尖《有一只老虎在浴室》，荣获年度散文家大奖……我把它们贴到网上，有网友问：有最期待的事情么？我说：最期待四位作家Z、F、C和W先生，首次在海豚出书，他们是谁呢？

玖拾陆

新一代

遥想上世纪末，我在辽宁教育出版社工作，那时的“八〇后”还在读书。二〇〇九年，我五十三岁时回到出版一线，出任海豚出版社社长，此时的“八〇后”已经登堂入室了。当时面对他们，让我产生某种隔世或曰老去的感觉。

说到我对这一代人的总体印象，我想到他们刚显世时，以青春文学为先导，出现几位如韩寒、郭敬明一类人物，有些突兀，有些另类，有些反叛，但时代与天赋的熔铸，我们是要承认的。那时经常有媒体采访，担心这一代“独生子女”难以扛起时代的重任，指责他们有弑父情结，极端自私自我，没有信仰，没有集体主义精神……我却觉得，社会对“八〇后”的指指点点，有多虑，有自卑，有善意的操心，有思想的落伍，有人性的妒忌。我们不能把一代人的青春躁动，当作缺点弱点来批判。所以二〇一〇年八月，在接受搜狐网李国盛采访时，我说不用担心，如果时代不出现逆转，这一代人也会出现大师的。直到现在，我的这些话还挂在网上。

回到现实，我身边的年轻人怎样呢？现在海豚社六十多位员工，每年有百分之二三十的人进进出出，绝大部分是“七〇后”“八〇后”的人。一晃七年过去，他们由小实习生逐步走上重要岗位，文学馆、人文馆、启蒙馆、低幼馆、综合馆、动漫馆、科学馆……总监的位置，几乎都被这些年轻人占据着。在他们身上，青春的光泽渐渐淡去，家庭和社会的种种责任，都已经压在他们的肩上。他们中的某些人一时的闪光与投机，并没有改变这一代人的基本特质，虽然他们在路上艰难地跋涉着，但我没看到他们与前辈有太大的差异。如果说有，也不是错。起码在三个方面，这一代人的启蒙已经完成。

其一是忠诚度，没有？不，观念已经发生变化。以往的评价是政治的、江湖的，而“八〇后”的现实存在是自我的、市场化的。他们的个人价值，像一个球员一样，是有标准的。你可以鄙视，你可以讲理想奉献，但他们需要自谋生存，需要社会的认同。我手下的孩子，从培养到离开，大多不会超过五年，我很感伤，同时也为他们高兴，因为他们刚来时年薪五万，几年后十万，跳槽后可以拿到十五万以上，不是好事么？关键是我给他们提供了好的锻炼机会，好的资历。比如，ZL 离开了，她是启蒙馆创建者；W 离开了，她是“海豚书馆”责编；Z 离开了，她是《许渊冲文集》责编；ZX 离开了，她是《丰子恺儿童漫画选》责编；H 离开了，她是人文书责编。说实话，我害怕他们走，但更害怕新单位的人说：“海豚的骨干，就这个水平么？”

其二是学识，整体表现在基础教育、知识结构和适应能力。应该说，这是“文革”后教育改革的成果。这也是不怕走的原因，因为这一代人受教育环境好，知识基础差异不大，缺的只是经验与社会交往能力。另外，他们对各个岗位的适应能力极强，不怕调岗，编辑做好了，去做文秘，照样写得出报告，要八股文章会写，要见报文章也会写，再加上网络支持，更显出这个时代的优势。最近 C 要走了，D 接任他的工作，只要是那个层次的研究生、本科生，受过良好的教育，很容易平滑过渡。只有极个别岗位，还需要这代人中的精英支撑！

其三是官本位的淡化、乌托邦的淡化、人际关系的淡化，附之以个性的强化、理性的强化、独立性的强化。这最后一条，是未来的希望，民族的希望，国家的希望。当他们大都安居乐业，大都小康或曰中产了，那会是多么美好的未来啊！

玖拾柒

徒　弟

早在十多年前，我就在一篇文章中提出，文化产业结构，需要提倡两个传承，一是文化传承，一是师徒传承。百年来中国文化变迁，争来争去，纠结之处都在这两个传承之上。“文化大革命”，灭的是文化传承，号称传统文化使中国落后于西方；批判孔子，灭的是师徒传承，因为孔子是“千秋仁义之师，万世人伦之表”，号称他带来了几千年的愚昧，以及民众对封建专制的顺从。就这样打打杀杀，千回百转，今天我们又走上文化重建的道路。

我一辈子做出版，文化传承是必需的功课，不“文化”何以出版？两年前记者章红雨采访我，发表文章的题目正是《贩卖文化的人，必须要尊重文化》，讲的就是这个道理。比如前些年，我曾经负责出版集团重点选题建设，项目是《吕叔湘全集》《顾毓琇全集》等；后来赶上商业化、市场化，有人提出，以卖钱多少作为重点书的标准，我当然不会认同。

再说师徒传承，此事非同小可。前几天我在上海与几位教授聊天，他们说到某位老先生，身后名声愈来愈大，也是有几位学生将其学问发扬光大；还有一位老先生，学问不够严谨，却没有人敢招惹他，因为他的徒子徒孙太厉害，由此可见徒弟的力量。

在出版界，师徒传承不像学校那么显著，但事实的存在，隐性的存在，人为的追求，还是有的。比如陈原，我们崇拜他，希望追随他的思想。我向他请教，如何走商务印书馆的道路，他告诉我“至少需要二十年的努力”。我们编“新世纪万有文库”，他肯于出来做总顾问；我写文章《在高高的桅杆下》，他当面赞扬我“无序论”的出版观点很好。有一次我们去陈先生的家中探望，我坐在他的电脑桌旁，他要求我与他合影，照相时他小声说：“出版人要能克隆该多好。”

再如沈昌文先生，他搞师徒传承，谁是他的徒弟呢？三联书店的人不用说了，在外界，我觉得郝明义、吴兴文、陆灏受沈公影响最多，沈公也最赞扬这些人的才华与工作。郝先生到大陆发展，办公司，左边沈公，右边于奇，对他帮助极大。吴兴文是性情中人，最初来大陆，事事都靠沈公安排，我认识他，请他来沈阳做讲座，为他出版《藏书票世界》，都是沈公的安排。还有上海陆灏，当初沈公带着他参与“书趣文丛”“新世纪万有文库”，还有《万象》杂志，说不上手把手教授，但当时“万象书坊”成立，编杂志、编书，在江湖上，他们二位就有老坊主与小坊主之称。

做出版，我与沈公交往最密切，二十多年情谊不断，合作不断，说到原因，一是我主动认师傅，甘拜下风；二是他退休后闲不住；三是志同道合。现在沈公老了，我还是坚持请他每年在我这里出版一本著作，有《八十溯往》《也无风雨也无晴》和《师承集》。

我今年也六十岁了，带领过许多人工作。与部下之间，大多是同事关系。有些人很优秀，你想认徒弟，人家未必承认；有人想认，你未必接受。想一想，辽宁的两位小L、小Z和小A，大约够得上我的目光。江湖上两位小Z、一位小D，确实是人才，去年小Z之一开始称我为师傅，我觉得是出于对我的尊重。女博士小X，她早年跟我做出版，后来浪迹天涯，她迟早会超过我。还有海豚小C、小W和小M，都很优秀，我带他们多年，但不是童子功，只要他们未来有成，还记得我的心血、理念与方法，我也就心安了。

玖拾捌

约　稿

多年接触作者，我知道，他们最希望将自己的书稿交给最信任的人，能帮他出主意，能给他出得漂亮，能帮他认真宣传好，能尽量卖得多，让更多的人知道。作为出版人，选择书稿的标准不尽相同。我做出版三十多年，约稿很多，原则是什么呢？略列几条如下：

其一，重要作者的稿子不能轻易放弃。许多优秀人物的书稿，应该买断或穷追不舍；但更多时候，你有这样的欲望，却没有这样的能力。所以多年前我曾经写过一篇文章，题目叫作《版权啊，像风一样流转，像花一样飘散》，讲的就是此种感慨与道理。

其二，只约志同道合的稿子。有些人名气很大，稿子很畅销，不是约不来，而是不想约。因为你不是开百货店，你要树立一个具有个性品质的书坊，在有限的范围内，摆放你的标志性产品。当初巴金提出“同人出版”的观念，我很接受，我的师傅沈昌文也很接受，他几次告诫我，要研究胡愈之的出版思想，因为胡先生晚年就提出过同人出版的倡议。当然同人出版不等同于熟人出版，它讲的是志趣相通、理念相同，这样才符合巴金、胡愈之等前辈提倡的出版精神。

其三，约稿主要是看作者，正如沈公所言，编辑不但是组稿，而且是组人，要察其言观其行。团结一个优秀的作者，往往比组到一部好书稿还重要。当然，我喜爱一个作家，被他的文笔打动，被他的善良打动，甚至被他一句话打动，也是有的，出版人也是人，人性的好恶永远存在，何况文化界呢?

最近我的书稿压力极大，但还是没有停顿约稿和接受来稿的步伐，因为在某种意义上，书稿是一个出版人的灵魂，是一家出版社的生命线；没有书稿，一个出版人的职业生涯也就停滞了。况且能有天下英才汇聚，那是何等快慰的感受!

去年以来，我约了谁的稿子?谢其章《佳本爱好者》，已经出书；约止庵书稿，不少于四年时光，那时他在写《惜别》与《风月好谈》，今年会有《罔两编》在海豚出版；祝勇的书稿是海豚主打产品，与故宫合作，他资源太丰富；傅杰四册书稿，《序跋荟存》和《文史刍议》已好，还有《前辈写真》《书林扬尘》等待，今年八月上海书展出齐；张冠生《田野里的大师》之后，又有《纸日月》交来；约郭书春书稿，他的《九章算术》汇校本是国家项目，不能给我，却将《论中国古代数学家》写好交来；周立民有《巴金致明兴礼书信集》《随想录版本摭谈》和《躺着读书》，这个才子要抓住，资源极多；约蔡天新《里约的诱惑》；约贺圣遂，他说晚些年交一本；谭旭东已有两本小书《作文小论》和《儿童文学小论》即将上市；简平《最好的时光》和顾犇《书人乐缘》，两位都是有大才华的好人；刘忆斯《书在别处》，王志毅《孟买之声》；刘春《文坛边》、杨葵《度日如日》和杨群山《采葑小集》；约汪涌豪新著，他说要到后年；约小宝，他说已经只说不写了；约徐鲁书稿，他说海豚书漂亮，还有那么多好朋友集聚，他会将最好的文字给我；江晓原的书稿太抢手，《性学五章》之后，刚有《Nature杂志与科幻》给我；约小白书稿，阻力太大，但他同意翻译《小熊维尼》，也是一点欣慰；毛尖已出两本《有一只老虎在浴室》和《我们不懂电影》，我还不甘心；约王强书稿，苦等三年，我们终于再聚首，拿到他的《书蠹牛津消夏记》；还有许渊冲、钟叔河、陈子善、孙甘露、汪家明、陈默、谢泼德、胡守文、孙宏安、徐时霖、杨小洲、沈胜衣、曲彦斌、水上书、韩怡华、……

玖拾玖

尾　声

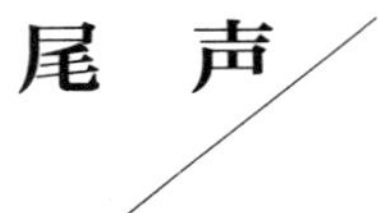

前一篇文章《约稿》登出，微信上议论之声不少，有赞扬，有感伤，也有朋友问：“你不怕到时烂尾么？”我知道，他这句话中“到时”一句，说的是“到我离开的时候”。这让我想起三十年出版中，遇到两次“到时”的经历。

第一次是沈昌文“到时”。那是在一九九六年元旦，沈先生接到电话，告诉他：“您于昨天下午五点已经退休。”对于这样的通知方式，沈先生一直恨恨于心。可是恨归恨，面前那一大堆稿子怎么办？其实此前几年，沈公已经离开三联总经理的位置，只做《读书》杂志主编；其间通过赵丽雅，我们有了交往。那时我任辽教社社长，有资金却缺乏书稿资源。最初见面，赵丽雅说沈公对我印象很好，其实我心里清楚，以当时沈公的江湖地位，他肯于跟与我合作，实在是出于无奈。比如二〇〇三年，我的小书《人书情未了》出版，沈公赐序，题目还是《出于爱的不爱和出于不爱的爱》，清楚地表达了他的心境。有一次沈公还对我说，他写好序言后给谢翰如看，谢还批评沈公不该这么说：“晓群对你如此尊重，你怎么还这样写呢？”其实沈公说得很清楚：“我对于三联书店，为了爱，现在只能不爱他们了。既然有了那么大的误会、那么深的矛盾，为了保全三联书店，我只有放弃这种爱心，划清界限，彼此不搞业务来往。为了不爱的爱呢？就是跟俞晓群的合作。我本来并不爱他们，可是还谈得来，还能一起做点事儿，比如继续出版‘向后看’的外国老书。”而我处事，往往弄不懂人事关系的复杂，只要有好书给我出版，我就会言听计从，千恩万谢。何况我一直认为，真正的好朋友不是靠短期利益扭结的，它需要长期的彼此了解，彼此认同。我与沈公交往，就印证了这个道理。

后来有人说，沈昌文将好书稿卖给辽教社。这里需要有三点说明：其一上面已经说到沈公当时的处境。其二不是卖，沈公向我推荐是不收钱的。其三沈公退休前后，手中积压了大批书稿，不出版作者会有意见，给三联他又掌控不了出版与否。所以沈公一直明确对我说：“我只能把三联挑剩的稿子给你，好么？”我回答：“没问题，那也比我四处乱闯拿到的书稿好。”从“书趣文丛”到“新世纪万有文库”，其中都有三联“读书文丛”“文化生活译丛”的影子。

第二次是我“到时”。那是在二〇〇〇年，我兼任辽宁出版集团副总经理。当时许多策划人、作者以为我要离开辽教社，立即慌作一团。比如这一年一月，沈昌文传真写道：“同林道群便中说起，你有上调为辽宁集团的副总可能。林听说后，忽来一伊妹儿如上。敬请一阅。此事您可否向林作些解释。我说话无意，只觉得是一喜讯，应当共同祝贺，不料给你添来麻烦，抱歉！”林道群电子邮件写道：“辽教俞社长上调的事，第一次听说，看来这一回怕真要沈公你替我说一句话，在几个月前俞社长要我寄他发票，他说要支付掉牛津精选的款项。我一直相信俞社长是有信誉的，但现在看来，如果他被调走，情况怕不一样，可以的话，请您向俞社长说一声，否则我日子不好过，请谅。”直到二〇〇三年我不再兼任辽教社社长，几年之后，许多书的版权都散去了，有名的如“新世纪万有文库”“书趣文丛”“幾米绘本”，直至《万象》杂志。

这一次朋友提醒，也让我想起上面两段故事。说实话，人生经历多了，经验多了，自然会事事多加小心，以免再“到时”的时候，给作者和接续者添乱。

壹佰

后记：点题

我在《深圳商报》开专栏，已经有整整四年了。那还是在二〇一二年初，我开始以“可爱的文化人”为题，一篇篇写起来。一写就是两年，有了近百篇文章，结集成册，在岳麓书社出版。二〇一四年，我换了一个题目“我读故我在”，继续写下去，到现在又有两年多的时光，又有将近一百篇文章完成，也有出版社约好，即将结集出版。此时，我却想到，应该说明一下，我为什么用“我读故我在”作为专栏题目。

我想只看字面，看官当然知道，这个句式来自笛卡尔的那句名言：“我思，故我在。”但你知道，是谁斗胆，将它转变成如今这样的么？是我的师傅沈昌文。那还是在上世纪末，沈先生陪伴董乐山来沈阳，参加辽宁爱书人俱乐部第一期讲座。当时董先生讲座的题目是“语言的次殖民化倾向”，在《沈阳日报》发广告时，此题目还受到质疑。而沈先生讲座的题目，正是“我读故我在”。那时沈先生已经不做三联书店总经理，但他的名字却与《读书》杂志，以及后来的《万象》杂志紧紧联系着。他用这样的题目，自然会引起读者极大兴趣，那天在中国医科大学，能容纳三百多人的礼堂座无虚席，人们被沈先生幽默的话语打动，发出阵阵笑声。我记得当时沈先生说，前些天他也是用这个题目，去一所大学演讲，结果一个大学生站起来说："沈先生，如果按照您的办法，去套用笛卡尔的哲学命题，我认为'我色故我在'更为生动。"沈先生反应机敏，他笑着回答："食色，性也。但帕斯卡尔还有一句名言，叫作'人是一根会思想的苇草'，我思与我读，不是最好的对应么！"

那时沈先生六十几岁，正值壮年，气韵十足，声音朗朗，谈笑风生。现在转眼之间，他已经八十五岁了，连我也到了花甲之年，所以说，我以"我读故我在"作为专栏题目，一方面是转用沈先生的智慧，另一方面确实有向老辈们致敬之意！

其实我在使用这个题目时，确实也有过另一个想法，那就是再改一个字，题曰"我编故我在"，似乎更符合我的社会身份。因为我身处出版界，所见所闻，文中讲的故事，涉及到的人物和书籍，几乎都与我的职业相关。没有这个职业，我也不可能为读者奉献那么多有趣的书籍。几经思考，又觉得不能改，只是这一字之差，我的职业行为就会发生变化，由偏重文化而变成偏重商业。不是么？当我们抱着学习的态度编辑书稿时，我们的文化生活就会充满情趣。比如沈先生，我向他学习最多的不仅是如何编辑书稿，更是如何体验编辑职业的文化意义。他的观念不单是在"编"，更在读作者，读书稿，读生活。诸如他总结的"编辑二十字箴言"，还有"不做知识分子，只做知道分子"等等名言，都是一个"读"字在起作用。

你知道，多年来我有记笔记的习惯，而且记有多本笔记。其中有一本寻常日记，是流水账；还有一本编辑日志，记载所得，已有《一个人的出版史》第一卷面世。其实还有一本秘闻，其中许多文章秘不示人。比如一篇文章题曰《沈公的伪桃色新闻》，标题党，内容健康，不敢发表，怕得罪师傅。这里透露几段提示：你知道沈公与白大夫谈恋爱，谁是介绍人？答：党支部书记。你知道当初沈公在《读书》领导一群女兵打天下，有人说，他们都是弱女子，就你一个男子汉。你知道沈公怎么回答吗？呵呵，我知道，但不敢说！

补记：

及此，在“我读故我在”名下，已有文章一百篇。完成此文后，我将“战况”告诉梁由之，他坚持还是九十九篇为好，以示“文运长久”。我不信命数，却喜欢文人种种雅趣；尤其尊重朋友的关切与温情。而这“第一百篇”内容，恰好是在说明此番写作的缘起，因此将它作为整部文集的后记，也是很好的方法。

最后感谢张万文兄多年支持与关注。

完稿于丙申年立夏日